Kevin Schwarzbach

Zeitflucht

Roman

Umschlagillustration:
© Sebastian Hagen Ziemann,
»Zeitflucht«, 2018

Alle in diesem Buch erwähnten Lieder von
Vincent Ancot sind über den folgenden QR-Code
zum Nachhören im Internet zu finden.

Druck: Amazon Media EU S.à r.l.,
5 Rue Plaetis, L-2338, Luxembourg

ISBN 978-3-000 60883-4

»I still don't know
what I'm doing or who I am.«
– James Wade

Prolog

Es war ein Tag wie jeder andere, aber ein Abend wie nie einer zuvor. Die Uhren begannen zu schleichen, die Lautstärke wurde schlagartig herunter gedreht. Ein lauer Sommerabend narkotisierte den Vatikan. Das Spiegelbild des Mondes glitzerte auf dem kristallklaren Wasser, das die Pflastersteine bis zum Balkon über der Pforte des Petersdoms bedeckte. Die Stadt war abgetaucht, über dem hungrigen Wasser schwebten reglose Gestalten. Die aufziehende Nacht duftete nach Regen.

Der Papst trat im Adamskostüm unter den dunklen Himmel. Sein Schritt stoppte vor einem roten Teppich, der schwerelos über dem Wasser lag und in ein fernes Glitzern führte. Der Weg in die Arme von Miss Sonnensystem, dem bezauberndsten Wesen, das dieses Universum je erschaffen hatte, galt seit Menschentagen als Marsch der Unmöglichkeit. Doch Seine Heiligkeit überwand die Gesetze unserer Existenz, seine Beine hetzten ihn über das Wasser und stürzten seine Augen auf den Ursprung des Lichts.

Die Gläubigen erlagen ihrer panischen Bestürzung, Köpfe wandten sich beschämt; die Ungläubigen verfielen ihrem ketzerischen Wahn, Augen hefteten sich an Seine mit jedem Schritt frivoler baumelnde Männlichkeit. Dem Papst blieb sein eigenes Schauspiel verborgen, sein Körper, vielmehr aber sein Wesen gierte nach der unendlichen Schönheit. Es brauchte drei Schritte und er würde den Flimmer durchdringen, die barbusige Miss Sonnensystem erreichen, deren Körper sich im Quell des Lichts abzeichnete, seines Glückes unter aller Augen habhaft werden, da riss der Teppich Seine Heiligkeit mit sich ins Wasser.

Erster Teil

1 Schulstoff

Die erste Leiche ist die schlimmste. Ihr Gesicht frisst sich ins Gedächtnis, da geht es Serienmördern nicht anders als Polizisten.

Enya Janssen peitschte den Einsatzwagen über die verregnete Landstraße. Hinter ihr tauchten die Hochhäuser der Großstadt im Nebel ab, vor ihr kamen zwischen den Feldern die Silhouetten kleiner Wohnsiedlungen zum Vorschein. Das Blaulicht flackerte im grauen Frühlingsmorgen, die Bäume bogen sich unter der Last der Wassermassen. Am Horizont tauchte das Scheinwerferlicht eines anderen Wagens auf.

»Da vorn ist es«, rief Enya und deutete auf den Lichtfleck links von der Landstraße. Sie trat das Gaspedal durch.

»Wir kommen sowieso zu spät«, murmelte Frank Sauer, während er genüsslich sein Ziegenbärtchen kraulte.

Enya hasste die Routine ihres Partners. Jeden verdammten Tag setzte er dieselbe gelangweilte Miene auf, murmelte dieselben emotionslosen Sätze und massierte sein akkurat getrimmtes Bärtchen mit derselben abstoßenden Hingabe. Der glatzköpfige Mittvierziger hatte alles gesehen, nichts konnte ihn aus der Ruhe bringen. Für Enya aber war es die erste Leiche.

Der Polizeiwagen kam fünf Meter vor dem Unfallort zum Stehen. Ein grauer *Audi A1* klebte frontal an einer breiten Linde, die Motorhaube wölbte sich um den Baumstamm, die Karosserie war durch den Aufprall zusammengeschoben. Auf dem Boden funkelten Glasscherben im Blaulicht.

Enya legte die Handbremse ein, stieß die Fahrertür auf und sprang aus dem Einsatzwagen. Ihre Stiefel landeten in einer der schlangenförmigen Wasserlachen, die den Asphalt der Landstraße sprenkelten. Dicke Regentropfen schlugen ihr ins Gesicht, der Wind wirbelte ihr blondes Haar durch die Luft und plusterte ihre dunkle Lederjacke auf. Enya hielt sich die Hände vor die Stirn und sprintete zum Unfallwagen.

Der Mann hinter dem Steuer war tot. Das sah sie sofort, als sie durch die zersplitterte Seitenscheibe auf den blutüberströmten Oberkörper blickte, der leblos zwischen Fahrersitz und Airbag klemmte. Die Hände im Lenkrad verkrallt, den Kopf in den Nacken gekippt. Als hätte das Luftkissen ihm den genickbrechenden Aufwärtshaken versetzt.

Eigentlich war es Schulstoff für Enya. In ihren Jahren auf der Polizeiakademie hatte sie hunderte Bilder von Leichen gesehen, an den verschiedensten Orten, in den ekelhaftesten Variationen. Es war ein Anblick, mit dem man in ihrem Beruf zu leben hatte, an den man sich gewöhnen musste, ob man wollte oder nicht, hatte ihr Dozent getönt und die Bilder immer wieder gezeigt. Doch Enya war erst vor vier Wochen von der Polizeischule in den Streifendienst gewechselt. Sie hatte noch keine Zeit gehabt, sich an irgendetwas zu gewöhnen. Erst recht nicht an den Umstand, dass sich der Schulstoff in Theorie und Praxis unterschied. Wie so oft im Leben.

In der Ferne ertönte ein Martinshorn. Enya griff nach dem Handgelenk des Mannes und befühlte seine Pulsschlagader. Plötzlich realisierte sie, dass es *sein* Gesicht war, das sie niemals würde vergessen können.

Seine tiefen Augenhöhlen, seine hohe Stirn, sein kantiges Kinn, seine flache Nase, seine braune Iris, sein stacheliges Haar, seine leicht nach außen gewölbten Lippen. Jedes Detail würde ihr in Erinnerung bleiben.

Als der Krankenwagen den Unfallort erreichte, wandte sich Enya von ihrer ersten Leiche ab und schüttelte den Kopf. Die Sanitäter begriffen, stürmten aber trotzdem an ihr vorbei und betasteten den Mann. Schon nach Sekunden gaben sie auf.

»Hab ich doch gesagt«, brummte Frank Sauer durch den dichten Regen.

»Mach lieber deine Arbeit«, motzte Enya.

»Wie bitte?«

»Mensch, wir müssen wissen, wer der Mann war. Find einen Personalausweis, Führerschein, was auch immer.«

Frank Sauer zupfte aufgeregt an seinem Bärtchen. Eine solche Unverschämtheit hatte er von einer so jungen Kollegin lange nicht erlebt. »Das ist Sache des Unfallkommandos!«

Enya verschwand auf der anderen Straßenseite hinter dem Stamm einer Linde. Sie kniete sich ins nasse Gras und drückte ihre Handflächen in den schlammigen Boden. Sie würgte und keuchte. Noch bevor die Sonne aufging, erbrach Enya die Tütensuppe vom Vorabend.

Zwei Stunden später hatte das Gesicht einen Namen. Der Tote hieß Robert Kirchner, war siebenunddreißig Jahre alt geworden und hinterließ eine Ehefrau.

Enya Janssen saß in der Polizeidienststelle und recherchierte seinen Lebenslauf. Sie sah keinen anderen Ausweg, als sich für den Mann zu interessieren, der sie von nun an ein Leben lang begleiten sollte. Sie öffnete auf ihrem Computer eine Porträtfotografie von Robert Kirchner.

»Vergiss ihn«, brummte Frank Sauer und stellte Enya eine Tasse Kaffee auf den Tisch. »Das geht vorüber. Ich weiß, wie das ist. Wir alle machen das durch.«

»Danke«, antwortete Enya. »Aber ich weiß mir schon zu helfen.«

Als Frank Sauer wieder hinter seinem Bildschirm verschwunden war, klickte sich Enya weiter durch die Internetseiten, die die Suchmaschine zu Robert Kirchners Namen ausgespuckt hatte. Sie wollte alles lesen, was es über ihn zu erfahren gab.

Enya wusste, dass ihr Vorgehen nicht gerade Schulstoff war. Noch vor Ort hatte das Unfallkommando die Ermittlungen übernommen. Enya war raus aus diesem Fall. Daran hatte

Frank Sauer auf der Rückfahrt ins Präsidium keine Zweifel gelassen. Und überhaupt war doch alles sonnenklar, hatte ihr Kollege gemeint. Da sie den Mann frühmorgens auf einer verlassenen Landstraße in seinem eigenen Wagen gefunden und am Auto keinerlei Hinweise auf irgendwelche Fremdeinwirkung entdeckt hatten, mussten sie vorerst davon ausgehen, dass es sich um Eigenverschulden handelte. Vermutlich hatte der Fahrer seine Geschwindigkeit nicht an den Platzregen angepasst, die Kontrolle über seinen Wagen verloren und ihn gegen den Baum gesetzt. Es wäre nicht das erste Mal gewesen, dass Selbstüberschätzung einem Menschen das Leben kostete.

Doch nach allem, was Enya bisher über Robert Kirchner hatte herausfinden können, wirkte er auf sie nicht wie ein Mann, der Gefahren unterschätzte. In einem Internetforum für Fotografen beschrieben ihn seine Kollegen sogar als schüchtern, fast schon übervorsichtig. Würde so jemand bei Platzregen über die Landstraße brettern und die Kontrolle über sein Leben verlieren?

Enya klickte zur nächsten Internetseite. Sie stieß auf eine Ansammlung an Fotografien, die Robert Kirchner zwei Jahre zuvor im Stadtmuseum ausgestellt hatte. Die Bilder zeigten drei ältere Herren, die er in einer Selbsthilfegruppe für Krebskranke kennengelernt und an ihren letzten Lebenstagen rund um die Uhr mit seiner Kamera begleitet hatte. Auf den Fotografien sah man drei glückliche Greise beim Fußball im Garten, zwischen Stripperinnen im Nachtklub, mit Sektgläsern in den Händen im Fond einer Edellimousine, hoch oben auf einem Riesenrad, Pokerchips werfend in einem Casino, mit angelegten Jagdgewehren auf einem Schießstand. Dazwischen Fotos von schweren Stürzen und unübersehbarer Gebrechlichkeit.

Plötzlich begriff Enya, dass sie keine Wahl hatte. Sie sprang auf, krallte sich ihre Lederjacke von der Bürostuhllehne und warf sie sich über die Schultern.

»Feierabend?«, fragte Frank Sauer.

»Lass uns die Witwe informieren«, antwortete Enya.

Ihr Kollege schob sein Gesicht hinter seinem Bildschirm hervor. »Du weißt, dass das die Aufgabe des Unfallkommandos ist?«

»Das regeln wir schon mit denen«, entgegnete Enya. »Ich soll über ihn hinwegkommen, also gib mir auch eine Chance dazu.«

Frank Sauer nuschelte etwas in sein Ziegenbärtchen und griff nach seiner Jacke.

Die erste Hinterbliebene war kaum leichter zu ertragen als die erste Leiche.

Judith Kirchner hing in einem der beiden abgewetzten Ledersessel, die das Herz des großzügigen Altbauwohnzimmers bildeten. Die Tränen plätscherten ihr über die Wangen wie in der Nacht zuvor der Regen über die Landstraße, auf der das Leben ihres Mannes ein jähes Ende gefunden hatte.

»Es tut mir schrecklich leid«, flüsterte Enya Janssen. Auch das war Schulstoff, der ihr in der Praxis schwerer über die Lippen kam als in der Theorie.

Judith Kirchner zerrte an ihrem schulterlangen, blonden Haar, das sich einzig durch einen leichten Braunstich am Ansatz von Enyas unterschied. Tränen tropften auf ihren weißen Bademantel.

»Nach aktuellen Erkenntnissen müssen wir davon ausgehen, dass Ihr Mann mit überhöhter Geschwindigkeit von der regennassen Fahrbahn abgekommen und an einem Baum am Straßenrand verunglückt ist«, sagte Enya. Sie schielte zu Frank Sauer, der neben ihr stand und zustimmend nickte. Im Gegensatz zu Enya glaubte er an das, was sie sagte.

Judith Kirchner schluchzte. »Und es war wirklich Robert?«

Enya nickte.

»Wir wollten doch heute Wandern gehen, wie jedes Jahr im April. Ich habe mir extra freigenommen.«

Enya trat näher an Judith Kirchner heran und streichelte ihren Oberarm. Die Berührung erinnerte sie an Robert Kirchners schlaffes Handgelenk. Schnell ließ sie wieder los. »Wir haben seine Ausweisdokumente im Wagen gefunden.«

»Was ist das nur für eine Welt?«, wimmerte Judith. »Das ist doch nicht gerecht.«

»Wir würden für die Kollegen vom Unfallkommando aber gern einen Kamm Ihres Mannes mitnehmen. Auf diese Weise können wir uns die Identifizierung durch Sie sparen. Ist das möglich?«

»Natürlich«, winselte Judith. Ihre Hände zitterten, als sie sich aus dem Ledersessel drückte. Sie schloss ihren weißen Bademantel und schleppte sich an den beiden Polizisten vorbei in den Flur.

Enyas Telefon vibrierte. In der Deckung ihres eigenen Körpers zog sie es aus ihrer linken Hosentasche und erhaschte einen Blick auf das Display. Die Nachricht kam von Tino, einem jungen Automechaniker, den Enya knapp eine Woche zuvor über eine Datingseite kennengelernt hatte. Der Text bestand nur aus einem Satz: »Unfall ohne Spuren möglich, wenn mutwillig und geplant.«

Judith Kirchner kehrte mit einem schwarzen Kunststoffkamm ins Wohnzimmer zurück. Sie drückte ihn Enya in die Hand. »Brauchen Sie noch etwas von mir oder meinem Mann?«

Enya steckte den Kamm in eine Plastiktüte und verstaute sie in ihrer Jackentasche. Sie überkam das Gefühl, dass Judith Kirchner in Eile geraten war. Irgendetwas an ihr hatte sich verändert.

»Ja oder nein?«, fragte die Witwe. Ihre Stimme schwankte bedrohlich, der Schmerz hallte durch den Raum. Ein paar Tropfen Ungeduld verwischten den Klang.

»Nein, herzlichen Dank. Wir werden Ihnen Zeit für sich geben«, sagte Enya. Sie nahm sich einen schmalen Notizblock von dem flachen Eichentisch zwischen den Ledersesseln und notierte ihre Handynummer. »Aber wenn Ihnen etwas auf dem Herzen liegt, rufen Sie mich einfach an. Jederzeit.«

Judith Kirchner begleitete die beiden Polizisten durch den Flur zur Tür hinaus.

»Du machst in diesem Fall nicht gerade Dienst nach Vorschrift«, murmelte Frank Sauer, nachdem die Tür ins Schloss gefallen war. »Mach dir deinen Job nicht gleich zu Beginn kaputt.«

Doch Enya hörte die mahnenden Worte ihres Kollegen nicht. Sie achtete auf die Geräusche hinter der Tür. Die Holzdielen knarzten in schneller Abfolge. Es klang, als würde Judith Kirchner durch den Flur sprinten und eine Tür aufreißen.

2 Schweigen

Nicht einmal ein Pakt mit dem Teufel vermag dem Menschen die Kontrolle über seine Gefühle zu geben. Die Verantwortung für sein Gemüt trägt allein seine Umwelt.

Manchmal wünschte sich Oskar Kuhn, dass er Judith damals umgebracht hätte. Nicht nur sie allein, am besten gleich alle seine alten Freunde, aber vor allem sie.

Der Aufprall seines Handys quälte ihm ein Lächeln ins Gesicht. Oskar sah von seinem Laptop zur Zimmertür, vor der ein Haufen aus Plastikmüll und Glasscherben lag. Seine Hände durchfuhr das letzte Zucken der unerwarteten Wurfbewegung. Bevor sie seine Vernunft ein zweites Mal überlisten und den einladend schimmernden Laptop packen konnten, sprang Oskar aus dem Holzstuhl vor seinem Schreibtisch und riss die Balkontür auf. Er warf die Hände über seinem braunen Wuschelhaar zusammen, kippte seinen Kopf in den Nacken und sog die frische Luft gierig in seinen Körper. Wenn das Frühjahr sich dem Ende neigte, schmeckte sie mittags schon nach Sommer.

In seinem Rücken spürte Oskar sein altes Leben, wie es seine Zähne fletschte und sich mit einem Satz in seinem Nacken verbiss, um ihm all die vergessenen Krankheiten und zurückgelassenen Probleme direkt in seine Blutbahnen zu injizieren. Weder kurz noch schmerzlos.

Das Ticken der Wanduhr kämpfte gegen die Stille. Oskar stützte sich mit den Unterarmen auf die Balustrade des Balkons. Er löste seinen Blick aus den Wolken, warf ihn den Horizont hinab in den Pool und zerrte ihn nach rechts durch den Garten zurück hinauf in den Himmel. Nur Zwergpalmen, schlafende Urlauber, Olivenbäume und im Schatten versteckte Wasserflaschen. Eine typische Mittagsruhe im Paradies.

Wie gern hätte Oskar das Licht der Welt auf diesem Fleck Erde erblickt. Schließlich behaupteten die Leute immer, dass Heimat kein Ort, sondern ein Gefühl wäre. Und nirgendwo ging es Oskar besser als hier, im Paradies, wo er ein neues Leben begonnen hatte. Beinahe zumindest. Wäre da nicht Judith gewesen, die einfach nicht akzeptieren konnte, dass sie zwar seine Vergangenheit, nicht aber seine Gegenwart und erst recht nicht seine Zukunft war.

Über acht Jahre waren vergangen, seit Oskar seine Tasche gepackt, die Fotokiste mit den Erinnerungen verbrannt, keinen Abschiedsbrief geschrieben, keine Erklärung hinterlassen und sich mit Pappschild und erhobenem Daumen an die Straße gestellt hatte. Für Judith anscheinend nicht ausreichend Zeit, um ihn endlich zu vergessen.

Oskar bekam Lust, seine Notfallschachtel aus dem Tresor zu holen und sich eine Zigarette anzustecken. Eine Runde paffen auf die alten Zeiten, die ihn bis heute quälten. Doch die Hitze rang den Hunger der Sucht nieder und trieb Oskar zurück in sein Hotelzimmer. Statt auf das kühle, mit dünnen Leinentüchern bespannte Bett ließ er sich zurück auf den beigen Holzstuhl sinken und starrte auf seinen Laptop. Die oberste Nachricht ragte gefettet aus der Übersicht seiner Mails hervor. »BITTE LESEN!« stand derart aufdringlich über ihr geschrieben, dass Oskar sie mit zwei Mausklicks im virtuellen Papierkorb versenkte.

Judith schrieb in jeder Mail das Gleiche. Bei ihrer ersten Nachricht vor acht Jahren hatte Oskar noch bis zum letzten Satz durchgehalten, bei der zweiten kaum mehr den ersten Abschnitt geschafft und bei der dritten schon nach der Anrede aufgegeben. Auch dieses Mal schwafelte Judith sicherlich wieder etwas über eine Rückbesinnung auf die alten Zeiten.

»Lass mich in Frieden, du Hexe«, brüllte Oskar. Seine Handflächen knallten auf die Tischplatte. Zwei Kugelschreiber rollten auf die Kante zu und landeten in Oskars Schoß.

Hätte Judith ihm gegenübergesessen, hätte Oskar ihr ins Gesicht geschrien, dass sie falsch lag, dass sein altes und sein neues Leben nichts miteinander verband. Außer seine physische Existenz in beiden. Vermutlich hätte er ihr sogar eine Ohrfeige verpasst, als Strafe dafür, dass sie ihn mit der Hölle bis ins Paradies verfolgte. Doch weil ihm gegenüber nur eine weiße Wand saß, gewährte Oskar seinen Zähnen die Freiheit, sich über seine Lippen herzumachen. Er stieß die runde Nickelbrille bis zwischen seine dichten Augenbrauen hinauf, kramte einen ausgeblichenen Stoffrucksack unter dem Tisch hervor, packte sein braunes Lederportemonnaie und schleuderte es in die Tasche. Dann riss er seinen Schlüssel vom Kleiderhaken und stürmte aus dem Hotelzimmer. Die Tür schmetterte ins Schloss wie das Handy vorher gegen sie.

Oskar Kuhn fuhr nach all den Jahren noch immer gern Fahrrad. Obwohl das hier auf der Insel keiner tat. Das Fahrradfahren war eine der wenigen Leidenschaften, die er von dem einen in das andere Leben gerettet und vor dem Schicksal einer verblassenden Erinnerung bewahrt hatte. Zu verliebt war er in dieses Gefühl, das seinen Körper durchströmte, wenn er gedankenlos auf dem Sattel saß, seine Beine unaufhörlich ihre Runden drehten und die Welt wie ein niemals endender Film an ihm vorüberzog. Ein Aktivkino ohne Leinwand und Popcorn. Immer geöffnet, stets kostenlos.

Oskar strampelte sein Fahrrad über eine Bergkuppe und bog in eine Nebenstraße ab. Der Weg führte steil nach unten in die Stadt, Autos verirrten sich nur selten auf diese Strecke. Oskar nahm die Füße von den Pedalen und lehnte seinen Oberkörper auf den Lenker. Die Geschwindigkeit ließ sich nicht zweimal bitten. Links schoss Bambus aus dem Boden, rechts flogen Ziegen vorbei. Die Reifen jagten über den Asphalt, die Straße holte zu einer scharfen Linkskurve aus. Oskar zog die Bremsen, lautlos verrichteten sie ihre Arbeit.

Sofía und Dimitrís saßen unter einem betagten Olivenbaum und schlürften frischgepressten Orangensaft aus eigenem Anbau. Die weißen Plastikstühle, die wohl schon länger lebten als ihre Besitzer, krächzten unter deren Gewicht. Das alte Ehepaar geriet in Aufruhr, als der unerwartete Gast seine Augen durch die Maschen des Zaunes steckte.

»Jassas«, grüßte Oskar.

»Jassu, jassu, jassu«, schallte es zurück.

Oskar trat durch das kleine Tor in den verwilderten Garten und legte seinen Rucksack ab. Mit einer leichten Verbeugung bedeutete er dem untersetzten Paar, dass es sich zur Begrüßung nicht erst aus den geliebten Plastikstühlen stemmen musste. Im Vorbeigehen tätschelte er ihre Köpfe und ließ sich dann am verknoteten Stamm der Olive hinab in deren Schatten sinken. Sofort kehrte wieder Ruhe ein.

Oskars Blick fiel nach oben. Die Blätter zappelten in der aufsteigenden Hitze, die Äste tänzelten im leichten Wind. Irgendwo hinter der Baumkrone stand die Sonne, der dieses Paradies zu verdanken war. Ein Motorroller sauste geräuschlos am Maschendrahtzaun vorbei den steilen Berg hinab. Der Fahrer ließ die Beine baumeln.

Schweigen.

Ein Zustand, der den Menschen zuwider ist, weil sie für die anhaltende Stille nicht geboren sind. Schweigen ist für sie ein hochpräzises Operationsbesteck. Sie schweigen, wenn sie ihrer Wut Nachdruck verleihen, wenn sie einen Konter vorbereiten oder ihre Überlegenheit auskosten wollen. Doch Schweigen ist in ihren Augen kein Zustand von Dauer, keine ernsthafte Alternative zum Sprechen. Schweigen verlangt danach, durchbrochen zu werden. Seine Anwesenheit ist ein Aufruf zur Abwesenheit. Als Gewinner wird gekrönt, wer die unsägliche

3 Fehlender Ruhm

Hinter dem Spiegel liegt die Wahrheit, hat mir mal jemand gesagt, den ich für ein kluges Köpfchen hielt. Und seither habe ich mir die Wahrheit ziemlich sexy vorgestellt. Bis ich dann mal einen Spiegel fand, hinter den man gucken konnte.

Vielleicht irrte sich Judith Kirchner, aber ihre Wiedergeburt hatte sie anders in Erinnerung. Als sie einst davon geträumt hatte, war sie im roten Etuikleid auf einer grünen Sommerwiese erwacht, die Lippen auffällig geschminkt, die Haare zu einem Dutt verdreht. Sie hatte den Duft frisch bestäubter Blumen inhaliert und die fernen Klänge eines virtuosen Jazzgitarristen vernommen.

Stattdessen saß Judith in schwarzem Top und grauer Jogginghose zwischen vier ramponierten Umzugskartons auf den Holzdielen ihrer alten Wohnung und blätterte zum zehnten, vielleicht zum zwanzigsten Mal durch die Unterlagen ihres Mannes. Hin und wieder stieg ihr dabei der Gestank von kaltem Rauch in die Nase. Er erinnerte sie an die seltenen Weinabende in ihrer alten Sesselecke. Meist hatte Robert nur getrunken, wenn er einen Preis gewonnen hatte. Zu solchen Feierlichkeiten hatten sie dann beinahe unbemerkt zwei Schachteln verqualmt. Doch seit Roberts Tod war alles anders, seither fühlte sich Judith wie wiedergeboren. Mit Robert war auch sie gestorben und dann in einer Welt aufgewacht, in der sie keinen Halt mehr hatte.

Wenigstens auf den Jazz war noch Verlass. Judith griff nach dem Regler der eingestaubten Anlage und holte *Al Di Meola* und sein *Race With Devil On Spanish Highway* mit einem furchtlosen Schwung nach rechts mitten ins Wohnzimmer. Sollten sich der Gitarrist und der Teufel doch austoben, in dieser Wohnung war doch sonst kein Leben mehr. Die Klänge wirbelten durch den Raum, der Gitarrist und der Teufel gerieten in ihr Duell. Plötzlich fuhr Judith hoch und beförderte einen der Umzugskartons mit einem Tritt gegen die Wand. Angeschlagen hing der Pappkarton am Mauerwerk und versuchte sich wieder aufzurichten. Eins, zwei, drei.

»Vielleicht hast du auch Geheimnisse vor mir«, fauchte Judith. »Wahrscheinlich bist du keinen Deut besser als die anderen mit ihren verdammten Geheimnissen.«

Vier, fünf, sechs. Die Stimme des Ringrichters zählte den Pappkarton aus. Judith war sich sicher, dass er die Reinkarnation des Teufels war, gegen den *Al Di Meola* gerade anspielte. Die Vorderseite der Umzugskiste knickte ab, ein Stapel Papier rutschte über die Holzdielen. Sieben, acht, neun. Als die Zettel zum Stehen kamen, verließ den Pappkarton die letzte Kraft. Ächzend löste die Rückseite ihren Griff aus der Wand.

Zehn. Gong, gong, gong. Der Teufel war besiegt. *Di Meola* schleuderte die Jazzakkorde herbei und peitschte Judiths Arme zur Siegerpose in die Luft. Das triumphierende Lächeln musste sie noch üben. Ihre Beine waberten, dann ging auch sie zu Boden.

»Hoffentlich antwortet Oskar endlich. Nur dieses eine Mal«, wimmerte sie. »Warum begreift er nicht, dass bloß er mir mit diesem blöden Video weiterhelfen kann?«

Der Tod ihres Mannes lag mittlerweile zwei Monate zurück, doch Judith Kirchner erinnerte sich noch an jedes Detail dieses verregneten Morgens Mitte April. Am Vorabend hatte sie mit Robert telefoniert und die Route für ihre Wanderung am nächsten Tag ausgemacht. Er hatte an der Hotelbar gesessen und versprochen, noch vor sechs Uhr morgens wieder zu Hause zu sein. Er hatte erschöpft geklungen, vielleicht sogar etwas ausgelaugt. Die fünf Tage in der Schweiz mussten hart gewesen sein. Doch Judith hatte sich nichts dabei gedacht. Robert hatte es sich über die Jahre zur Gewohnheit gemacht, nach seinen Fotoreisen mitten in der Nacht ins Auto zu steigen, um bei Tagesanbruch zurück bei seiner Frau zu sein.

Doch dann stand Judith an jenem Morgen am Fenster und wartete. Es war bereits nach sieben. Die Unruhe überkam sie. Die Wolken hatten sich gegen die Wettervorhersage aufgebäumt und die Sonne umzingelt. Zur Feier des Tages traten sie ganze Regenfässer um. Die Bäume verbogen sich unter dem Gewicht der niederprasselnden Wassermassen, die Straßen schwammen auf die Felder.

Robert Kirchner saß in seinem grauen *Audi A1* und befuhr die Landstraße in Richtung Stadt, als er mit überhöhter Geschwindigkeit von der Fahrbahn abkam und gegen einen Baum krachte. Er tat keinen einzigen Atemzug mehr.

So oder so ähnlich erzählte es zumindest die junge Polizistin, die kurz vor halb acht mit ihrem schweigsamen Kollegen in Judiths Wohnung auftauchte. Judith empfing die Hiobsbotschaft im Bademantel. Sie kam gerade aus der Dusche, das dritte Mal an diesem Morgen. Ihr war keine andere Beschäftigung eingefallen, um die quälende Wartezeit zu überbrücken. Robert war bisher nie zu spät gekommen. Die bildhübsche Blondine, die einer früheren Version von Judith ähnelte, schien ihr Mitleid sogar ernst zu meinen. Sie hielt Judiths Arm und kritzelte ihre Handynummer auf einen Notizblock. Aber was half das schon?

Einen Tag später entdeckte Judith eine achtzeilige Meldung in der *Lokalen Zeitung*, in der das Unfallkommando der Polizei um die Hinweise möglicher Zeugen bat. Für den unwahrscheinlichen Fall, dass das Ableben ihres Mannes vielleicht doch einen anderen Grund hatte als seine eigene Dummheit. Den Nachruf daneben wollte sie ihrer Seele nicht antun.

Auf das Video stieß sie erst über einen Monat später. Mittlerweile hatte die Sonne die Wolken an die Leine genommen und drängte an den halb zugezogenen Gardinen vorbei in die Wohnung, die Judith längst nicht mehr bewohnte, aber noch täglich aufsuchte. Als sie ihr Haar nach hinten warf, um es zu einem Pferdeschwanz zu bändigen, bemerkte sie zum ersten Mal die Veränderung. Irgendetwas stimmte mit dem Bilderrahmen über der Sesselecke nicht. Das Hochzeitsfoto war dasselbe, aber der Rand ein anderer. Judith zog die Vorhänge beiseite. Die Sonnenstrahlen stürzten sich durch die Fensterscheibe auf das leere Bücherregal, verschlangen den einsamen Fernsehtisch, zu dem es weder Fernsehschirm noch Fernbedienungen gab, flogen über die abgewetzten Ledersessel und erleuchteten den Staub auf der schwarzen Kommode. Über ihr hing das Bild, dessen Rahmen Judith stutzig machte. Sie strich mit den Fingern über das Teakholz. Es war kalt und glatt und hart. Wie damals im Einrichtungshaus.

Was sollte sich auch geändert haben? Was tat sie hier denn eigentlich? Überall sah Judith Geister. Seit dem Tod ihres Mannes war nichts mehr, wie es schien. Manchmal kam es ihr vor, als hätte sie den Bezug zur Realität verloren. In jedem Gegenstand versuchte sie eine Erklärung für ihr Schicksal zu entdecken. Als hätte das Leben irgendwo eine Rechtfertigung für sie versteckt, die plötzlich alles nachvollziehbar machen würde.

Doch in diesem Fall betrog ihr Instinkt sie nicht. Ihre Finger betasteten den Rahmen. Er war kalt und glatt und hart. Vor allem aber war er dick, dicker als das Exemplar zuvor. Judith nahm das Bild von der Wand und kippte es in der Luft. Ein USB-Stick landete auf der staubigen Kommode.

Das Alarmsignal ihres Handys riss Judith aus ihren Gedanken an die vergangenen Wochen. Zweimal fiepte ihr Telefon wie ein Feuermelder.

Judith blieb liegen und hielt ihre Augen geschlossen. Sie nahm sich vor, die Eilmeldungen von *Spiegel Online* endlich wieder zu deaktivieren. Sie hatte sie schon immer gehasst. Jedes Mal, wenn die Alarmglocken angegangen waren, hatte sie ihrem Mann erklärt, dass ihr diese Mode widerstrebte, jedes Ereignis gleich als Mitteilung dringlichsten Bedarfs in die Welt hinauszuschicken. Doch Robert war als Fotoreporter von der Arbeit seiner schreibenden Kollegen überzeugt gewesen. In seiner Begeisterung für Eilmeldungen hatte er sich an manchen Tagen nichts Spannenderes vorstellen können, als von einer scheinbar weltbewegenden Nachricht in die nächste gehetzt zu werden. Des Ehefriedens wegen hatte Judith das Alarmsignal akzeptiert.

Während die Wohnzimmerdecke mit wachsender Größe auf ihre Augäpfel prallte, tastete Judith mit beiden Händen den Boden neben ihrem Körper ab. Ihre linke wurde auf Höhe ihrer Hüfte fündig, ihre Finger krümmten sich um das Telefon und reckten es in die Höhe.

»Eilmeldung: Der frühere Bundeskanzler Helmut Kohl (CDU) ist tot. Er starb im Alter von 87 Jahren in seinem Haus in Ludwigshafen.«

Judith wischte die Benachrichtigung zur Seite und öffnete das Internet. Sie tippte Kohls Namen in die Suchzeile. Doch die Hoffnung, dass sie dieses Mal schneller sein könnte als die anderen, erfüllte sich nicht. Kohls Eintrag bei *Wikipedia* war vor zwanzig Sekunden bearbeitet worden. Man hatte ihn bereits für tot erklärt.

»Helmut Josef Michael Kohl (*3. April 1930 in Ludwigshafen am Rhein; †16. Juni 2017 ebenda) war ein deutscher Politiker der CDU.«

Die Todesnachricht war kaum im Umlauf, der Leichnam noch warm, da machten sich die Freiwilligen bei *Wikipedia* schon über ihn her. Aus Präsens wurde Präteritum, es dauerte, wenn überhaupt, fünf Sekunden. Ab jetzt gab es allein die Vergangenheit. Eilmeldungen schossen durch die Welt, Lebensgeschichten wurden zwischen Mittagessen und Kaffeetrinken für beendet erklärt. Danksagungen und Lobpreisungen, die vielleicht lieber zu Lebzeiten hätten erscheinen sollen, weil dann auch der Tote in ihren Genuss gekommen und voller Stolz gestorben wäre, machten die Runde. Bis der Alltag seinen Tribut forderte. Der Geist der Zeit erlaubte kein ergriffenes Innehalten. Was einmal als Präteritum gebrandmarkt war, sollte für das Präsens keine Rolle mehr spielen.

Was hatte sich Judith nach dem Autounfall ihres Mannes vor diesem beschleunigten Abgang gefürchtet. Nachdem ihr die beiden Polizisten die Todesnachricht überbracht und die Wohnung wieder verlassen hatten, war sie im Bademantel durch den Flur in Roberts Arbeitszimmer gestürmt, hatte seinen Laptop aufgeklappt und seinen Namen in die Tasten gehämmert. Sie hatte einfach wissen müssen, ob sich bereits irgendein Wichtigtuer als Sterbehelfer angebiedert und das Leben ihres Ehemannes bei einem Teller Spaghetti für beendet erklärt hatte. Doch Robert war trotz seiner preisgekrönten Fotoreportagen ein Mensch gewesen, an dem die Scheinwerfer der Öffentlichkeit vorbei leuchteten. Er hatte in aller Ruhe sterben dürfen. Der fehlende Ruhm hatte ihm einen Abgang abseits der Menschen verschafft, die in der Lage waren, Präsens mit einem Mausklick ungefragt in Präteritum zu verwandeln.

Judith legte ihr Handy beiseite und blickte zu ihren Füßen. Die Blätter aus der Umzugskiste bedeckten den Boden. Sie beugte sich nach vorn, schob das Papier auf einen Haufen und warf ihn in einen der anderen Pappkartons in ihrer Nähe. Der Gestank von kaltem Rauch wirbelte durch die Luft. Roberts Gesicht tauchte vor Judiths Augen auf. Die Schädeldecke war nach oben geklappt, Blut rann aus seinen Augen. Die Zeit zum Gehen war gekommen.

Judith schlüpfte in ihre silbern glänzenden Sportschuhe, verpasste den Umzugskartons noch ein paar Tritte und stürmte zur Wohnungstür. Bevor sie über die Schwelle trat, warf sie einen Blick zurück durch den Flur zu Roberts Arbeitszimmer. Sie befühlte den USB-Stick in ihrer linken Hosentasche. Warum hatte Robert ihn vor ihr verbergen wollen? Konnte es dafür eine Erklärung geben, die ihr Vertrauen über seinen Tod hinaus weiterleben lassen würde?

Der Stick enthielt nur eine Datei. Ein knapp dreiminutiges Video, das die meiste Zeit einen verlassenen Hinterhof zeigte. Und selbst dann, als Robert und der Unbekannte im Bild auftauchten, wurde die winterliche Ruhe nicht durchbrochen. Das Video hatte keinen Ton. Man sah nur den Schnee vom Himmel fallen und Robert mit dem Unbekannten streiten.

4 Oh, Gott

Wer auf den Alkohol als Eisbrecher setzt, sollte beten, dass er nachher auf der richtigen Scholle sitzt.

Oskar Kuhn zupfte sein Hawaiihemd zurecht und schüttelte sein Wuschelhaar. Endlich gab sie ihren Beobachtungsposten am Poolrand auf. Sie hüpfte aus dem Strandkorb und steuerte auf die Bar zu. Oskar drehte mit seinem Handy das Radio leiser. Es lief *Tropical Heat* von *Vincent Ancot.* Einer seiner frühen Beats, der für Oskar nach Sonne, Cocktails und Verführung klang.

»Einen Caipirinha, mit wenig Eis und viel Zucker.« Sie schob ihren schmalen Körper auf den Barhocker und klappte die Getränkekarte auf. Ihr herausforderndes Lächeln konkurrierte mit ihrem tief ausgeschnittenen Sommerkleid. Ihre rechte Hand fuhr durch ihr blondes Haar und schlug ein paar Strähnen nach vorn über ihre Brust. Erst dann sah sie Oskar mit ihren himmelblauen Augen an. Sein Magen schlug einen Rückwärtssalto, er verspürte die ersten Anzeichen einer Hypnose. Sie grinste und deutete mit ihrem rechten Zeigefinger, den das Tattoo einer Schlange zierte, auf den Cachaça hinter der Theke.

»Wenig Eis und … viel Zucker«, stammelte Oskar. »Kommt sofort.«

»Fein«, flüsterte sie, griff über die Theke nach Oskars Telefon und drehte das Radio lauter. Sie schloss ihre Augen und wiegte ihren Kopf in der Luft.

Oskar war dankbar, sich auf der Suche nach den Limetten von der Schönheit abwenden zu können. Sein nächster Schritt musste wohl durchdacht sein, die Einstiegsfrage sitzen, es durften keine Zweifel an ihm bleiben. Bei Frauen ihres Kalibers hatte man nur eine Chance. Sie musste sofort anbeißen. Sonst würde ihr Selbstbewusstsein ihn in Stücke reißen. Doch sobald Oskar zwei zierliche Exemplare der grünen Zitrusfrucht in seinen Händen hielt, war die Zeit zum Nachdenken abgelaufen. Obwohl er noch gar nicht richtig damit begonnen hatte. Ihm fehlten die Ausreden für sein Zögern, er spürte ihre Blicke, er musste sich umdrehen.

Sie hatte ihre Hände auf die Theke gelegt und trommelte mit den Fingern zu dem Beat auf das Nussbaumholz. Oskar entdeckte weitere Symbole auf den Gliedern ihrer Finger. Ein Ring, ein Strichmännchen, ein Buch. Die anderen drei Bildchen konnte er nicht entziffern.

»Ich bin übrigens Oskar, dein Barkeeper vom Dienst.«

Sie lachte.

»Und wer bist du?«

»Eine verdurstende Hotelbewohnerin, die im Internet Besseres über diese Bar gelesen hat, als ihr hier gerade geboten wird. Offenbar stehst du heute etwas neben dir, Barkeeper vom Dienst.«

Oskar setzte eine schuldbewusste Miene auf. Er viertelte die Limetten, warf sie in ein Cocktailglas, bedeckte sie mit einer Handvoll braunem Zucker und zerdrückte die Masse mit einem Stößel. Mit der anderen Hand griff er nach dem Cachaça. Im Augenwinkel bemerkte er ihr lautloses Klatschen.

»Das sieht jetzt schon mehr nach einem Barkeeper aus, der nicht nur den ganzen Abend in Ausschnitte glotzt«, sagte sie.

Oskar sah verlegen zur Seite. »Was verschlägt dich denn auf unsere wundervolle Insel?«

»Eure?«, fragte sie und lachte. »Du siehst nicht gerade wie ein Einheimischer aus.«

»Die Erklärung würde sicher zu weit führen«, log Oskar. In Wahrheit sprach er ungern über seine Vergangenheit.

»Ich mag lange Erklärungen.«

»Ach, ja?«

»Sie gehören quasi zu meinem Beruf.«

»Belassen wir es trotzdem bei der Kurzversion.«

»Einverstanden.«

»Ich betrachte mich als Zugewanderten, der seine Heimat erst entdecken musste«, sagte Oskar.

Wieder lachte sie. »Wenn das mal keine ausgefallene These ist, Herr Philosoph.«

Oskar schob den Caipirinha über die Theke.

Sie beugte sich nach vorn, um das Glas entgegenzunehmen. Die bunten Lichterketten der Poolbar spiegelten sich auf ihrer babyglatten Haut. Eine Sekunde zu lang berührte sie Oskars Hand. Er konnte hören, wie die Mauer zwischen ihnen einstürzte.

»Ich heiße übrigens Enya«, sagte sie.

»Ein schöner Name«, meinte er. »Und was machst du nun hier auf unserer Insel, Enya?«

»Muss ich diese Frage jetzt so philosophisch beantworten wie du gerade meine?«

»Wenn du schon so fragst.«

Enya betrachtete ihre Finger. »Ich suche auf deiner Insel das, wonach man sich mit einundzwanzig Jahren nun einmal sehnt: Ich will Abstand vom Job gewinnen, Zeit auf der Sonnenseite des Lebens verbringen, obwohl zu Hause noch Frühling ist, und die Welt erkunden, neue Menschen kennenlernen, mich wie ein aus seinem Käfig ausgebrochenes Zootier fühlen.«

Oskar stierte Enya ins Gesicht. Mit jedem Wort flogen ihre Brauen in die Höhe und landeten danach wieder passgenau über ihren sanften Augen. Das perfekte Gegenstück zu ihren kantigen Lippen, deren schrille Röte von Angriffslust zeugte.

Plötzlich lehnte sich Oskars Körper gegen seine Begeisterung auf. Das gebieterische Rot verschwamm mit dem ehrfürchtigen Himmelblau, darunter mischte sich die Wärme ihres frisch gebräunten Teints. Ihr Gesicht verwandelte sich in eine zerschmelzende Farbpalette. Aus Enyas Mund schoss die Schlange hervor, die sie auf einem ihrer Finger trug. Die Giftzähne blitzten in ihrem weit aufgerissenen Maul.

»Bin gleich wieder da.« Oskar stolperte hinter der Bar hervor an Enya vorbei zur Toilette.

Oskar hatte es kaum glauben wollen, aber für sie war es wirklich das erste Mal. Während sein Penis über ihren Oberschenkel glitt und seine Lippen an ihren Brustwarzen saugten, lag sie apathisch auf dem Rücken und ließ das Lustspiel über sich ergehen.

Sie hatten sich erst Stunden zuvor kennengelernt. Es war einer dieser Winter, die auf den Schnee verzichteten, weil sie sich nicht unter den Gefrierpunkt trauten. Die Jugendlichen überfüllten die abgewetzte Disko direkt neben dem Stadtpark seiner Heimatstadt. Schon als Oskar Kuhn die Tür aufschob, erblickte er die junge Schönheit auf der Tanzfläche, wie sie die Rhythmen der Musik absorbierte und alle anderen Wesen um sich herum vergessen machte. Einen geschickt eingefädelten Zusammenstoß an der Bar und drei Entschuldigungsbier später kippte das oberflächliche Abtasten dann in hemmungsloses Begehren, das sie noch vor dem Morgengrauen in Oskars Jugendzimmer im Haus seiner Eltern führte. Nur im Bett war das Mädchen mit ihren sechzehn Jahren alles andere als stürmisch.

»Oh, Gott«, stöhnte sie, nicht aus Euphorie, sondern vor Überforderung. Der Stellungswechsel von unten nach oben brachte sie endgültig aus dem Konzept. Im Gegensatz zu Oskar war sie bis zu jener Nacht tatsächlich noch Jungfrau gewesen. Das Gleiche hatte er ihr auf dem Heimweg über sich erzählt. Ein Schwindel, der in den folgenden Jahren noch mit dem Vorschlaghammer auf sein Seelenleben einprügeln sollte. Immerhin benutzten sie ein Kondom.

»Oh, Gott! Oh, Gott«, stieß es wieder aus ihr hervor, während er ihre Hüfte mit der Routine eines Zwanzigjährigen umfasste und ihr Becken an seines drückte. Selbst als sich ihre Hände in seinen Schultern verkrallten, wusste er nicht, ob ihr Ausruf jetzt Ausdruck ihrer Erregung oder noch immer Zeichen ihrer Nervosität war. Nach jener Nacht hörten sie nie wieder voneinander. Er erinnerte sich schon am Morgen danach nicht einmal mehr an ihren Namen.

Oskar lehnte mit seinen Handflächen auf dem Rand des Waschbeckens und begutachtete den Kerl ihm gegenüber im dreckigen Spiegel. Wassertropfen rutschten seine Wangen hinab und plätscherten auf die weißen Kachelfliesen des Toilettenbodens.

Enya war eine atemberaubende Frau, da gab es für Oskar keine Zweifel. Sie wirkte gerissen und geistreich, ziemlich frech und ungemein selbstbewusst, auf irgendeine Weise auch voller Geheimnisse. Aber sie war auch jung, einundzwanzig Jahre, viel zu jung. Nicht schon wieder wollte Oskar eine heranwachsende Frau verletzen, die sich bei ihm sicher fühlte, weil er ihr die Wahrheit über seine dunkle Seite verschwieg. Überhaupt wollte er gar keinen Menschen mehr verletzen. Deswegen war er hier auf dieser Insel, fern von den Sünden seiner Vergangenheit, allein der Gegenwart verpflichtet. In ihr musste er sich bewähren, in ihr durfte er seine früheren Fehler nicht wiederholen.

Was aber, wenn Enya seine Chance auf Wiedergutmachung für das Leid war, das er dem namenlosen Mädchen aus seiner Heimatstadt damals angetan hatte? Man sieht sich immer zweimal im Leben, dachte Oskar, manchmal vielleicht in Gestalt einer anderen Person. Dem Mistkerl ihn ihm würde er schon zeigen, was aus ihm geworden war. Er hob die Fäuste und täuschte zwei Schläge gegen sein Ebenbild an. Es zuckte nicht einmal mit den Wimpern.

Oskar nahm das kleine Handtuch vom Haken neben dem Waschbecken und presste es sich ins Gesicht. Der gelbe Stoff saugte das Wasser durstig auf. Oskar wischte sich mit dem Tuch über seine Stirn und hängte es zurück an seinen Platz neben dem Waschbecken. Er betätigte die Toilettenspülung. Nur zur Sicherheit, falls Enya ihn belauschte.

An der Bar lief wieder *Tropical Heat*. Enya musste den Beat noch einmal von vorn gestartet haben. Sie lehnte mit den Unterarmen auf der Theke und bewegte ihren Körper zur Musik. Oskar bemerkte sofort, dass Enya ihn und seine Zweifel durchschaut hatte. In der Luft lagen Noten von Pfeffer, Haselnuss und Orangenblüte. Das würzige Parfüm verschlang die ganze Bar.

Normalerweise gefiel es Oskar, wenn Frauen ihn umgarnten. Und die Geruchsexplosion war ein eindeutiger Versuch, seine Bedenken mit einem Angriff auf seine Sinne zu zerstreuen. Es gab kaum eine durchtriebenere Anmache. Aber auch keine verzweifeltere. Denn wenn ein Geruch zur letzten Hoffnung wird, erweist sich die Übertreibung meist als das aussichtsreichste Stilmittel. Enya hatte selbst die Übertreibung übertrieben.

Oskar fühlte sich geschmeichelt. Es passierte, was nicht passieren sollte. Er verlor die Kontrolle über seinen Körper, er handelte nach altbewährten Mustern. Er fuhr sich durchs Haar und starrte Enya in den Ausschnitt, der zweifelsohne noch etwas tiefer geworden war, und stellte sich vor, wie er ihre Brüste massierte. Der Mistkerl in ihm jubelte.

Enya lächelte zufrieden, als Oskar ihr noch einen Caipirinha machte und ihn über die Theke schob. Mit einer Hand ergriff sie den Strohhalm und führte ihn zu ihrem knallroten Mund, mit der anderen streichelte sie Oskars Unterarm.

Oskar erkannte auf ihrem linken Ringfinger das Abbild eines Medaillons.

5 Tote Leben

Die Formel zum Glück? Lass den negativen Scheiß, konzentrier dich lieber auf das Positive.

Robin Wagner betrachtete den schwarzen Grabstein. Er kniete wie ein gebrochener Krieger zwischen den beiden kräftigen Eichen im Gras. Zwei Blaumeisen tanzten auf seinem Rücken und trällerten ihre Lieder.

Der Waldfriedhof war ein rares, aber zugleich seltsames Stück Natur mitten in der Stadt. Ein Ort des Todes zwischen all dem Leben, ein Platz der Erholung unter den für immer erschöpften Gestalten. Vor allem aber war er seit über acht Jahren Miriams Zuhause. Hier lebte ihre Asche, zusammengepfercht in einer Urne, bedeckt mit schaufelweise Erde, garniert mit einem kleinen Strauß kupferroter Chrysanthemen, den Robin Miriam mit ans Grab gebracht hatte. Ein Symbol für die Liebe, auch über den Tod hinaus. Das zumindest hatte ihm die Verkäuferin im Blumengeschäft am Friedhofsportal erzählt.

Meistens brachte Robin seiner Freundin Margeriten mit, als Zeichen für seine vergossenen Tränen. Auch über diese Symbolik hatte ihn die Frau aus dem Blumenladen informiert. Aber auch Tote brauchen über die Jahre etwas Abwechslung, damit ihr Leben nicht zu eintönig wird. Deswegen dieses Mal Chrysanthemen.

Die Lieder der Blaumeisen verstummten. Beinahe synchron machten sie einen tollkühnen Satz nach vorn und landeten nebeneinander auf Miriams Ruhestätte. Erdklumpen knallten gegen den Grabstein, eine Spinne krabbelte über den Blumenstrauß. Noch bevor die linke Blaumeise das köstliche Mittagsmahl aus den Blüten picken konnte, verpasste ihr die rechte einen Fußtritt mitten auf den Schnabel. Die Wucht des Aufpralls warf beide Vögel zur Seite. Sie rangen kurz um Orientierung, dann setzten sie ihren Ringkampf im Liegen fort. Die rechte Blaumeise erhob ihre Kralle und verhakte sich im Körper der linken. Die wiederum versuchte, ihren Schnabel in den Hals der anderen zu drücken. Sie fluchten und traten und schimpften. Unter wilden Flügelschlägen verschmolzen sie zu einem Ball, der sich munter im Kreis drehte. Die Spinne hatte ihre Chance längst erkannt, kletterte über die Grenzsteine des Grabes und verschwand im hohen Gras.

Robin griff in die Innentasche seines dunkelblauen Jacketts und zog sein Portemonnaie heraus. Der goldene Ehering rieb an seinem dicken Finger. Aus den Tiefen seiner Geldbörse kramte Robin eine verblasste Schwarzweißfotografie von Miriam. Er liebte ihr Lächeln. Und konnte auch nach über acht Jahren nicht glauben, dass seine Freundin nicht mehr die glückliche Frau von dem Foto, sondern nur noch Staub und Asche sein sollte. Er küsste sie.

Es geschah im Winter 2008. *Sie* betraten die Wohnung, aber Miriam fiel mit der Tür ins Haus.

»Ich werde sterben«, flüsterte sie, als Judith, Oskar und Robin durch den Flur auf sie zu kamen.

Über das Wohnzimmer legte sich die Stille einer Explosion, das Schweigen nach dem Knall. Judith griff nach Oskars Hand, doch er wehrte die Geste ab und machte einen Schritt auf Miriam zu, die Hände wieder zur Umarmung ausgestreckt. Robin stierte hinauf zur Decke.

»Ich werde sterben«, wiederholte Miriam und lehnte sich an die Wohnzimmerwand hinter ihr. Ihr schwarzer Kurzhaarschnitt war etwas unsortierter als sonst.

Das Schauspiel erstarrte. Miriam stand an die Wand gelümmelt, ein teuflisches Grinsen im Gesicht. Oskar verharrte dicht vor ihr, den Blick wie ein Schwert auf ihre Brust gerichtet, die Hände nutzlos vor dem Körper. Judith und Robin flankierten ihn, die Münder weit geöffnet, die Augen versteinert. Sie alle versanken in ihrem Wettbewerb um die am stillsten aus dem Wohnzimmerboden ragende Statue.

Die Uhren setzten aus, die Welt stand stramm. Zwischen Miriam und ihren Freunden begannen die Fliesen zu bröckeln. Die Unterbrechung des Lebens dauerte vielleicht fünf Minuten, womöglich auch nur zehn Sekunden. Der Schock hielt Jahre. Nach einer Zeit setzte die Erde ihre Reise auf ihrer Laufbahn fort.

Oskar flog als Erster aus dem Wettbewerb. Er fischte seine Hände aus der Luft und richtete sie auf Miriams Gesicht. Er fauchte. »Warum lachst du? Miriam, was soll der Mist?«

»Was soll ich denn sonst tun?«, fragte Miriam. Sie hustete. »Soll ich mich auf die Straße stellen und heulen?«

Oskar verdrehte die Augen.

»Ich habe Lungenkrebs im Endstadium.« Miriam löste ihre Schultern von der Wand, trat auf Oskar zu und fuhr ihm mit beiden Händen über seine braune Igelfrisur. »Was bleibt mir anderes übrig, als mich den Rest meiner Tage zu amüsieren? Der Spaß am Leben ist das einzige Glück, das mich noch vom Tod trennt.«

Robin zuckte. Seine Kinnlade fiel nach unten, seine Hände krallten sich in seine beleibten Hüften. Doch auf Worte warteten seine Freunde vergebens. Die kurze Bewegung seines Unterkiefers reichte aber schon für Judiths Sieg im Wettbewerb um die überzeugendste Statue.

Miriam schüttelte den Kopf, als hätte Robin etwas gesagt, dem sie widersprechen müsste. »Erinnert ihr euch noch an mein Fieber und das Husten? Wir dachten, es sei bloß eine langwierige Erkältung. Ich war sogar beim Arzt, ihr habt mich ja dazu gezwungen.«

Robins Kiefer geriet jetzt völlig außer Kontrolle. Seine Zähne knallten aufeinander.

»Dort hatten sie mich schon beruhigt, nur ein grippaler Infekt. Kommt tausendmal vor im Monat.« Miriam holte Luft. »Aber dann fanden sie den wahren Grund für meine schlechte Verfassung. Lungenkrebs statt Erkältung, die Krankenschwester sah ziemlich unglücklich aus.« Miriam zuckte mit den Schultern. »So kann man sich tauschen.«

»Und da ist nichts zu machen?«, fragte Judith.

Miriam setzte wieder dieses beißende Grinsen auf. »Nein, es ist schon alles zu weit fortgeschritten. Der Arzt drückt sich um eine Prognose, er ist ein netter Kerl, er will mir meine Freude lassen. Aber ich habe wohl nur noch Wochen, vielleicht ein paar Monate. Seht mich doch an, es geht vorüber mit mir.«

Ihre Worte klangen wie der Abgesang auf ein fast schon vergessenes Leben, die allerletzten Erinnerungen an ein entschwindendes Dasein, das bald von der Erde abberufen und den Gedanken dieses Planeten entzogen werden sollte.

Erst jetzt bemerkten die Freunde die Erschöpfung, mit der sich Miriam gegen die Wand fallen ließ.

Die Blaumeisen hatten ihren Streit beigelegt und die Trauer über das enteilte Mittagsmahl hinter sich gelassen. Sie tanzten wieder auf dem Rücken des Grabsteines und trällerten ihre Balzlieder. Noch wussten sie nicht, dass das Duell um ein Weibchen sie schon bald erneut entzweien würde. Der Wind umspielte ihre Körper, in der Luft hing der Geruch von frisch gemähtem Gras.

Manchmal wünschte sich Robin Wagner die Ergriffenheit von damals zurück. Er betrauerte diesen flüchtigen, aber intensiven Moment, in dem sie alle realisiert hatten, dass das Schicksal ihnen einen unverzeihlichen Streich spielte, aber noch nicht gespürt hatten, dass dieser ihre Freundschaft für immer zerstören sollte. Mit Miriam verschwand die Seele ihrer Gruppe, ohne sie gab es auch keine Gemeinschaft.

Heute interessierte sich keiner mehr für die Leben von gestern. Bis auf Miriams Eltern kam allein Robin zum Grab seiner Freundin, um ihr Blumen zu bringen, für ein paar Augenblicke die Stille des Waldfriedhofes zu genießen und den Erinnerungen an schönere Zeiten nachzuhängen. Einmal in der Woche, immer samstags, meist am Vormittag, wenn das Blumengeschäft am Friedhofsportal die prächtigsten Sträuße in der Auslage hatte, besuchte er Miriams letzte Ruhestätte.

Oskar und Judith dagegen waren seit der Beerdigung kein einziges Mal am Grab ihrer Freundin gewesen. Robin hatte den Friedhofsgärtner schon vor Jahren darum gebeten, Miriams Grab für ihn im Blick zu behalten. Wenn dort ein Trauernder aufgetaucht wäre, hätte er es längst erfahren. Doch jedes Mal, wenn er auf den Friedhof kam, schenkte ihm der Gärtner bloß ein Kopfschütteln.

Doch was war schon von Oskar und Judith zu erwarten?

Er hatte sich damals, als mit Miriams Tod der Sinn des Lebens über den Freunden eingestürzt und der gegenseitige Halt wichtiger denn je geworden war, einfach an die Straße gestellt und die Flucht angetreten. Von einem auf den anderen Tag war er weg, fern von allen Problemen. Statt einer Nachricht hinterließ er einen Berg an Sorgen, mit denen Robin, sein bester Freund und treuer Gefährte, alleine zurechtkommen musste, obwohl ihn nicht mehr Schuld traf als Oskar.

Sie war zwar geblieben, aber trotzdem vor den Problemen davongerannt. Statt sich nach dem Tod ihrer Freundin und der Flucht ihres Freundes an den letzten verbliebenen Rettungsanker zu klammern und die Krise an Robins Seite durchzustehen, hat sie sich Tage nach der Beerdigung in einem Nachtklub mit billigem Fusel abgeschossen und dem nächstbesten Kerl an den Hals geworfen. Danach hat sie nie wieder von sich hören lassen.

Robin sah die Blaumeisen emporsteigen und zwischen dem dichten Blätterwerk der Eichen verschwinden. Allein ihr fortwährender Gesang zeugte noch von ihrer Anwesenheit.

Ein Sonnenstrahl schlug sich seinen Weg durch die Baumkronen und landete auf dem Stein aus schwarzen Marmor, den Robin seiner Freundin zu ihrem dritten Todestag geschenkt hatte. Vielleicht war er der Letzte, der Miriam noch nicht für tot erklärt hatte. Womöglich aber auch der Einzige, der den Lauf des Lebens nicht akzeptieren konnte und fortwährend in der Vergangenheit lebte. Wahrscheinlich bedingte das eine das andere.

Die Neun am Ende des eingravierten Todesjahres reflektierte den Sonnenstrahl und zielte mit dem Licht auf Robins rechtes Auge. Er machte drei Schritte auf den Grabstein zu, tätschelte ihn, als wäre er Miriams Kopf, und wandte sich zum Gehen ab. Er verließ den Friedhof über den breiten Kiesweg inmitten der unzähligen Gräber.

Der Friedhofsgärtner schüttelte den Kopf, während er mit seinem zitronengelben Traktor über die Rasenflächen jagte, unter denen bald weitere tote Leben liegen würden.

6 Überraschungsreise

Unser Wille ist so leicht zu brechen. Heute noch schenken wir dem Raucher ein Entwöhnprogramm, morgen dann schon ein Sturmfeuerzeug.

Enya Janssen wollte gerade auflegen, als Frank Sauer endlich den Hörer abnahm. Ein tiefes Schnauben drang durchs Telefon.

»Hörst du mich?«, fragte Enya.

»Ja«, brummte ihr Kollege. »Was gibt's?«

»Ich wollte mich mal über den Stand der Ermittlungen informieren.«

Frank Sauer murmelte etwas. Sein Atem klang schlimmer als jedes Funkloch. Enya hatte Mühe, die Stimme ihres Kollegen aus dem Rasseln und Schnaufen herauszufiltern.

»Hier ist total schlechter Empfang«, schimpfte sie und lief von der einen Ecke des Balkons zur anderen.

»Ich hör dich. Klar und deutlich.« Frank Sauer schnäuzte in ein Taschentuch. Pünktlich zu Sommerbeginn hatte er seinen Dauerschnupfen bekommen, wie jedes Jahr Ende Juni. Normalerweise setzte er sich dann in sein Wohnmobil und fuhr zur Kur in den Norden, besonders gern nach Norwegen. Doch in diesem Jahr hatte er Enya spontan den Vortritt gewährt.

»Sind neue Informationen zum Fall eingegangen?«, fragte Enya.

»Ja, kann man so sagen. Zwei ältere Damen haben angerufen«, brummte Frank Sauer.

»Und? Was sagen sie?«

»Sie wollen in der Nacht des Unfalls etwas gesehen haben.«

»Hast du das überprüft?«

»Natürlich nicht.«

»Wie bitte?«

»Sie wohnen beide in der Stadt. Warum sollen sie mitten in der Nacht auf einer Landstraße gewesen sein und etwas gesehen haben?«, fragte Frank Sauer. Er stöhnte. »Das haben die Kollegen vom Unfallkommando offenbar auch so gesehen und sie nach einem Anruf wieder von der Zeugenliste gestrichen.«

»Das ist mir doch egal. Wir müssen allen Hinweisen nachgehen«, protestierte Enya.

»Mensch, Mädel. Es sind nur Großmütter, die niemanden mehr zum Reden haben und nach irgendwelchen Dummköpfen suchen, die sich ihren Kaffeeklatsch anhören.«

»Wir müssen trotzdem objektiv bleiben. Das ist doch unser Beruf!«

Frank Sauer schwieg. Während seine Stimme ihre Kraft sammelte, gehörte die Bühne allein diesem schrecklichen Rasseln, das unaufhörlich aus seiner Nase drang.

Enya Janssen wusste, dass ihr Kollege in einem Zwiespalt steckte. Auf der einen Seite stand der Polizist Frank Sauer, der Robert Kirchners Ableben für einen tragischen Unfalltod hielt, in den Enya in ihrem jugendlichen Elan und ihren übersteigerten Ambitionen, später mal bei der Kriminalpolizei arbeiten zu wollen, zu viel hineininterpretierte. Auf der anderen Seite stand der Mensch Frank Sauer, der längst mitbekommen hatte, dass sich die Kollegen auf dem Revier schon das Maul über die törichte, aber attraktive Anfängerin zerrissen. Als ihr Partner gehörte es nun einmal zu seinen Aufgaben, sich schützend vor sie zu stellen. Wenigstens ein bisschen.

»Du kannst die Großmütter gern noch einmal befragen, wenn du willst«, sagte Frank Sauer. »Ganz dezent natürlich.«

»Mach ich, wenn ich zurück bin«, antwortete Enya.

»Gut.«

»Danke, Frank!«

»Keine Ursache.«

Enya lehnte sich mit dem Rücken gegen die Balustrade und

blies die Spannung aus ihrem Körper. Durch die Glastür beobachtete sie Oskar, der sich gerade die Decke über den Kopf zog und auf die andere Bettseite wälzte. Dorthin, wo vor ein paar Minuten noch Enya gelegen hatte.

»Bist du noch dran«?, fragte sie ins Telefon.

»Ja«, brummte Frank Sauer.

»Ich habe da eine Theorie.«

»Was für eine Theorie?«

»Ein Freund von mir beschäftigt sich beruflich sehr viel mit Autos und Unfällen.« Enya stockte. Sie ahnte, dass sie einen Fehler machte. »Er arbeitet vielleicht ab und an nicht ganz legal. Aber er kennt dadurch ein paar Leute, die genau wissen, wie man einen Autounfall tarnt.«

»Was ist denn das für eine Vorgehensweise?«, fluchte Frank Sauer. »Wir ermitteln doch nicht mithilfe von Kleinkriminellen.«

»Ihr lasst mir keine andere Möglichkeit«, fauchte Enya.

»Weil du Gespenster siehst. Wir beide sind raus aus der Nummer.« Frank Sauer zog den Schleim seine Nasenflügel hinauf. Das Rasseln sprang eine Tonart höher. Enya konnte spüren, wie ihr Kollege auf seinem Schreibtisch nach einem neuen Taschentuch suchte.

»Du bist keinen Deut besser als die Kollegen. Du lebst in deinem beschissenen Arbeitstrott und übersiehst dabei die Details. Statt dir ernsthaft Gedanken über den Fall zu machen und vielleicht mal die ein oder andere Möglichkeit zu durchdenken, amüsierst du dich nur über mich.«

»Du wärst halt nicht die erste Frau, die ihre erste Leiche nicht übersteht«, murmelte Frank Sauer.

»Ach, ja?«, spottete Enya. »Ihr Männer habt das natürlich alle geschafft.«

»Zumindest haben wir uns keine dubiosen Erklärungen von zwielichtigen Gestalten geben lassen.«

Enya biss sich auf die Zunge. Der Geschmack von Blut

verteilte sich in ihrem Mund. Sie hätte hunderte Konter parat gehabt, mit denen sie Frank Sauer hätte verletzen können. Aber jeder von ihnen wäre genauso sexistisch gewesen wie die Worte ihres Kollegen. Auf dieses Niveau wollte sie nicht herabsinken.

»Aber erzähl mir ruhig von deiner Theorie des bis ins kleinste Detail vorbereiteten Anschlags auf Robert Kirchner«, lachte Frank Sauer.

»Ich geb dir jetzt zumindest mal einen Tipp«, sagte Enya. »Stell dir vor, ein Auto wird mit Dämmwolle oder Styropor verkleidet. Glaubst du, der Zusammenstoß hinterlässt dann Spuren?«

Diesmal sprang das Rasseln gleich zwei Tonarten tiefer. Unter Frank Sauers erkältetes Schnauben mischte sich eine deftige Portion Wut. »Lass den Mist jetzt, Enya! Du bist weder bei der Spurensicherung noch bei der Kriminalpolizei.«

Auf einmal glitt die Glastür beiseite. Oskar streifte sich sein dunkelblaues Muskelshirt über und trat auf den Balkon. Enya legte eilig auf.

»Du telefonierst zu viel«, sagte Oskar. Er lehnte sich neben Enya gegen die Balkonbrüstung.

»Hatte mit der Arbeit zu tun«, entschuldigte sich Enya. Eine Wespe flog durch ihr Blickfeld und landete direkt über der Balkontür. Sie krabbelte auf den Fuß des Lampenschirms zu, zwängte sich unter dem Metall hindurch und tauchte neben der Glühbirne wieder auf.

»Ja ja, die Arbeit. Bist du nicht hier, um Urlaub zu machen?«, fragte Oskar.

»So ähnlich«, murmelte Enya.

Natürlich hatte Oskar recht, jedenfalls fast. Vor allem war Enya hier, weil sie Robert Kirchner vergessen wollte. Seit dem Morgen, an dem sie in seine erstarrten Augen gesehen hatte, hatte sie sich jeden Tag nach Dienstende durch die Urlaubsangebote verschiedener Reiseanbieter geklickt. Jedes Mal hatte sie

Lust bekommen, in den Flieger zu steigen, ein paar Tage in einer anderen Welt zu leben und dann ohne Erinnerungen an den Unfall in ihren Job zurückzukehren. Denn vielleicht war das Gespött der Kollegen auf dem Revier berechtigt, vielleicht gab es den Fall Robert Kirchner gar nicht, vielleicht konnte ein Urlaub sein Gesicht aus Enyas Gedächtnis verbannen. Doch jedes Mal, wenn sie das Reiseziel schon ausgewählt und die Buchungsanfrage geöffnet hatte, war sie plötzlich überzeugt davon gewesen, dass sie mit ihrer Vermutung richtig lag. Irgendetwas war faul an diesem Unfall und scheinbar war sie die Auserwählte, die das zu beweisen hatte.

Zwei Monate nach dem Autounfall hatte Enya dann doch im Flugzeug gesessen. Frank Sauer hatte seinen Urlaub kurzerhand streichen lassen und die freien Tage Enya vermacht. Als Antwort auf ihre Widerrede hatte er ihr nur die Adresse einer Agentur notiert, die sich auf Überraschungsreisen spezialisiert hatte. Dort hatte Enya einer aufgetakelten Mittvierzigerin mit Hochsteckfrisur und fußballgroßen Silberohrringen gegenübergesessen und Abflughafen sowie Reisekategorie ausgewählt. Wenigstens etwas Kontrolle über die Überraschung sollten die Kunden haben. Bereits am nächsten Abend war Enya in dieser anderen Welt der Kategorie *Strand und Sonne* gelandet, nach der sie sich in den Wochen zuvor so sehr gesehnt hatte. Noch in derselben Nacht hatte sie mit dem Barkeeper geschlafen und Robert Kirchners Gesicht das erste Mal für wenige Augenblicke verdrängen können.

»Du willst mir deinen Beruf wirklich nicht verraten, oder?«, fragte Oskar.

»Ich finde es besser, wenn wir wenig übereinander wissen«, sagte Enya. Schon seit Jugendtagen erzählte sie Fremden nur ungern aus ihrem Leben. Selbst ihre engsten Freunde hatten schon immer beharrlich um jede Information kämpfen müssen.

»Du willst also weiterhin ständig telefonieren und mir nicht sagen, wen du da anrufst?« Oskar drehte sich um und stützte sich mit den Unterarmen auf das Balkongeländer. »Ich akzeptiere Geheimnisse. Aber vielleicht hast du einen Freund zu Hause, den du gerade mit mir betrügst.«

Enya wollte protestieren, musste aber an Tino denken. Sie hatte in den Wochen nach dem Autounfall, in denen die Sache auf der Polizeiwache in Vergessenheit zu geraten drohte, weil die Kollegen vom Unfallkommando die Ermittlungen kaum mehr verfolgten, zweimal mit ihm geschlafen, um Zugang zu seinen Quellen zu bekommen. Sie hatte es nicht bereut, immerhin war sie Single und seine Informationen hatten sie auf neue Fährten gebracht. Doch er hatte die Aufopferung ihres Körpers freilich in den falschen Hals bekommen. Schon aus diesem Grund waren die Geschichten über den Automechaniker nicht für Oskars Ohren bestimmt.

»Gibt es doch einen Freund?«

»Mensch, Oskar. Das Thema hatten wir doch schon. Ich bin hier, um die Welt daheim zu vergessen. Ich will nicht darüber sprechen, was zu Hause los ist.«

Oskar schnippte eine Wespe von der Balustrade. »Dieses Gefühl kenn ich.«

»Das dachte ich mir.« Enya legte ihren linken Arm um seine Schulter. »Sonst würdest du nicht hier auf dieser Insel leben.«

»Nur wirst du die Welt daheim nicht vergessen, wenn du jeden Tag stundenlang an deinem Handy hängst.«

Enya rollte mit den Augen. »Es ist wichtig.«

»Ich finde, wenn man auf diese Insel kommt, muss man sich früher oder später entscheiden.« Oskar deutete auf ein Flugzeug am Himmel. »Willst du lieber die Welt vergessen oder diese geheime Sache klären?«

Gern hätte Enya sich für die erste Option entschieden. Seit sie mit Oskar zusammenlebte, fühlte sie sich besser. Niemand verkörperte diese andere Welt, die die meisten Menschen nur aus Erzählungen kennen, die frei von Sorgen und Verpflichtungen ist, in der immer die Sonne scheint und das Leben lacht, mehr als Oskar. Bei ihm konnte Enya spüren, was es hieß, sich treiben zu lassen. Manchmal gelang es ihr sogar, ihre Gedanken für mehr als fünf Minuten von dem Unfall zu wenden und sie ins Nirgendwo zu lenken. Doch nichts war ihr gerade wichtiger als Robert Kirchner. Bis sie ihre Zweifel an seinem Autounfall nicht ausgeräumt hatte, würde sie ihren privaten Ermittlungen alles unterordnen müssen.

»Hast du eine Entscheidung getroffen?«, fragte Oskar.

»Lass mich noch in Ruhe einen Anruf machen und dann legen wir das blöde Telefon in den Safe«, entgegnete Enya.

»Einverstanden«, sagte Oskar. Er verschwand vom Balkon und schloss die Glastür.

Enya wählte Tinos Nummer.

7 Zigarettenrauch

Eine der schlimmsten Drogen ist die Aufmerksamkeit. Einmal gespritzt, verlangt unser Körper beständig nach ihr, weil das Besondere das Begehren nicht mehr stillen kann und das Außergewöhnliche zum Maßstab wird.

Judith Kirchner erschrak. Instinktiv machte sie einen Schritt nach hinten.

Der Fleischkloß bebte. Auf seiner kahlen Schädeldecke zeichnete sich der Verlauf seiner Blutbahnen wie das Netz der öffentlichen Verkehrsbetriebe ab. Die Linie 6, die über seinen Hals hinunter in den Süden führte, schwoll auf die Größe einer Bockwurst heran. Das graue Unterhemd ließ erahnen, dass einige Strecken bald wegen Überflutung geschlossen werden mussten.

Judith zupfte mit beiden Händen am Saum ihrer Bluse. »Haben Sie jetzt Stoff da oder nicht?«

»Verpiss dich endlich«, donnerte der Fleischkloß. »Ich hab dein Dreckszeug nicht.«

Judith wischte sich seine Spucke aus dem Gesicht und machte auf dem Fußabstreicher kehrt. Ihre Beine überwanden gleich mehrere Treppenstufen auf einmal. Sie hatte die nächste Etage schon erreicht, als die Tür endlich zufiel und den massigen Schreihals in seiner Wohnung einschloss. Judith nahm ihren Mut zusammen und drückte auf die nächste Klingel.

Eine ältere Dame mit Dauerwelle und roter Kochschürze öffnete die Tür. Judith drang der Geruch von frisch gekochtem Apfelmus in die Nase, gefolgt von einer Handvoll Zucker und Zimt. Es fehlte ein Teller Eierkuchen, um den Geschmack in der Luft abzurunden.

»Hallo, ich bin neu im Haus und suche noch jemanden, der

sich mit mir einen Dealer teilt«, sagte Judith. Sie sah die alte Dame ihr gegenüber an und überlegte, ob die Bilderbuchoma ihren Worten folgen konnte. »Ach so, ich heiße übrigens Judith und ich kiffe manchmal.«

Die alte Dame lächelte. »Da setzen Sie mit mir auf das falsche Pferd, Herzblatt. Meine wilden Zeiten sind vorbei, ich bin über siebzig. In meiner Küche wird seit Jahren nur noch Apfelmus für meine Enkel gekocht.«

Diesmal grübelte Judith, ob *sie* den Worten der älteren Dame folgen konnte. Vor ihren Augen tauchte die verdreckte Crystal Meth-Küche im Kellerloch eines Drogendealers auf, in der die Bilderbuchomi zwischen rauchenden Töpfen und Bergen an weißem Pulver fröhlich ihren Kochlöffel schwang.

»Aber keine Angst, ich schwärze Sie nicht an.«

Judith schüttelte ihre Fantasie ab und versetzte die Oma zurück an ihren Herd mit Apfelmus. »Entschuldigen Sie meine Aufdringlichkeit, ich wollte Sie nicht belästigen.«

»Das haben Sie keineswegs getan«, entgegnete die Alte und legte ihre Hand auf Judiths Schulter. Seit Roberts Tod taten das alle, sie musste wirklich bemitleidenswert aussehen. »Probieren Sie es doch mal eine Etage tiefer beim Mahler. Der dicke Tyrann hat vor seiner Zeit im Knast reichlich Stoff an die Jugendlichen vertickt, im Park gleich um die Ecke.«

Fünf Minuten und drei Absagen später ließ sich Judith Kirchner enttäuscht auf die kalten Treppenstufen aus Sandstein fallen. Sie war mittlerweile im Dachgeschoss ihres dreistöckigen Wohnhauses angekommen. Die kleine Portion Gras, mit der sie erfahrungsgemäß wenigstens für eine Stunde über die quälenden Gedanken, die Roberts Tod und das Geheimnis um das Video in ihr auslösten, hinweggekommen wäre, hatte keiner der Hausbewohner für sie übrig gehabt.

Judith stützte ihre Ellenbogen auf die Treppenstufen. Langsam wurde die Unwissenheit zur Qual, es grenzte schon fast an

Folter. Anders war nicht zu klären, dass Judith mittlerweile mit dem Gedanken spielte, einen Lippenleser mit der Rekonstruktion des tonlosen Videos zu beauftragen. Sie hatte am Abend zuvor bereits Kundenbewertungen im Internet gelesen und Telefonnummern herausgesucht. Doch noch hoffte sie, dass Oskar ihre Erlösung sein würde. Er würde ihr schon noch schreiben, worüber Robert und der Unbekannte in dem Kurzfilm stritten.

Eine purpurrote Lichtsäule flog an Judiths Kopf vorbei und klatschte gegen die blasse Altbauwand, die jetzt wie das stolze Kunstwerk einer namhaften Galerie vor Judith thronte. Das Knarzen einer Tür ließ sie herumfahren und einen Blick in den Himmel erhaschen. Judith schnellte hoch und rannte die Treppe hinauf in den Sonnenuntergang.

Die Stadt sah verträumt aus. Kirchtürme ragten bedächtig aus dem roten Dunst, der wie ein Schleier über ihr lag. Am Horizont schob sich die Sonne hinter einen Wasserturm. Der Wind peitschte die Geschäftigkeit der Straßen über das Dach, im Hintergrund hörte Judith Autohupen singen.

»Diese Aussicht, ein postmoderner Porno.«

Jetzt erst bemerkte Judith den Strandkorb zu ihrer Rechten, aus dem, geblendet von der untergehenden Sonne, die Lippen hervorschauten, die sie aus dem Fernsehen kannte. Zuerst glaubte Judith an eine Halluzination. Sie schloss ihre Augen, zählte bis drei und öffnete sie wieder. Der Strandkorb war noch immer da. Es bestand kein Zweifel, sie blickte auf diese schmale Ober- und jene volle Unterlippe, über die seit neuestem alle sprachen, weil sie kontinuierlich über die Grenzen des guten Geschmacks hinausschossen.

»Auch Bock auf eine Kippe?« Die zu den Lippen gehörenden Hände streckten Judith zwei aufgeklappte Schachteln entgegen.

Judith entschied sich für *Marlboro Rot*. Sie balancierte die Zigarette zwischen Zeige- und Mittelfinger. »Hast du Feuer?«

Die Hände beugten sich ein zweites Mal nach vorn. Während die eine Judiths Zigarette gegen den Wind abschirmte, steckte die andere sie mit einem Feuerzeug an.

Judith kippte den Glimmstängel zwischen den Fingern und nahm einen Zug. Sie musste grinsen, weil sie an die Unmengen an Schachteln dachte, die sie vor ihrer Wiedergeburt mit Oskar oder Robert verqualmt hatte. Seither war sie abstinent gewesen. Judiths Blick zerfloss im Zigarettenrauch, in ihrem Kopf mehrten sich die Zweifel. Stand sie tatsächlich gerade auf der Dachterrasse ihres neuen Wohnhauses und rauchte eine Zigarette mit den Lippen, die sie für ihre aufgesetzt provokative Art und ihre Omnipräsenz in den Medien hasste? Schenkten diese Lippen, die sie so verachtete, ihr gerade die kurze Auszeit, nach der sie sich seit Tagen sehnte? Hatte ihr vielleicht doch ein Hausbewohner einen Joint gedreht und Judith es schon wieder vergessen?

Die Sonne verschwand hinter dem Wasserturm, der Horizont absorbierte das rote Licht. Die Lippen stießen die nächste Rauchwolke aus. Gemächlich verflüchtigte sie sich über Judiths Kopf.

»Wohnst du hier?«, fragte Judith.

»Ich quetsch meine Seele doch nicht in so eine Bonzenbude«, antworteten die Lippen.

»Interessant«, sagte Judith. »Warum sitzt du dann hier auf dem Dach?«

»Weil das Leben auch nur eine Schulstunde ist«, entgegneten die Lippen. »Entweder man geht hin und sitzt tatenlos seine Zeit ab. Oder man lässt sie einfach sausen, setzt sich auf irgendeine geile Dachterrasse und widmet die gewonnenen Lebensminuten einer guten Zigarette.«

Judith fühlte sich an diese philosophische Talkshow erinnert, die sie sich manchmal im Internet ansah. Die Lippen duellierten sich dort regelmäßig mit anderen Freigeistern. Häufig schon hatte Judith Lust bekommen, ihrem aufgesetzten

8 Effekthascherei

Nennt das sich Schicksal? Seine Träume zu leben, ihnen aber trotzdem auf ewig hinterherjagen zu müssen.

Der Kaffee stank nach Wachsamkeit. Robin Wagner lief mit der Tasse in der Hand einen Marathon vor der Fensterfront seines Bürozimmers.

»Warum Sie ausgerechnet zu uns kommen sollen, fragen Sie? Ganz einfach: Weil wir die einzige Agentur sind, die nur eine kleine Zahl handverlesener Klienten betreut und sich mit Hingabe um sie kümmert.«

Robin blieb im grellen Schein des kastenförmigen Deckenstrahlers stehen und nippte an seinem Kaffee. Im gegenüberliegenden Wohnhaus brannten vereinzelt Lichter. Die Digitaluhr an der Wand zeigte kurz nach elf, an wichtigen Tagen längst keine Feierabendzeit. Sollte er das pathetische Affentheater mit der Hingabe streichen und sich doch lieber auf die Finanzen fokussieren?

»Warum gerade wir die richtige Agentur für Sie sind? Lassen Sie es mich so sagen: Keiner unserer Konkurrenten bietet Ihnen ein derart umfassendes Paket zu solch bemerkenswerten Konditionen an.«

Immerhin hätte ihm Kurt Nierenrocker bei den Vertragsverhandlungen am nächsten Vormittag in diesem Punkt nicht widersprechen können. Das Paket war allemal bemerkenswert, dachte Robin. Bemerkenswert selbstzerstörerisch. Jeder Unternehmer, der noch bei Sinnen war, hätte in Anbetracht der laschen Konditionen sofort merken müssen, dass Robin es nicht mehr war. In sieben Jahren als Chef einer Künstleragentur hatte er noch nie einen Vertrag aufgesetzt, in dem die

Provisionen für *Wagners Kreative* derart gering ausgefallen waren. Unverschämt gering. Er wusste um diese Schwachstelle, er wollte bei den Verhandlungen offensiv damit umgehen.

»Ich kann natürlich verstehen, wenn Ihnen die Vertragsdetails womöglich unseriös vorkommen. Doch ich kann Ihnen auch versichern, dass ich normalerweise nicht zu derartigen Einbußen bereit bin. Bei Ihnen aber, Herr Nierenrocker, sehe ich riesiges Potenzial. Die Konkurrenz auf dem Markt ist hart, das zwingt einen manchmal zu außergewöhnlichen Maßnahmen.«

Robin Wagner lehnte sich mit der Stirn gegen die Fensterscheibe und schloss die Augen. Seine mit Pomade zur Seite gelegten schwarzen Haare schmierten über das Glas. Ihm blieb keine Zeit zum Jammern, er brauchte dringend einen neuen Star in seinem Portfolio. Erst dann konnte er Stefan Brantner, den derzeitigen Vorzeigekünstler seiner Agentur, der *Wagners Kreative* erst zum Leben erweckt hatte und ihr seither treu geblieben war, rausschmeißen. Leider hatte er sich zu einem unkalkulierbaren Risiko entwickelt. Doch zuerst brauchte Robin ein neues Aushängeschild, das *Wagners Kreative* künftig am Leben halten würde. Idealerweise einen aufstrebenden Jungstar mit ersten Erfolgserlebnissen. Jemanden wie Kurt Nierenrocker.

Es fehlte noch eine Unterschrift, dafür war Robin jede finanzielle Einbuße recht. Er löste seinen Kopf von der Fensterscheibe und blickte durch den Fleck aus Gel und Schweiß in die erstarkende Dunkelheit. Wie ein Relikt aus helleren Zeiten stand der Mond einsam am Himmel und verrichtete seine Arbeit. Der Wasserturm auf dem Berg am Stadtrand erstrahlte in Kobaltblau. Vor Mitternacht würde Robin es nicht nach Hause schaffen, dann konnte er auch gleich im Büro übernachten. Seine Frau würde sich nicht wundern, sie war das gewohnt. Er verwischte den Fettfleck mit dem Rücken seiner rechten Hand und setzte seinen Marathon vor der Fensterfront fort.

»Sie glauben gar nicht, wie glücklich Sie mich machen, Herr Nierenrocker.« Robin strahlte, als wäre schon Weihnachten. »Es ist mir eine außerordentliche Ehre, Sie als Teil unserer Agentur begrüßen zu dürfen.«

Robins Augen blieben am futuristischen Wunderwerk eines Regals kleben, das hinter seinem Schreibtisch für Aufsehen bei seinen Besuchern sorgen sollte. Fünf weiße, ofengroße Würfel, schräg übereinander gekippt, die scheinbar schwebten, da jeder Würfel bloß mit einer seiner Ecken an einem winzigen Verbindungspunkt in die Seite eines anderen stieß.

Robin zog ein Buch aus dem dritten Würfel und löste damit einen kleinen Erdrutsch aus, der zwei weitere Bücher aus dem schiefen Regalfach beförderte. Wer die Effekthascherei sucht, kann nun einmal keinen Pragmatismus erwarten. Robin versank im Leder seines Bürostuhls. Sein Blick flog über den schwarzen Einband mit der weißen Schrift. *Schmackhafte Gedankenspiele. Ein literarisches Kochbuch.*

Die Idee war Oskar und Theo zu Studienzeiten bei einem Spinatrisotto mit Lachs und Rucolasalat in ihrer gemeinsamen Wohnung gekommen. Sie hatten gerade die zweite Flasche Grauburgunder geöffnet, als Oskar mit dem Fisch zwischen den Zähnen verkündete, dass die Menschheit in der Küche und im Leben wieder mehr Mut brauchte und er beschlossen hätte, sie dabei zu unterstützen. Theo nickte eifrig und skizzierte mit dem Weinglas in der Hand die Idee eines Kochbuchs, das sich der künstlerischen Seite des Essens widmete, die Küche und Leben miteinander verband. Während Robin in seinem roten Sessel unberührt zuhörte und seine dritte Portion Risotto unter einem Berg aus Parmesan begrub, näherte sich Oskar der Ekstase. Spätestens als bei seinen wortgewaltigen Ausführungen mehr Wein auf dem Tisch als in seinem Mund landete, stand für Robin fest, dass er das Buch seiner Freunde schon bald auf seinem Schreibtisch würde liegen haben. Es dauerte kaum ein Jahr, bis sich seine Prophezeiung erfüllte.

Robin löste seinen Blick vom Einband und schlug das Buch auf. Seine Finger fanden die richtige Seite auf Anhieb. Robin rätselte zwar bis heute, welcher Aspekt dieser Geschichte mit dem Kochen zu tun haben sollte, doch die Parallelen zum Leben fand er seit dem ersten Lesen eklatant. Die Erzählung erinnerte ihn an die Zerbrechlichkeit seiner geliebten Existenz. Er verstand sie als Aufruf zur Aufmerksamkeit. Besonders seit ihm Stefan Brantner diese schrecklichen Sorgen bereitete.

Goldenes Tablett

Frau K. stand am Abgrund und atmete die Endgültigkeit. Jeder Schritt war einer zu viel, es gab kein Zurück, nur ein Vor. Nichts, was sie an das goldene Tablett fesseln, nichts, was sie auffangen würde. Nur sie und der Abgrund. Im Moment ihrer größten Hilflosigkeit war Frau K. selbst ihre letzte Rettung.

Die goldene Platte beherbergte zweierlei Habseligkeiten. Jene, die man berühren konnte, und solche, die man spüren musste. Lebensräume und Hoffnungen, Menschen und Sehnsüchte. Alle schwebten auf dem Tablett durch diese Sphäre, deren Beschaffenheit Frau K. nicht ansatzweise durchdrang, die sie nicht durchdringen wollte, weil dieses Wissen einen Sturm auf die Festung ihres Verstandes gejagt hätte.

Lieber pfiff, schnipste, lachte Frau K., wenn sie in der Mitte der goldenen Platte ihre Kreise der Zufriedenheit drehte, umschlossen von zwei riesigen Händen, die den Abgrund vergessen machten.

Doch die Sicherheit hatte ihren Preis. Frau K. musste zahlen und sie zahlte mit ihrer Freiheit. Sie war gefangen in einem Sog des Glücks, der Gier nach Erfolgen erlegen. Blieb das Begehren hungrig, schlüpften die monströsen Hände

aus ihrem schützenden Kostüm und offenbarten ihren bedrohlichen Kern. Erst betäubten sie Füße und Hände, es folgten Beine und Arme. Frau K. war wie gefesselt, eine einzige Panik.
Sie erkämpfte sich die Kontrolle über ihren Körper zurück und durchwühlte ihre Habseligkeiten nach einem Tribut, das der Sog statt ihr in den Abgrund reißen würde. Doch alle Erfolge und Hochgefühle, die sie hätte opfern können, waren verschwunden. In ihrem Wahn stürzte sich Frau K. in den Berg ihres vergangenen Glücks. Die Angst des Erstickens trieb sie in die Hysterie und wirbelte ihr altes Glück zu einem Tornado der Verzweiflung auf. Der Sturm peitschte die Verrücktgewordene über die Hände hinweg.
Frau K. war dem Sog entrissen, ihrer Zerstörung aber nicht enteilt. Die Hände schnellten durch die Luft, drehten sich und krachten auf das goldene Tablett. Wütend schoben sie Frau K. dem Abgrund entgegen. Sie waren nicht mehr Sicherheit, sondern Gefahr.
Frau K. taumelte am Rande des Tabletts. Sie hatte Angst, vor der Endgültigkeit der Gegenwart, vor dem Ausbleiben der Zukunft. Sie ersehnte einen Ausweg, doch die Hände kannten keine Gnade. Frau K. stürzte über die Klippe.
Das Ende.
Es wartete der Fall, den Frau K. seit jeher fürchtete. Oftmals hatte sie am Abgrund gestanden, jedes Mal hatte sie einen Ausweg gefunden, das Erlebte danach verdrängt, vergessen, dass es ein Ende gab, einen Sturz des Selbst.
Diesmal war es anders, schlimmer, existenziell. Der Sturz war die Vergeltung ihrer ewigen Ignoranz. Im Fallen ergriff Frau K. den Rand des goldenen Tabletts. Ihre Finger bohrten sich in das Metall, ein schreckliches Quietschen, der Schmerz stieg ihr ins Gesicht.
Ein markerschütternder Schrei und sie wäre erlöst gewesen. Doch sie weigerte sich, weil sie glaubte, dass es an Albern-

heit grenzte, ihre verbliebene Kraft für diesen Laut der Befreiung einzusetzen.

Die Sonnenstrahlen drückten sich von hinten am gegenüberliegenden Wohnhaus vorbei und kitzelten Robin Wagners Nase. Sie rangen um eine Aufmerksamkeit, die ihnen Ende Juni, da alle hofften, dass der Sommer die Regie des Alltags übernehmen würde, sowieso gewiss war.

Robin riss die Augen auf und suchte den Blickkontakt mit der Digitaluhr an der Wand. Es war kurz nach sieben, ihm blieben drei Stunden bis zum Treffen mit Kurt Nierenrocker. Die Nacht auf dem Bürostuhl steckte Robin in den Knochen. Er nahm das Kochbuch von seinem Schoß und reckte seine Arme in die Höhe, um die Energie des neuen Tages aus seinen Händen auf sich herab rieseln zu lassen. Vor dem Spiegel neben der Uhr zupfte er sein blaues Jackett gerade und faltete den weißen Hemdkragen neu. Mit der linken Hand fuhr er sich durch sein pomadisiertes Haar und legte die Strähnen einzeln zur Seite.

Seiner Meinung nach gab es kein schlechtes Aussehen, nur fehlenden Stil und mangelndes Interesse für die eigene Erscheinung. Hinter verschlossener Tür, fernab der gesellschaftlichen Überwachung, lag eine Jogginghose an der unteren Grenze des Akzeptablen. Aber sobald sich die Tür öffnete, musste das belastende Beweismaterial im Kleiderschrank verschwunden und durch elegantere Stücke ersetzt sein.

Robin notierte sich in seinen Gedanken, dass er seltener in Bürostühlen schlafen sollte. Seine Hemden litten darunter. Die Knitter musste er vor seinem Termin mit Kurt Nierenrocker unbedingt heraus bügeln lassen. Er griff den Schlüsselbund vom Schreibtisch, hinterließ seiner Sekretärin eine Notiz auf ihrem Arbeitsplatz und schwebte aus dem Büro ins Treppenhaus.

9 Blaue Karteikarten

Und der Dichter sprach: Denke, aber nie in Ketten. Denn am Ende einer jeden Folge, das glaub mir, steht die Angst. Und für die lohnt es nicht zu denken.

Judith Kirchner strampelte die Bettdecke in die Luft. Während ihre Muskelzellen noch nach der Formel suchten, die ihre Kraft in koordinierte Bewegungen verwandelten, donnerte ihr Herz wie ein Presslufthammer gegen ihre Brust. Auf ihrem Körper lastete die Schwere des plötzlichen Erwachens, das einnehmende Gefühl der Zeitlosigkeit. Der feuchte Stoff des Sofas klebte an ihr, als wäre ihr eine neue Haut gewachsen.

Schon die fünfte Nacht in Folge quälte sie dieser Albtraum. Jedes Mal kniete sie mit einem Dutzend anderer Frauen im Wüstensand und weinte. Um den Kreis herum standen drei Männer. Sie hatten ihre Körper komplett in schwarze Gewänder gehüllt, tauschten unverständliche Laute aus und streichelten ihre Säbel. Dann stellten sie eine Kamera auf. Sie hatten entschieden, welche der Frauen sterben musste.

Judith verstand den Traum als Erinnerung an ihren Job in der Politik. Seit Roberts Tod war sie nicht in ihrem Büro gewesen. Anfangs hatte sie ihre Aufgaben als wissenschaftliche Mitarbeiterin eines Ministers kaum vermisst, der Schock über den Unfall ihres Mannes war ihr tief in die Glieder gedrungen. Doch dann, als sie das Interesse für ihre Arbeit wiederentdeckt und in ihren Alltag hatte zurückkehren wollen, war ihr das Video in die Quere gekommen. Es hatte Zweifel gesät. Und Fragen aufgeworfen. Hatte Robert sie hintergangen? Hatte ihr Mann ihr einen Teil seines Lebens vorenthalten? Die Suche nach Antworten war für Judith wichtiger geworden als ihre

Rückkehr ins Büro. Der Albtraum mit den Terroristen erinnerte sie nun jede Nacht daran, dass das Ende ihrer Auszeit nahte. Maximal zweieinhalb Monate hatte ihr Chef ihr eingeräumt. Am 30. Juni sollte sie zurück im Büro sein und sich einen Überblick über die Arbeit verschaffen, die sie ab Anfang Juli erwarten würde. Ihr blieben noch sieben Tage.

Judith schob die Bettdecke auf die Sofakante und setzte ihre Beine auf den Boden. Da Oskar offenbar zu keiner Hilfe bereit war, musste sie diesem Grauen selbst ein Ende setzen. Jetzt. Auf dem Weg vom Wohnzimmer in den Flur fischte sie eine olivgrüne Bluse von der Kleiderstange und warf sie sich über die blanken Schultern. Die fehlenden Vorhänge tauchten die Wohnung in ein zartes Licht. Judith überlegte, wo sie den USB-Stick zuletzt gesehen hatte. Ihr kam kein anderer Ort als ihr Schreibtisch in den Sinn. Ihr Weg führte zurück ins Wohnzimmer. Judith klappte ihren Laptop auf, das Licht des Bildschirms verfing sich in ihrem Schamhaar. Sie nahm eine blaue Karteikarte vom Schreibtisch, faltete sie einmal und stülpte sie mittig über die obere Kante des Laptops. Hinter zwei Ordnern entdeckte sie den USB-Stick und eine Orangenlimonade. Judith kniete sich vor ihren Schreibtisch.

Der Laptop röchelte, als sie den USB-Stick einschob und die einzig vorhandene Datei auf ihm anklickte. Behäbig breitete sich ein neues Fenster auf dem Bildschirm aus. Judith nahm einen Schluck von der Orangenlimonade und schloss die obersten Knöpfe der olivgrünen Bluse. Obwohl sie jede Sequenz des Videos auswendig kannte, überzog eine Landschaft winziger Hügel ihre Haut. Sie packte die Maus und startete das Video. Das schwarze Vorschaubild verwandelte sich in einen verwahrlosten Hinterhof.

Die ersten dreißig Sekunden gehörten den silbernen Mülltonnen. Sie standen gelassen an der Wand und trugen das Gewicht der Schneemassen auf ihren Deckeln. Ohne Murren verharrten sie in der eisigen Kälte und ertränkten ihre Gefühle in der Trostlosigkeit des grauwandigen Hinterhofes. Hin und wieder flatterte eine Schneeflocke am Objektiv der Kamera vorbei, die auf einem Vordach zu liegen schien.

Dann stürmten von rechts zwei Männer ins Bild, sie gestikulierten aufgeregt. Der eine trug dunkle Stiefel, eine blaue Jeans und einen schwarzen Pullover, dessen Kapuze er weit über den Kopf gezogen hatte. Der Aufdruck auf der Vorderseite war bis zur Unkenntlichkeit verwaschen. Der andere Mann wirkte in seinen braunen Lederschuhen, der schwarzen Stoffhose und dem beigen Wintermantel wie der Chef des Kapuzenpullovers. Wenn es nach der Kleidung ging, war das Machtgefälle offensichtlich. Doch es war der stämmige Kerl mit dem ausgewaschenen Aufdruck, der Robert Kirchner die Ansagen machte.

Mehrmals fuchtelte der Kapuzenpullover mit seinen Händen durch die Luft und blähte sich vor dem Manteltrager auf. Für einen kurzen Moment schien Robert Kirchner beeindruckt. Dann packte er seinen Widersacher am Arm, zerrte ihn mit einem Ruck zu sich heran und schleuderte ihm jedes seiner Worte wuchtig ins Gesicht. Die Kamera stand kaum fünf Meter entfernt. Spucke flog durch die eisige Luft, die Köpfe berührten sich.

Der Kapuzenpullover reaktivierte seinen Körper schneller, als es Robert Kirchner lieb gewesen sein dürfte, und stieß ihn mit dem Elan seiner hervorschnellenden Hände rückwärts gegen die Mülltonnen. Schnee wirbelte durch die Luft und landete auf dem Haar des Manteltrágers, der jetzt abgekämpft zwischen den Mülltonnen hing. Der Kapuzenpullover zerrieb ein paar Schneeflocken zwischen seinen Händen und deutete mit der linken zum Tor am Ende des Hinterhofes. Er verschwand am unteren Bildrand. Robert Kirchner klopfte sich den Schnee von der Kleidung, holte ein Paar braune Lederhandschuhe aus seinen Manteltaschen und enteilte den Blicken der Kamera durch das schwarze Tor.

Die Mülltonnen bekamen ihre Stille zurück. Sie lehnten an der Wand und starrten gelangweilt in den Himmel, als wären sie nicht gerade Zeugen einer heißblütigen Auseinandersetzung geworden. Die Behaglichkeit des Winters legte sich wieder über den Hinterhof. Nur die Fußspuren im Schnee zeugten von den Unruhen der letzten Augenblicke. Eine Minute später endete die Aufnahme.

Judith stieß die leere Orangenlimonade um. Sie landete auf den beiden Aktenordnern. Warum hatte das verdammte Video keinen Ton? Weshalb musste alles so unnötig kompliziert sein? Was hatte Robert ihr da nur für eine Aufgabe hinterlassen?

Judith ließ den Film mit einem Mausklick vom Bildschirm verschwinden, mit einem weiteren öffnete sie das Internet. Bedächtig breitete sich ein neues Fenster aus. Judith startete die Suchmaschine und beauftragte sie mit der Recherche nach Tipps fürs Lippenlesen. Nach einer halben Sekunde spuckte sie über vierundvierzigtausend Ergebnisse aus. Judith wählte das erstbeste und überflog die sich öffnende Seite.

»Das sogenannte Lippenlesen, ferner auch als Absehen bekannt, ist eine seltene Begabung, bei der sich Menschen die Worte anderer von deren Lippen erschließen können. Sowohl das Erlernen als auch das Ausüben dieser Fähigkeit erfordern Zeit und Geduld«, las Judith leise. Sie hatte weder das eine noch das andere. Sie wollte jetzt Fakten schaffen.

Judith schob einen Stapel Papier beiseite und kramte eine weitere blaue Karteikarte darunter hervor. Neben dem Laptop fand sie einen Kugelschreiber. Sie notierte, was sie las.

Erster Tipp: Die Szenerie analysieren und auf den Kontext des Gesprochenen achten.

Zweiter Tipp: Die Gesichtsausdrücke der handelnden Personen einbeziehen.

Dritter Tipp: Jede Bewegung beobachten und die Körpersprache deuten.

Vierter Tipp: Von den Lippen stets ganze Sätze ablesen,

keine einzelnen Worte.

Fünfter Tipp: Der Methode Zeit geben und nicht an Misserfolgen verzweifeln.

Judith klickte zurück auf das Video und startete es von vorn. Sie wartete. Ihre Füße trommelten auf den Boden. Dann traten Robert und der Unbekannte ins Bild. Judith sah auf die blaue Karteikarte und hangelte sich an den Hinweisen entlang.

Kontext? Streit. Mimik? Ängstlich. Körpersprache? Erregt. Sätze? Kompliziert.

Judith formte ihren Mund wie der dicke Kerl im Kapuzenpullover. Sie versuchte, seine Worte nachzusprechen. »Du öder Perl.« Mehrmals spulte sie zurück und spielte die Szene von vorn. »Du blöder Kerl.« Das war es. Judith kritzelte den Satz auf eine weitere blaue Karteikarte.

»Du blöder Kerl«, fluchte der stämmige Typ, als er Robert mit erhobenem Zeigefinger drohte. Und weiter?

Judith versuchte, ihren Blick wieder an die Lippen des Kapuzenpullovers zu hängen. Doch er drehte seinen Kopf ein Stück zu weit zur Seite. In diesem Fall halfen alle Tipps nichts. Judith wartete seinen Wutanfall ab und konzentrierte sich auf die Antwort ihres Mannes. Wieder sprach sie sich die Sätze vor, die sie auf den Lippen zu erkennen meinte. »Sie küssen dich.« Nein, das ergab keinen Sinn. Judith spulte zurück und kroch näher an den Laptop heran. Ihre Haare berührten den Bildschirm. »Sie müssen sich.« Mehr als Raten war das nicht.

»Scheiße! Verdammte Scheiße nochmal!« Judith schmetterte den Kugelschreiber gegen die Wand. Eine Angewohnheit, die sie irgendwann von Oskar übernommen haben musste. Plastiksplitter flogen durchs Zimmer. Im Aufstehen rammte Judith ihr Knie gegen die Tischplatte, die Limonadenflasche hüpfte von den beiden Ordnern, rollte nach vorn und zerplatzte auf dem Boden. Scherben schlitterten über das Parkett. Judith krallte sich die blauen Karteikarten vom Tisch und zerfetzte sie in tausend Einzelteile. Wie naiv und verzweifelt musste man sein, um einen solch törichten Versuch zu wagen? Natürlich konnte Judith keine Lippen lesen, nicht einmal ansatzweise, da bestand kein Zweifel. Wie sollte sie auch innerhalb weniger Minuten beherrschen, was Oskar sein Leben lang erlernt und trainiert hatte?

Judith warf die Schnipsel, die sie noch in den Händen hielt, in den Papierkorb unter dem Schreibtisch. Sie klappte den Laptop zu, schleuderte die olivgrüne Bluse zurück auf die Kleiderstange und kroch unter die Decke auf ihr unbequemes Sofa.

Eine halbe Stunde später schlief sie mit dem Gedanken ein, dass nicht jedes Rätsel gelöst werden musste, dass die Menschheit in Zeiten absoluter Entblößung etwas mehr Unsicherheit vertragen konnte, dass es vielleicht sogar dem Andenken ihres Mannes nützte, sein Geheimnis endlich ruhen zu lassen.

10 M.

Verkauf deine Hoffnung an die Illusion. Oder gib deinen Träumen einen Kopfschuss.

Oskar Kuhn versuchte, nicht unnötig zu zögern, den Fokus zu verlieren, sich den Druck der Situation bewusst zu machen. Der nächste Wurf sollte über Sieg oder Niederlage entscheiden. Den ewigen Ruhm konnte nur einer haben, entweder er oder sein Gegner. Er musste einfach werfen.

Oskar hob den dreiundzwanzig Gramm schweren Pfeil in die Luft. Seine rechte Hand schwang zurück, stoppte kurz vor seinem Auge und schnellte nach vorn. Die Metallspitze bohrte sich durch den roten Sisal in die Mitte der Dartscheibe. Bullseye. Oskar schlug die Hände über dem Kopf zusammen und sank auf die Knie.

»Game, Shot and the Match. And the 2017 World Darts Champion: Oskar Kuhn.«

Während die blecherne Stimme des *iPads* ihn zum Sieger der Dartweltmeisterschaft kürte, umarmte Oskar seinen imaginären Gegner und nahm den unsichtbaren Pokal entgegen. Mit der Trophäe in der Hand verbeugte er sich vor dem fiktiven Millionenpublikum, das ihn zwischen Bett und Badtür seines Hotelzimmers bejubelte. Aus dem Tablet sang *Tina Turner* ihr *Simply The Best.* Oskar wischte sich eine Träne aus dem Gesicht, bevor die nicht vorhandenen Fernsehkameras sie einfangen konnten.

Über ein Jahr hatte er ehrgeizig für diesen Erfolg trainiert. Jeden Tag hatte er mindestens eine Stunde an der Scheibe gestanden und seine Pfeile geworfen, um sich im finalen Duell mit der App auf seinem *iPad* die Krone der Dartwelt aufzusetzen, das Turnier aller Turniere zu gewinnen. Weltmeister 2017. Wenn auch nur bei einem Match an der Dartscheibe in seinem Hotelzimmer. Dazu im Sommer, wo die echten Dartprofis gar keine Weltmeisterschaft veranstalteten.

Es war eine dieser vielzitierten Geschichten, die nur der Sport schreibt: vom Niemand zum Weltmeister. Eine Erzählung, die Oskar in jedem Interview mit einer Mischung aus Stolz und Demut hätte vortragen können. Wenn er denn ein Profi gewesen wäre und ihn jemand um ein Interview gebeten hätte. Stattdessen waren es Oskars Gedanken, die ihn zu seiner Sportgeschichte befragten und gleich die Antworten parat hatten.

Viel Platz hatten sie damals nicht. Robins WG-Zimmer war kaum größer gewesen als die Umkleidekabine eines bei der letzten Fördermittelvergabe übergangenen Dorfvereins. Doch Robin und Oskar reichte die kleine Dartscheibe an der Wand, den Rest überließen sie ihrer Fantasie. Sobald die Einlaufmusik der echten Dartstars erklang, verwandelte sich der kleine Raum in einen Partytempel. Obwohl das Publikum an herausragenden Tagen aus maximal fünf Freunden bestand, feierten sich Robin und Oskar wie die Stars vor tausenden Zuschauern. Als ihnen das nicht mehr reichte, begannen sie damit, eigene Turniere abzuhalten und in die Rolle ihrer Idole zu schlüpfen. An dieser Stelle verwandelte sich das Interesse ihrer Freunde in Stirnrunzeln und das offen ausgelebte Hobby in eine hinter Türen versteckte Leidenschaft. Oskar blieb seiner Passion trotz aller vernichtender Urteile treu, doch Robin zweifelte, wenn er seine Pfeile in den Händen hielt. Seine Bedenken drängten die kleinen Metallstäbe allmählich zurück in ihre Ledertasche. Schon bald blieben sie unberührt.

Oskar küsste den unsichtbaren Pokal und stellte ihn auf die Kommode neben seinem Schreibtisch. Er zog die Pfeile aus der Dartscheibe und verstaute sie in ihrer Ledertasche. Was Robin wohl zu diesem Triumph sagen würde? Ob er mittlerweile wieder Pfeile warf und auch schon den Weltmeistertitel errungen hatte? Oskar schüttelte die Gedanken an seinen alten Freund aus seinem Kopf. Jetzt bloß nicht melancholisch werden und der Vergangenheit nachtrauern. Er hatte seine Entscheidung damals lange durchdacht.

Wer einen kompletten Neustart wagen will, muss sich vor allem von seinen Freunden lossagen, weil die ihren Weggefährten sonst nie aus den Fesseln ihrer Erfahrungen befreien werden. Lieber werden sie gegenüber des Kumpanen hartnäckig darauf beharren, dass sein Wunsch nach Erneuerung eine Verwirrung seiner Sinne und eine Veränderung des Jetzt nicht vonnöten ist. Du bist, wie du bist, und das ist gut so, du musst dich nicht ändern. Wir lieben dich doch. Alles soll bleiben, wie es ist, weil auch die Freunde etwas Beständigkeit brauchen, an der sie festhalten können. Auch sie suchen eine Konstante, die sie durch ihr Leben führt. Was wäre da besser geeignet als ein langjähriger Gefährte, von dem sie wissen, wie er tickt und dass er nie anders ticken wird, dessen Entwicklung sie mit alten Geschichten kontrollieren können?

Wer die Annahme, dass die Summe all dessen, was er je gemacht hat, die Wahrheit darüber ist, was er künftig sein kann, für falsch hält, muss den Verlust geliebter Menschen in Kauf nehmen, wenn er zu neuen Ufern aufbrechen will.

Oskar vermisste Robin als Mitspieler, als Herausforderung an der Dartscheibe, nicht als Weggefährten. Er wollte nichts zurückholen, was ihm nichts mehr geben konnte. Seine Trauer über den Verlust war kein Streben nach Wiederbelebung. Er platzierte seine Pfeile neben dem Weltmeisterpokal, verbeugte sich vor dem Publikum, schickte einen Handkuss in die Runde, lächelte in die Kameras und verließ die Bühne durch die Tür seines Hotelzimmers.

Das Aroma gedünsteter Zwiebeln verjagte den Geruch von Schweiß und Hitze aus der Luft. Knoblauchstückchen wanden sich zwischen den gewürfelten Schalotten auf dem Boden des gusseisernen Kochtopfs und inhalierten das Bratöl. Oskar Kuhn schüttete nach Gefühl braunen Zucker hinzu und beobachtete ihn beim Karamellisieren.

Einmal im Monat kochte er eines der Rezepte aus seinem Kochbuch für die Mitarbeiter des Hotels, in dem er seit seiner Flucht auf die Insel lebte und als Barmann sein Geld verdiente. An diesem Dienstagabend stand Currysauce mit Lammbratwurst und Kartoffelecken auf dem Speiseplan.

Die rustikalen Pommes befanden sich schon im Ofen, geölt, gewürzt und mit Rosmarinzweigen verfeinert. Oskar schätzte, dass ihm zwanzig Minuten blieben, bis die Kartoffelspalten servierfertig waren. Er griff nach dem Currypulver, begrub das zappelige Gemisch aus Zwiebeln und Knoblauch unter dem rotbraunen Staub und löschte das Ganze mit Tomatensaft ab.

»Daphne, wo ist der Deckel?«, rief Oskar durch den Lärm der Abzugshaube.

Die junge Chefköchin zeigte auf das Regal hinter ihm. »Ich glaube, das Deckel sind bei die Töpfe.«

Oskar quittierte ihre Hilfe mit einem Lächeln. Seit zwei Monaten lernte er mit Daphne Deutsch. Mittags an der Bar gingen sie die Lektionen des Lehrbuchs durch, das Oskar am Flughafen gekauft hatte. Daphne hatte erstaunlich schnell Fortschritte gemacht und schon nach wenigen Stunden die grundlegenden Formeln einer Unterhaltung beherrscht. Seither ging sie öfter aus der Küche und unterhielt sich mit den deutschsprachigen Gästen. Nur bei den Artikeln hatte sie noch ihre Schwierigkeiten.

Zwischen unzähligen Töpfen kramte Oskar einen passenden Deckel für sein Kochwerk auf dem Herd hervor. Daphne verschwand wieder aus seinem Arbeitsradius. An diesen besonderen Kochabenden war Oskar der Chef. Er kippte den Deckel über den Topf und zog das Brett mit den Lammbratwürsten zu sich heran. Das Öl in der Pfanne katapultierte winzige Tropfen in die Höhe. Oskar entfachte ein kleines Feuerwerk, als er die Würste hineinfallen ließ. Jetzt musste er nur noch die Currysauce würzen, doch das richtige Verhältnis von Paprikapulver, Weißweinessig, geriebenem Ingwer und Salz hatte er sich noch nie merken können. Er zückte das Kochbuch und suchte die Seite mit dem Rezept. Beim Blättern blieben seine Augen an der Geschichte hängen, die er damals als Reaktion auf Miriams Krebsdiagnose geschrieben hatte. *Goldenes Tablett.* Mittlerweile war sie ein Sinnbild seiner Vergangenheit. Sie erinnerte ihn an das unheilbringende Treffen in Miriams Wohnung.

An diesem verheerenden Novembertag im Jahr 2008 lehnte Oskar Kuhn an der karminroten Backsteinwand neben der schwarzen Eingangstür und blies Zigarettenrauch in die Luft. Ein Passagierflugzeug bemalte den auf gläserne Wolken gebetteten Himmel. Der Wind peitschte bunte Blätter durch den Hof.

Oskar warf die Zigarette zu Boden und zerquetschte sie mit der dünnen Sohle seiner neongrünen Turnschuhe. Er zündete sich eine zweite an. Das Rauchen hatte er sich zum vergangenen Jahreswechsel abgewöhnt, in den mündlichen Vertrag mit sich selbst aber eine Klausel für Notfälle eingebaut. Das Geschehen zwei Stockwerke über ihm war definitiv ein solcher Notfall. Der größte seit der unauslöschlichen Nacht mit der Gott um Beistand ersuchenden Jungfrau.

Er klemmte die Zigarette zwischen seine Lippen und betrachtete das schrumpfende Ende. Miriams Worte über ihre Krebsdiagnose hallten in seinem Kopf nach. Beinahe hätte sie ihn von ihrer Furchtlosigkeit überzeugt gehabt, doch am Ende hatten sie ihre Mundwinkel verraten. Sie hatten Schwäche gezeigt, als die aufkeimende Verzweiflung die sterbende Hoffnung über Miriams Lippen gepresst hatte. Es waren flüchtige

Zuckungen gewesen, die Oskar nicht weiter aufgefallen wären, wenn er sie nicht schon einmal gesehen hätte. Damals war er erst drei Jahre alt gewesen, aber dieser Blick, mit dem sein Großvater auf diesen gelben Notizzettel gesehen, und dieser Mund, den er durch Oskars Kinderzimmer getragen hatte, waren die einzig belastbaren Erinnerungen an seine verstorbenen Eltern. Es war das Gesicht des Untergangs.

Lungenkrebs. Das tödliche Substantiv schlug wie ein Knüppel auf Oskar ein. Er warf die zweite Zigarette zu Boden, löschte sie mit seiner linken Schuhsohle und drückte die Haustür auf.

Als Oskar in die Wohnung zurückkehrte, hatte Miriam ihren Schwächeanfall überwunden. Sie lehnte weiterhin etwas ungelenk an der Wand, aber ihr Atem versetzte die Luft mit Zuversicht. Robin dagegen ließ seine Körpermasse schlaff auf einem cremefarbenen Holzstuhl hängen, seine Hände zappelten unter der Glasscheibe des Esstischs. Drei Meter entfernt raufte sich Judith ihr braunes Haar, zusammengesunken auf dem Ecksofa.

Oskar schleppte sich und die Last, die Miriams Mitteilung ihnen allen aufgebürdet hatte, mitten ins Wohnzimmer. Der Anblick von Judith und Robin erhitzte seine Seele. Immer, wenn ihre Gruppe auf Probleme traf oder in Streit geriet, nahmen die beiden früher oder später diese Haltung ein. Ihre Sitzordnung war das Zeichen einer Abweichung von der Norm, die ihren einstudierten Alltag der Freude ins Wanken brachte. Die Skala der Erregung reichte von zwei Millimeter zu dicken Brotscheiben über falsch zusammengeklappte Wäscheständer bis zu Eifersuchtsanfällen und konkurrierenden politischen Meinungen. Ihre Sitzordnung war der Versuch, die Schuld auf die Seite des anderen zu schieben. Als würden sie in einem Rechteck leben, von dem jeder eine Hälfte besitzt, getrennt durch eine dünne Linie. Es verliert derjenige, in dessen Hälfte die Schuld liegen bleibt. Und wenn die Argumente mal eine Pause brauchen, wird die Lautstärke eingewechselt. Der Lauteste gewinnt, er schreit und schreit und schreit, bis sich die Schuld aus seiner Hälfte verzieht und in der des anderen niederlässt. Weil ein Megafon angenehmer als ein Subwoofer ist. Die Schuld denkt nicht anders als die Menschen: Wenn es brenzlig wird, wählt sie gern das geringere Übel.

Diesmal war es still, keiner von beiden wehrte sich gegen die Schuld. Das erste Mal realisierten sie, dass Probleme immer und überall auftauchen, dass ein Streit mehr als zwei Mitspieler hat; vielleicht begriffen sie sogar, dass Schuld kein Attribut ist, das man zielsicher verteilen kann, vielmehr ein komplexes Verbrechen mit einer Vielzahl von Tätern.

Oskars schmale Wangen drückten sich nach innen, seine Kieferknochen traten hervor. Er liebäugelte mit dem Schweigen, das seine Freunde schon begonnen hatten, entschied sich aber für das Sprechen, weil es die Lösung war, die sich am wenigsten falsch anfühlte.

»Wir brauchen einen Plan«, sagte er.

»Was willst du denn planen?«, fragte Robin.

»Was ich planen will? Echt jetzt?«, fauchte Oskar. Auf einmal stiegen alle angestauten Gefühle der vergangenen Monate und Verstopfungen früherer Zeiten seine Speiseröhre hinauf. Er erbrach einen widerwärtigen Haufen Hass. »Bist du bescheuert, Junge? Ich will meiner Freundin hier garantieren, dass sie noch ein wenig Spaß auf dieser Erde hat, bevor sie in den beschissenen Himmel gerufen wird. Und du fragst mich blöd von der Seite, was wir planen wollen?«

»Oskar!«, ermahnte ihn Judith. »Deine Tobsucht bringt uns nicht weiter.«

»Klar, Robin hat natürlich absolut recht. Ich kümmere mich zu viel.« Oskar hob entschuldigend die Hände und nickte. »Nur weil ihr miteinander ins Bett steigt, musst du ihn jetzt nicht verteidigen. Ihr seid doch immer diejenigen, die sich bei Problemen aufführen wie zwei Pubertierende.«

»Schluss jetzt, du vergreifst dich im Ton«, zischte Judith.

Tatsächlich ertappte sich Oskar auf dem Pfad der Unverschämtheit. Er suchte jemanden, auf den er den Hass projizieren konnte, der seit Miriams Mitteilung in ihm brodelte. Robin, dieser nette und ehrgeizige, aber dickliche Schwächling, der es irgendwie geschafft hatte, Judith ins Bett zu bekommen, war dafür ein dankbares Opfer. Oskar musste ihn verbal windelweich prügeln, er konnte nicht anders.

»Schweig«, sagte Judith.

»Verzeihung, dass ich nicht tatenlos auf einem Stuhl hänge und mein Leben bedauere«, entgegnete Oskar. »Werdet mal wach, Leute. Viel Zeit bleibt euch nicht, Miriam liegt bald unter der Erde.«

»OSKAR!«, schrie Judith.

»Was ist los mit euch? Unsere Freundin wird sterben und ihr hängt hier rum und macht einen auf sachliche Besprechung. Man was kotzt mich eure Es-wird-sich-schon-alles-regeln-Mentalität an.«

»Komm her«, hauchte Miriam. Sie stieß sich von der Wand ab und stürzte mit ausgestreckten Armen auf Oskar zu. »Lass gut sein, es ist eine schwierige Situation.«

Oskars Augen rasten durch den Raum. Sein Blick verfing sich im schwarzen Haar von Cem Özdemir. Er hockte im feinen Zwirn am Straßenrand und äugte nachdenklich über das Objektiv der Kamera. Das Logo einer Modemarke zierte das Plakat. Miriams ältere Schwester hatte es mal nachts von einer Straßenlaterne gefischt. Miriam drückte ihren Kopf seitlich an Oskars, mit beiden Händen umklammerte sie seinen Körper.

»Ich verstehe deine Wut, aber lasst uns nicht streiten«, sagte Miriam. »Lasst uns die Freunde sein, die in jeder Sekunde ihrer Jugend einen Grund zum Lachen fanden, die jedes Wochenende zusammen an der alten Windmühle saßen und picknickten, die gemeinsam über die griechischen Inseln reisten.«

Oskar zitterte.

Miriam beugte sich nach hinten, packte Oskars Kopf und zog seinen Blick von Cem Özdemirs Haaren in ihre Augen. Oskar stieß sie weg und stürzte schluchzend davon.

»Beruhig dich doch.«

Oskars Nacken verschluckte Miriams Worte. Er hastete durch die Wohnküche zum Bad, warf die Tür hinter sich zu, fiel rückwärts gegen sie und brach zusammen. Während er an ihr herunter sackte, kratzte er mit seinen Fingernägeln Splitter aus dem Holzrahmen. Sein linker Daumen verhakte sich, ein Hautfetzen riss ab, Blut tropfte auf die weißen Fliesen. Oskar quetschte mehr aus der Wunde, verschmierte es zwischen seinen Fingern und schrieb einen roten Buchstaben auf den Boden.

M. Für Mistkerl.

Oskar legte den Pürierstab beiseite und schüttete die restliche Tomatensoße in den Kochtopf. Mit flinken Händen beförderte er Salz, Paprikapulver, Essig und frisch geriebenen Ingwer in die dampfende Currysauce. Er verkostete eine Löffelspitze, hob die Lammbratwürste aus der Pfanne, zerkleinerte sie auf einem Holzbrett und versenkte sie in der Currysauce.

»Daphne, das Abendbrot ist servierfertig.« Er nahm zwei Tücher, holte die Bleche mit den Kartoffelecken aus dem Ofen und drückte sie Daphne, die sich schon die Kochlappen übergezogen hatte, in die Hände. Er schnappte sich die Currysauce und schritt mit schwer zu verbergendem Stolz hinter der Chefköchin auf die Terrasse. Das Gericht war ihm wie immer mehr als gelungen, es zählte zu seinen Meisterstücken. Wahrscheinlich, weil Miriams Seele in ihm steckte.

11 Freundschaftsdienst

Wer nach einem Beweis für die Hassliebe sucht, sollte sich nicht in den Höhen zwischen Gott und der Welt verlieren. Hierfür reicht ein Blick auf das eigene Leben.

Robin Wagner hing in seinem Bürostuhl und zerkaute einen Kugelschreiber. Er hatte die Hände hinter dem Kopf zusammengeschlagen und seine Beine auf den Tisch gelegt. Auf dem Bildschirm seines Computers stritten sich zwei Männer in einem verschneiten Hinterhof. Der größere von beiden, ein stilvoller Kerl, wie Robin neidlos anerkennen musste, packte den anderen Typen, der als Beweis für seine modische Ahnungslosigkeit einen Kapuzenpullover mit verwaschenem Aufdruck trug, am Kragen und zerrte ihn zu sich heran. Ihre Köpfe berührten sich. Robin nahm seine Beine vom Tisch und beugte seinen Oberkörper nach vorn. Gleich würde es hitzig werden. Er stützte seine Ellenbogen auf seine Oberschenkel und kroch mit dem Gesicht näher an den Bildschirm heran. *Rums!*

»Herr Wagner, ich habe hier ein wichtiges Telefonat für Sie in der Leitung.«

Robin fuhr hoch und stürzte die Maus auf den oberen linken Bildrand. Das Video wurde unsichtbar.

Seine Sekretärin steckte ihren Kopf durch den Türspalt. Der Lichtkegel der Sonne glänzte auf ihrer dunklen Haut, ihre langen Wimpern flatterten im Wind der Klimaanlage.

»Wann lernen Sie endlich anzuklopfen?«, schimpfte Robin.

»Ihre Tür stand doch offen«, entgegnete Samira Aziz. Sie lächelte das Lächeln der Unschuld.

Robin seufzte. Er hasste es, wenn sich Menschen nicht an die Regeln hielten. Aber Zurechtweisungen waren nun einmal nicht seine Stärke. Und eigentlich mochte er Samira Aziz. Als Kollegin, als lose Freundin. Sie hatte diesen Eifer, den ein Mensch brauchte, damit Robin ihn ins Herz schließen konnte. Sie wusste, wozu sie fähig war und was sie erreichen wollte. Samira Aziz machte keinen Hehl daraus, dass *Wagners Kreative* lediglich eine Durchgangsstation für sie war. Robin konnte es ihr, wenn er ehrlich war, nicht verübeln. Die 40-jährige Algerierin hatte drei Kinder auf die Welt gebracht, das Selbstmordattentat ihres Mannes überlebt und als alleinerziehende Mutter den Neuanfang in Deutschland geschafft. Seither arbeitete sie daran, ihren in Algerien erlernten Beruf auch in ihrer neuen Heimat ausüben zu dürfen. Drei Jahre jobbte sie schon halbtags in Robins Büro als Sekretärin, um sich ihr Fernstudium zu finanzieren und die Zeit bis zur Zulassung als Rechtsanwältin zu überbrücken. Spätestens wenn das erste Staatsexamen anstand, würde sie kündigen. Das hatte sie schon vor ihrem ersten Arbeitstag mit Robin vereinbart.

»Was ist jetzt mit dem Telefonat?«, fragte Samira Aziz. »Können Sie es annehmen oder soll ich den Anrufer vertrösten?«

Robin erwachte aus seiner Schockstarre. »Wen haben Sie denn in der Leitung?«

»Kurt Nierenrocker. Er möchte mit Ihnen über den Vertrag schauen, den Sie gestern bei ihrem Treffen besprochen haben.«

»Um Gottes willen! Natürlich stellen Sie Nierenrocker zu mir durch.« Robin drückte eine Taste auf seiner Telefonanlage, um das Besetztzeichen zu deaktivieren. »Aber sagen Sie ihm, dass ich noch in einer Besprechung bin und er sich kurz gedulden soll.«

Samira Aziz verschwand aus dem Türspalt und vertröstete Kurt Nierenrocker auf ein Intermezzo in der Warteschlange.

Robin Wagner überkam der Bewegungsdrang. Er umrundete seinen Schreibtisch. Einmal, zweimal, dreimal. Sofort kam er ins Schwitzen. Nebenher beschwor er die schrecklichsten Szenarien herauf, die ihm in den Sinn kamen. Vielleicht fühlte sich Nierenrocker unter Wert verkauft, weil Robin die Provisionen für *Wagners Kreative* unverschämt niedrig angesetzt hatte und es dadurch wirkte, als sei Nierenrocker kein allzu großer Hoffnungsschimmer für ihn. Was, wenn er den Vertrag hinschmeißen wollte, weil er gemerkt hatte, dass in Robins Agentur etwas faul sein musste, wenn der Chef ihm schon solche Deals anbot? Gar nicht auszumalen, wie es um Robins Zukunft bestellt gewesen wäre, wenn Nierenrocker herausgefunden hatte, warum Robin ihn derart offensiv umwarb.

Robin verließ seine Rennbahn und hastete zur Fensterfront. Mit einem Knopfdruck setzte er die Jalousien in Bewegung. Sie verschlangen die Silhouette der Stadt. Erst die Windmühle auf dem Berg, dann die Kirchtürme, schließlich das gegenüberliegende Wohnhaus.

»Stellen Sie durch und schließen Sie bitte meine Tür.«

Augenblicklich setzte das Klingeln des Telefons auf Robins Schreibtisch ein. Samira Aziz erschien wieder im Türspalt, nickte eine Portion Mut ins Zimmer und zog die Tür ins Schloss. Robin schlich zu seinem Schreibtisch, einen Schritt nach dem anderen, alle im gleichen Abstand. Eine der Beruhigungstechniken, die er mal auf einem Seminar für Führungskräfte gelernt hatte. Er hockte sich auf die vordere Kante seines Bürostuhls und nahm den Hörer ab.

»Mensch, Wagner! Mächtig was los heute.« Kurt Nierenrockers Gelächter schepperte durch den Telefonhörer.

Robin suchte seine Stimme.

»Aber wundert mich nicht«, kicherte Nierenrocker. »Bei den krassen Angeboten, die du machst.«

»Sie wollen den Vertrag also unterzeichnen?«, fragte Robin.

»Jetzt gehst du aber ran, Wagner. Sagen wir es so: Ich will dich nicht ausbeuten.« Kurt Nierenrocker lachte wie ein Baby, das zum ersten Mal in seinem Leben das Krabbeln der Sonnenstrahlen an seinen nackten Füßen spürt. Unwissend, dass es ein anderes, viel schmerzvolleres Dasein als jenes sorgenfreie Leben eines Säuglings gibt.

»Dann legen Sie mal los«, sagte Robin.

»Also erstmal will ich dieses formelle Gehabe hier aus dem Weg schaffen«, kicherte Nierenrocker. »Dein Vertrag ist voll mit diesem Geschwafel vom Klienten und Agenten, vom Vertragsnehmer und Vertragsgeber. Dabei ist doch alles so einfach. Ich bin der Kurt und du der Robin.«

»Dann rück mal raus, was du noch auf Lager hast, Kumpel.« Robin konnte hören, dass seinen Worten die Überzeugung fehlte. Ihm wurde heiß, seine Beine zappelten unter dem Tisch. Er durfte seinen künftigen Klienten unter keinen Umständen enttäuschen. Ein Glück hatte Kurt Nierenrocker für solche Zwischentöne keinen Sinn.

»Da wir jetzt Freunde sind, wird es dir bestimmt nichts ausmachen, wenn wir unser Geld miteinander teilen«, feixte Nierenrocker. »Deine Provision ist ein Witz. Ich bin der aufsteigende Stern am Himmel des Musikgeschäfts, ich werde deine Goldgrube sein. Wäre schön blöd von dir, mich mit dem ganzen Geld davonkommen zu lassen.«

»Und was bedeutet das für unseren Vertrag?«

»Wir machen Hälfte Hälfte, ein Freundschaftsdienst quasi. Solange mein Anteil für ein bisschen Stoff reicht, bin ich versorgt. Bis bald, Kumpel.«

Noch bevor Robin etwas entgegnen konnte, hatte Kurt Nierenrocker das Telefonat beendet. Stille legte sich über die Möbel, der graue Teppich schluckte die letzten Klänge aus der Luft. Plötzlich vermisste Robin das schallende Gelächter, das ihm wahrscheinlich gerade seine Karriere gerettet hatte. Er sprang aus dem Stuhl und stürmte in das Vorzimmer seiner Sekretärin.

»Frau Aziz?«

»Ja?«

»Schreiben Sie Nierenrocker umgehend eine Mail, dass er den Vertrag zu seinen Konditionen überarbeiten und dann an Sie zurückschicken soll. Hängen Sie ihm am besten das Dokument an.«

»Bin schon dabei.«

»Und danken Sie ihm für das wunderbare Telefonat und seine tolle Freundschaft. Aber seien Sie bitte nicht zu förmlich, lassen Sie Ihre lässige Seite raushängen.«

»Okay«, sagte Samira Aziz. Sie schien irritiert von der seltenen Mischung aus Freude und Gestaltungsdrang, die ihr Chef versprühte. Normalerweise war sie es, die die Vorschläge machte, wenn es um den Kontakt mit den Klienten ging.

Robin nahm die Kaffeekanne von einem der Stehtische neben Samira Aziz' Schreibtisch und entführte sie in sein Büro. Selten hatte er sich derart auf eine Tasse dieser Brühe gefreut. Der Kaffee in seiner Agentur war ein Graus, was vor allem dem Budget geschuldet war, das Robin Wagner seiner Sekretärin für Lebensmittel und Verpflegung zur Verfügung stellte. Etwas Besseres als der billigste Filterkaffee aus dem Discounter war dafür nicht zu haben. Im Grunde ein Teufelskreis. Denn wenn Robin eines noch mehr hasste als Menschen, die keine Ziele hatten, dann war es schlechter Kaffee. Aber was zählte das schon, wenn man Kurt Nierenrocker an der Angel hatte? Robin schenkte sich die Tasse bis zum Rand voll, verstaute die Kanne in seinem futuristischen Regal und schüttete sich die geschmacklose Brühe in einem Zug hinter. Er tauschte Tasse gegen Maus und klickte das Video zurück auf den Bildschirm.

Der Kapuzenpullover deutete mit seiner linken Hand auf das schwarze Tor, dann stürmte er aus dem Bild. Der Mantelträger wankte zwischen den Mülltonnen hervor, steckte seine Finger in schicke Lederhandschuhe und trottete zum Tor.

Die Jalousien klackten im aufkommenden Wind, Regentropfen klatschten gegen die Lamellen. Der Sommer kämpfte

12 Perverse Schweine

Der Mensch ist ein schrecklich selbstgefälliges Wesen. Er bittet dich um einen Rat, nimmt ihn nickend zur Kenntnis, aber behandelt ihn wie Müll.

Judith Kirchner saß auf ihrem petrolblauen Fahrrad und glitt durch die von Feierabendfröhlichkeit geflutete Einkaufsstraße. Auf den Bordsteinen lümmelten zahllose Gestalten und tranken Bier und Wein, Kellner servierten dampfende Teller für die Gäste der Restaurants auf dem Kinovorplatz, Musik dröhnte aus allen Richtungen. Hip-Hop, Jazz, Rock.

In Momenten wie diesen konnte Judith Oskars Hommage auf das Fahrradfahren verstehen. Es war schneller als Laufen, aber langsamer als Autofahren. Es entsprach genau jenem Tempo, in dem man das Bühnenbild um sich herum in seinem Aufbau wahrnahm, es aber wieder verließ, bevor sich sein Anblick abnutzen konnte. Jedes Befahren der gewohnten Strecke blieb ein Ausflug ins Unbekannte, eine niemals endende Entdeckungsreise durch den heimischen Theatersaal. Das Fahrradfahren war die simpelste, weil alltäglichste Möglichkeit, sich der Faszination des Seins hinzugeben.

Judith überquerte einen Zebrastreifen und kurvte sich durch eine Gruppe Jogger. Die Läufer protestierten lautstark gegen das waghalsige Überholmanöver. Judith betätigte die Bremse und bog um die gläserne Hausecke, die jahrelang das Ende ihres Heimweges angekündigt hatte. Ihr Vermieter wartete schon. Sören Adler hatte die Hände in den Taschen seiner khakifarbenen Stoffhose versenkt und den Kopf leicht in den Nacken gekippt. Die Haltung eines Gönners. Judith hatte es allein ihm zu verdanken, dass sie die geräumige Dachgeschosswohnung nach dem Tod ihres Mannes sofort hatte verlassen können, keine Miete mehr zahlen müssen und schon eine neue, kleinere, erinnerungsfreie Wohnung aus Adlers Portfolio hatte beziehen dürfen. Was dieser Luxus kostete, ließ der Mittfünfziger mit der ergrauten Igelfrisur Judith bei jedem Treffen spüren.

»Mal wieder ziemlich spät dran, Fräulein«, säuselte er.

Auch bei der Bremsung war Judith etwas unpünktlich. Sören Adler sprang zurück, Gummi brannte auf dem trockenen Asphalt, Steinchen schlugen gegen das Schutzblech. Judith hüpfte vom Sattel, als würde sie immer derart spektakulär absteigen.

»Eine sonderbare Art, sich zu entschuldigen«, sagte Adler.

»Verzeihen Sie«, entgegnete Judith. Sie zupfte ihre weiße Bluse zurecht, holte den Fahrradschlüssel aus der Tasche ihrer schwarzen Stoffhose und verriegelte das Schloss. »Im Büro ist in meiner Abwesenheit viel liegen geblieben. Meine Vertretung hat nur die wichtigsten Aufgaben abgearbeitet.«

»Sie wissen doch, dass ich einer Schönheit wie Ihnen alles verzeihen würde«, raunte Sören Adler.

Judith ahnte, was nun passieren sollte. Sie reichte ihrem Vermieter aus größtmöglicher Entfernung die Hand, aber er nahm ihre Finger fest in den Griff und zog sie zu sich heran. Er gab ihr einen Kuss auf die Wange.

»Sie bekommen doch jeden Mann um den Finger gewickelt«, flüsterte Adler in Judiths Ohr, während er mit der anderen Hand ihren Rücken streifte.

Judith drückte ihm ihr Knie in die Magengrube und befreite sich aus seinem Griff. Seit Roberts Tod war sie schonungsloser geworden. Die perversen Schweine sollten endlich bekommen, was sie verdienten. Sören Adler hielt seine Arme in die Höhe und rang um Luft. Als er sich etwas erholt hatte, schlich er zur Eingangstür, rammte den Schlüssel ins Schloss und stieß die Tür auf.

Judith blickte das Treppenhaus hinauf. Am Ende dieser Stufen wartete Roberts Leben oder zumindest das, was von ihm übrig geblieben war. Drei Umzugskisten voller Dokumente, Fotobücher und Speicherkarten. Judith hatte eine Entscheidung getroffen. Sie wollte die Kisten in einer Mülltonne versenken, sie wollte Robert wegwerfen. In dieser Hinsicht war sie pragmatisch. Warum sollte sie die Trauer über ihren verstorbenen Mann mit der Huldigung seiner Hinterlassenschaften in die Unendlichkeit treiben, wenn sie ihr Leid mit deren Entsorgung eindämmen konnte?

Sie erreichten das Dachgeschoss. Sören Adler steckte den Schlüssel in die Tür und drückte sie auf. Judith drängte sich an ihm vorbei über die Türschwelle. Als sie Roberts Arbeitszimmer am Ende des Flures erblickte, wusste sie plötzlich, dass sie es rasch hinter sich bringen musste, wenn sie ihre Entscheidung tatsächlich umsetzen wollte. Noch bevor Adler sich versah, schrumpfte sein Körper unter der Last zweier Pappkartons zusammen. Judith nahm das Hochzeitsfoto von der Wand und verstaute es in der übrig gebliebenen Umzugskiste. Enya Janssens letzte Chance war gekommen. Die Polizistin musste jetzt nur an ihr Telefon gehen.

»Gehen Sie schon mal vor. Ich brauch noch einen Moment«, sagte Judith. Sie wartete, bis Sören Adler außer Hörweite war. Dann zückte sie ihr Handy und drückte die Wahlwiederholung. Siebenmal hatte sie Enya Janssen an diesem Tag schon angerufen, nie hatte die junge Polizistin abgenommen. Dabei hätte sie sicher Interesse an dem USB-Stick gehabt, den Judith endlich loswerden wollte. Sie lauschte dem Rufton. Kurz glaubte sie, dass Enya Janssen dieses Mal abnehmen würde. Doch dann sprang der Anrufbeantworter an. Judith legte auf. Sie holte das Hochzeitsfoto aus der Umzugskiste, nahm es aus dem Rahmen und steckte es zwischen zwei Ordner zurück in den Karton. Sie zog den USB-Stick aus ihrer Hosentasche, legte ihn hinter den leeren Rahmen und hängte ihn zurück an die Wand. Vielleicht war es Roberts geheimer Plan gewesen, dass den Stick eines Tages jemand finden würde, der mutiger war als sie.

»Wann kommen Sie denn endlich?«, fragte Sören Adler aus dem Treppenhaus.

Judith stemmte den Umzugskarton in die Höhe und atmete ein allerletztes Mal den Duft ihrer alten Wohnung. Ingwer, Druckerschwärze, Wein, Kerzenwachs, Zitrone. Darunter Nuancen von kaltem Rauch und Roberts Körpergeruch.

»Sie müssten noch abschließen«, sagte Adler. »Der Schlüssel ist leider in meiner Hosentasche. Oder haben Sie Ihren mit?«

Was für ein Arschloch, dachte Judith. Aber ohne ihn hätte sie die vergangenen Wochen in dieser erinnerungsbelasteten Wohnung leben müssen. Er hatte eine Begnadigung verdient, ausnahmsweise. Die perversen Schweine würde sie ab morgen wieder bekämpfen, jetzt musste sie sich von Robert verabschieden.

Sie hatte ihn mehr geliebt, als sie sich damals hatte vorstellen können, an jenem Abend, nachdem Oskar fortgegangen war und Judith ihren Frust im Alkohol ertränkte. Robert stand in der Bar zufällig neben der Toilettentür, als Judith ihm im Vorbeistürmen ihre Handtasche zuwarf, um beim Erbrechen des tückischen Gemischs aus Tetrapackweißwein, Dosenbier und Kräuterschnaps die Hände frei zu haben. Nachdem sie ihren Körper entleert hatte, gab ihr Robert mehr, als sie je hätte verlangen können. Er nutzte die Handtasche als Eintrittskarte in Judiths Leben und blieb Dauergast in dieser Langzeitvorstellung. Schon ein Jahr später heirateten die beiden. Bei Judith war es eher Hingabe, bei Robert unbändige Liebe, in ihrer Gesamtheit eine Symbiose wie aus dem Biologielehrbuch. Robert übertrumpfte mit jeder neuen fotografischen Arbeit seine vorherige, erhielt Preise und wurde mit dem Alter immer attraktiver. Judith überwand die Selbstzweifel, die Oskars Flucht in ihr freigesetzt hatte, verhalf einem jungen Lokalpolitiker als dessen Wahlkampfstrategin zu einem Sitz im Landtag und stieg zu seiner führenden wissenschaftlichen Mitarbeiterin auf, als er später Kultusminister wurde. Die Nachrichten an Oskar schrieb sie trotzdem weiter, weil sie es ihm nicht eine Sekunde ihres Lebens verzeihen konnte, dass er ihre Freundschaft aufgegeben hatte.

»Wie wollen Sie die Kisten überhaupt transportieren? Mit Ihrem Fahrrad?« Sören Adlers Gespött hallte durchs Treppenhaus, während er die Stufen hinabstieg.

»Ich hatte gehofft, dass Sie mir die Kisten noch bis zum Müll bringen.«

»Den Kerl haben Sie aber schnell abgehakt«, lachte Adler. »Dann sind Sie ja endlich bereit für mich.«

Die perversen Schweine mussten doch schon heute bekämpft werden. Judith beschleunigte ihren Schritt, bis sie die Treppenstufen überwunden hatte, die sie und ihren Vermieter voneinander trennten. Gepolter ersetzte das Gelächter, der Inhalt der beiden Umzugskisten schlitterte über die Treppenstufen. Sören Adler landete auf den Knien zwischen der zerrissenen Pappe.

»Oh, Verzeihung«, entschuldigte sich Judith. »Da war ich wohl etwas zu schnell.«

Adler rappelte sich auf und kramte den Inhalt der zerfetzten Umzugskisten zusammen. Fotos, Unterlagen, Speicherkarten, Notizzettel, CDs, Visitenkarten. Unnützer Kram, in dem kein Hinweis zur Entschlüsselung des tonlosen Videos versteckt war. Das hatte Judith unzählige Male überprüft.

»Alles gut?«, fragte Judith.

»Ich schaff das schon«, knurrte Adler.

Judith schlängelte sich an dem perversen Schwein vorbei das Treppenhaus hinab. Sie wollte jetzt endlich weg von diesem Ort.

Zwei Stockwerke tiefer hing ein graues Blatt Papier im Geländer. Judith befreite es aus den Metallstäben. Es war die

Kopie einer Kurzgeschichte aus Oskars Kochbuch, die ihrem Mann besonders gefallen hatte. Judith faltete den Zettel zusammen und steckte ihn in ihre Hosentasche. Die Geschichte kannte sie auswendig.

Lebensangst

Drei Fliegen surrten durch den warmen Frühlingsmorgen. Sie schickten ihre Gedanken voraus in den Sommer, von dem sie nicht wussten, ob sie ihn noch erleben würden. Die Tage wurden wieder länger, ihre aber immer kürzer.
Den drei Schwestern klebten die Worte ihrer Eltern im Kopf. »Das Leben ist endlich«, hatte ihr Vater gesagt. »Passt auf, wo ihr hinfliegt«, hatte ihre Mutter ergänzt.
Die Erste dachte fortan an nichts anderes mehr als den Tod. Er begleitete jeden ihrer Flüge. Pausenlos sah sie einen hageren Mann vor sich auftauchen, in seiner Hand ein langer, roter Stab, an dessen Ende ein engmaschiges, weißes Gitter befestigt war.
Die Zweite verdrängte den Tod aus ihrem Leben. Sie vergaß sein Aussehen, ignorierte seine Gefahr, missachtete gar seine Existenz. Sie flog derart frei und unbeschwert durch die Luft, dass jede andere Fliege vor Neid erblasste.
Die Dritte nahm sich vor, den Tod zu beachten, aber nicht Herr über ihr Leben werden zu lassen. Sie flog unbekümmert auf den hageren Mann zu, genau zwischen seine Augen. Er grinste, seines Sieges gewiss, doch als die Fliege über die Stirn des Todes hinweg schoss, klagte er sein Leid, da er Opfer seines eigenen Angriffs geworden war. Die Spuren der Klatsche brannten in seinem Gesicht. Der Flug zwischen die Augen wurde für die Fliege zur Belustigung, eine Partie der Extreme. Sie war dem Tod nah, aber mitten im Leben.

Der dritten Schwester blieb der Sommer verwehrt. Das weiße Gitter zerdrückte sie kurz vor dessen Beginn auf einer Fensterbank. Doch die Getötete grinste unter dem Gitter hervor.
Die erste und die zweite Schwester erlebten den Sommer noch. Dann klopfte der Tod an die Tür der Zweiten. Sie erkannte ihn nicht, bat ihn wie einen Freund zu sich herein und bereitete ihm einen Tee. Der Tod genoss die Unwissenheit der zweiten Schwester, die ihn vor Angst aus ihrem Gedächtnis verbannt hatte. Als sie ihm den Rücken zuwandte, erstach er sie mit einem Kugelschreiber.
Zuletzt suchte der Tod die erste Schwester heim. Sie fürchtete ihn und lebte im Verborgenen. Als er sie endlich aufgespürt hatte und durch ihre Türe trat, war die Erste bereits derart schwach, dass ein Blick in das Gesicht des Todes reichte, um ihr Lebenslicht auszulöschen.
Zufrieden kehrte der Tod in seine Kammer zurück und schritt die Vitrinen mit all seinen Opfern entlang. Es gab keine größere Genugtuung für ihn.
Doch die dritte Schwester war verschwunden. Der Tod fluchte, schwang seine Klatsche und zertrümmerte das Regal der dritten Fliege. Schon wieder war sie ihm entkommen.
Der Tod war sich sicher, dass es ihr flüchtiger, aber tiefer Blick in seine Augen gewesen sein musste, der das Ende der dritten Schwester zu einem Neuanfang gemacht hatte. Der Tod hasste diese flüchtigen, aber tiefen Blicke. Sie hatten die Macht, ihn zu entschlüsseln, und Macht war seine Existenzgrundlage. Verlor er seine Macht, verloren die Fliegen die Angst.

13 Hase und Igel

Jetzt fang doch nicht gleich an zu rennen. Der erste Schritt hat dich genügend Energie gekostet.

Oskar Kuhn gab sich geschlagen. Er kletterte aus dem Bett und warf sich einen Bademantel über. Das warme Licht lugte neugierig zwischen den Fensterläden hindurch in das verschlafene Zimmer. Oskar kniff die Augen zusammen, als er die Fensterläden aufschob und zur Balustrade des Balkons schlich. Durch seine schmalen Blickschlitze konnte er zwei Kätzchen erkennen, die hintereinander durchs Gras purzelten, bis sie gegen eine der Zwergpalmen stießen, die den Garten in unregelmäßige Dreiecke unterteilten. Die Luft roch noch nach der Frische der Nacht, die Oleanderhecken raschelten im leichten Wind. Im Pool zog Enya einsam ihre Bahnen, wie jeden Morgen kurz nach sieben, wenn die anderen Urlauber noch friedlich schliefen.

Oskar entdeckte seine alte Nickelbrille auf dem Balkontisch und setzte sie hastig auf. Gerade noch rechtzeitig, um Enya aus dem Pool steigen zu sehen. Wie eine Nixe kam sie die Treppe hinauf, befreite ihr blondes Haar aus dem strengen Dutt und wedelte es durch die Luft. Wassertropfen funkelten auf ihrer gebräunten Haut. Sie schnappte sich ihr gelbes Handtuch von einer Liege am Poolrand und schwang es sich um den Körper. Oskar legte die Brille zurück auf den Tisch und trottete ins Zimmer. Enyas Handy vibrierte im Safe, schon das dritte Mal an diesem Morgen. Was hatte Oskar dieses alte Tastentelefon im Halbschlaf für seine Akkulaufzeit verflucht.

Die Tür schwang auf. Mit drei großen Schritten stand Enya

vor Oskar und grinste ihm herausfordernd ins Gesicht. »Kommst du duschen?«

»Weiß nicht«, sagte Oskar. Er wusste es wirklich nicht. Sein Herz bejahte, doch sein Kopf verneinte.

»Komm schon«, bettelte Enya. Sie gab ihm einen Kuss und streifte ihre Finger durch sein Haar. »Du brauchst noch ein paar frische Erinnerungen an mich, Baby.«

Oskars innerer Widerstand bröckelte, das ging bei Enya immer schneller, als es ihm lieb sein konnte. Er legte seine Hände auf ihren Po und drückte Enya an sich. »Okay, du hast gewonnen.«

»Ich gewinne doch seit dem ersten Abend immer gegen dich«, lachte Enya. Sie befreite sich aus seiner Umklammerung und stieß ihn aufs Bett. Ihre himmelblauen Augen fesselten ihn an die Matratze. Enya löste die Bänder des Bikinis auf ihrem Rücken und ließ den lachsroten Stoff an ihrem Körper hinab auf den Boden gleiten. Oskar liebte das Tattoo der ineinander gelegten Figuren auf ihrer rechten Hüfte. Ein Dreieck, ein Kreis und ein Strich. Enya grinste, als sie aus dem Slip stieg. Sie verschwand im Bad.

Oskar schloss seine Augen. Er schob seine Unterlippe nach vorn und blies die Luft aus seinem Körper – bis die Leere in ihm neuen Sauerstoff durch seine Nasenflügel nach innen sog. Wie jede seiner Romanzen fand nun auch die mit Enya nach zwei Wochen ein Ende. In vier Stunden würde sie das Hotel verlassen, in fünf am Flughafen sitzen und in acht zurück in Deutschland sein, über zweitausend Kilometer von ihm entfernt, beheimatet in einem anderen Leben, das sich außerhalb seines Einflusskreises abspielte. Das war der Nachteil, wenn man dort lebte, wo andere nur kurz verweilten.

Oskar kannte die Gefühle, die Enyas bevorstehender Abschied freisetzte. Sie war nicht die erste Urlauberin, die ihre freien Tage in seinem statt in ihrem Zimmer verbracht hatte. Wenn auch die jüngste. Oskar ahnte, dass Enya und er sich nie wiedersehen würden, dass wilder Sex und vorübergehende Glückseligkeit ihre einzigen Verbindungen bleiben sollten. Er kannte den Ausgang dieses Märchens, es gab kein Happy End, nur eine belehrende Moral, er hatte das alles schon mehrmals erlebt. Trotzdem übermannte ihn die Situation. Er musste seine Gefühle dringend mit anderen Gefühlen bekämpfen. Er rollte sich ans Bettende und streckte seine Arme bis zum Schreibtisch. Mit seinen Fingerspitzen erreichte er das Unterteil des aufgeklappten Laptops und zog ihn zu sich heran. Drei Mausklicks und ein paar Tastenschläge später öffnete sich Judiths Mail mit dem aufdringlichen Betreff »BITTE LESEN!«, die neben all den anderen im Papierkorb lag, weil Oskar es nicht übers Herz brachte, sie endgültig aus seinem virtuellen Postfach zu verbannen. Die Nachrichten waren die letzten Tropfen Blut, die Judith für ihn am Leben hielten. Und jetzt schien der Zeitpunkt gekommen, in den vollgestopften Papierkorb zu greifen und seiner alten Freundin ihre verdiente Chance zu geben.

Lieber Oskar,
reichlich Zeit ist vergangen. Ich denke, wir beide haben ein neues Leben gefunden, in dem wir uns heimisch fühlen können. Doch die Jahre vermögen meine Wunden nicht zu heilen. Es tut mir bis heute leid, dass ich dir damals nicht helfen konnte. Ich bin eine schreckliche Freundin gewesen. Doch vielleicht magst du mir bei einer Sache trotzdem helfen. Weil wir doch irgendwie noch immer Freunde sind.

»Wann kommst du endlich?«

Oskar schreckte hoch und klickte die Mail weg.

»Ich warte auf dich«, frohlockte Enya.

»Bin gleich bei dir«, rief Oskar. Er konnte zwar nicht vorhersagen, wie es mit Enya und ihm weitergehen, ob sie wie all die anderen Romanzen wortlos in ihr Leben zurückkehren und aus seinem verschwinden, jemals wieder an ihn denken, ihm eine einzige Nachricht senden würde. Doch er konnte mit Sicherheit sagen, was die nächsten Minuten für ihn bereithielten. Er würde zu Enya unter die Dusche steigen und das Shampoo von ihr in die Hand gedrückt bekommen, damit er ihren Körper so lange einseifen konnte, bis die Erregung in ihm aufstieg und die Gefühle vertrieb. Dann würde er sie gegen die Wand drücken und sie lieben, so intensiv, dass ihr Stöhnen ihm ewig in den Ohren kleben und ihr befriedigter Blick ihm nie vor den Augen verschwinden sollte. Die Erinnerungen der nächsten Minuten hatten das Potenzial, Enyas Abreise in ein Drama zu verwandeln.

Oskar klappte den Laptop zu und schob ihn zurück an seinen Platz. Er rollte sich vom Bett, hastete ins Bad, stieg aus seiner Unterhose, glitt am türkisfarbenen Duschvorhang vorbei und griff nach dem Shampoo, das Enya ihm entgegenstreckte.

Enya lehnte sich an das gelb-weiß gestreifte Kissen des Strandkorbs. Sie faltete die Hände ineinander und platzierte das Bündel in ihrem Schoß. »Du willst es also wirklich versuchen?«

Oskar saß rechts neben ihr, seinen Körper nach vorn gebeugt, und stocherte mit der Kuchengabel in der leeren Kaffeetasse.

»Willst du oder willst du nicht?«

»Natürlich will ich.«

»Dann erzähl mir endlich von dieser Idee. Komm schon, Oskar, du kannst nicht ewig schweigen.«

Die Kuchengabel hämmerte auf den Boden der Kaffeetasse. Allmählich fand sie ihren Takt. Zweimal lang, dreimal kurz.

»Jetzt oder nie«, sagte Enya. Sie nahm zwei Locken aus Oskars Haar und wickelte sie um ihre Finger.

»Erst wenn ich deinen Beruf kenne.«

»Was?«

»Sag mir deinen Beruf und ich erzähl dir von meiner Idee.«

Enya ließ Oskars Haare los. Sie beugte sich nach vorn und

zog ihren schwarzen Rollkoffer zu sich heran, öffnete den Reißverschluss einer Seitentasche und kramte zwischen Reiseführern, Notizblöcken, Kugelschreibern und Kartenspielen einen abgegriffenen Zettel hervor, dessen Rand ein Muster aus Rotweinflecken zierte. Ihre Geheimwaffe.

»Woher hast du das?«, fragte Oskar, obwohl er die Antwort kannte. Er spürte schon die Wut in seinem Bauch.

»Aus deinem Safe«, entgegnete Enya. »Du wolltest doch, dass ich mein Handy dort verstaue.«

Oskar riss ihr den Zettel aus der Hand. »Ich habe aber nicht gesagt, dass du in meiner Privatsphäre schnüffeln sollst!«

»Gehört zu meinem geheimen Beruf«, sagte Enya.

»Toller Beruf«, polterte Oskar.

»Ich hatte gehofft, dass du es mir freiwillig sagen würdest. Aber scheinbar traust du mir nicht.«

»Es interessiert dich doch eh nicht.«

»Du willst einen Roman schreiben. Natürlich interessiere ich mich dafür.«

»Das haben sie damals bei meinem Kochbuch auch alle gesagt.« Oskar zerquetschte den Zettel zwischen seinen Fingern und knirschte mit den Zähnen. »Alle taten sie interessiert, aber hinter vorgehaltener Hand tuschelten sie. Doch viel schlimmer noch waren ihre Fragen, die sie nie offen aussprachen, sondern immer direkt in mein Unterbewusstsein pflanzten. Willst du nicht lieber einen richtigen Beruf ergreifen und dich deinem Traum später widmen? Denkst du, dass du mit dieser brotlosen Kunst überleben kannst? Was soll aus dir werden, wenn dein Buch nur ein Luftschloss ist?«

Von links stürmte ein Adonis ins Blickfeld. In den Händen hielt er zwei Dosenbier. Unter dem Jubel seiner Freunde versenkte er seinen Körper im Pool, das Wasser schwappte über den Rand, eine Fontäne stieg in die Höhe und prasselte auf das Stoffdach des Strandkorbs.

Schlagartig kam Oskar ein Spruch über seine Mitmenschen

in den Sinn, den er früher einmal in seinem Kopf in sein imaginäres Notizbuch formuliert, durch das unbeschwerte Leben auf der Insel aber aus seinem Gedächtnis verdrängt hatte.

»Wenn Menschen die Nachteile suchen, sind sie geschwind wie der Hase, aber wenn sie nach den Vorteilen fahnden, sind sie langsamer als der Igel. Doch ist nicht der Igel der gefeierte Sieger in der Moral aller Kindermärchen?«

»Wie treffend«, sagte Enya. Sie legte ihren rechten Arm um Oskars Nacken und nahm ihm den zerknüllten Zettel aus der Hand. »Ich wusste nicht, dass du Angst hast. Ich dachte einfach, dass du mir nicht vertraust.«

Oskar lachte auf. »Eigentlich ist es albern.«

Enya kraulte seinen Nacken.

»Ich lebe hier auf der Sonnenseite des Lebens, ohne Verantwortung und Verpflichtungen, und trotzdem fürchte ich mich davor, dass die anderen mit ihren Zweifeln recht haben könnten und ich am Ende als unbelehrbarer Nichtsnutz dastehe, dem das Talent fehlt und der seinen Traum trotz größter Anstrengungen nie verwirklichen wird.«

»Mit diesem Exposé klappt es vielleicht wirklich nicht«, sagte Enya, hörbar bemüht, ihre Stimme liebevoll klingen zu lassen.

Oskar befreite sich aus ihrer Umarmung. »Echt jetzt?«

»Es tut mir leid, aber es klingt mir zu sehr nach Coming-of-Age-Literatur. Solche Geschichten gibt es doch zur Genüge.«

»Du kennst noch nicht einmal die ganze Geschichte!«

Enya hörte in Oskars Stimme bereits den Streit aufziehen, der ihre gemeinsame Zeit unumkehrbar aus seinem Gedächtnis tilgen und durch die Bilder von anderen Affären ersetzen würde. Aber sie mochte nun einmal keine Geschichten, die über hunderte Seiten aus der eintönigen Perspektive des einen leidenden Protagonisten erzählt wurden. Sie warf das Zettelknäuel in den Pool.

»Was soll das?«, fluchte Oskar.

»Soll ich ehrlich zu dir sein?« Enya wartete nicht auf Oskars Einwand. »Diese Romane über das Erwachsenwerden braucht doch kein Mensch. Die legen die Leute nach den ersten zehn Seiten weg. Das ist doch verschwendete Energie und verlorene Zeit.«

»Bist du jetzt Literaturkritikerin oder was?«

»Nein, ich lese viel. Aber dein Buch wahrscheinlich nicht, wenn es so eindimensional bleibt.«

»Hau ab«, schrie Oskar.

Enya verzog keine Miene. »Ich will dir bloß helfen.«

Oskar schubste sie. »Lass mich in Ruhe!

Sie packte ihren Rollkoffer und stürmte davon.

Oskar suchte nach einem Gegenstand, den er werfen konnte. Er entschied sich für die Kaffeetasse. Sie zerschellte auf den Granitplatten des Gehweges zwischen Pool und Bar.

Als Oskar seinen Fehler realisierte, war Enya bereits ins Taxi gestiegen. Er wollte sie aufhalten und ihr sagen, dass es ihm leidtat. Er wollte ihr nachrufen, dass er sie liebte, mehr als jede Romanze zuvor. Doch wieder einmal verließen seinen Mund im wichtigsten Moment keine Worte. Wann hatte er diese unsägliche Eigenschaft eigentlich von Robin übernommen?

Oskar streifte sich sein Muskelshirt über den Kopf und sprang in den Pool. Der Adonis grinste und warf ihm eines seiner Dosenbiere zu. Oskar drückte die Öffnung ein und nahm einen kräftigen Schluck. Er dachte an Enyas Handy, sie vergaß es in seinem Safe.

Zweiter Teil

14 Engelstrompete

Veni, vidi, was ein Firlefanz. Ich kam, ich sah und ich verkackte.

Robin Wagner hämmerte seinen Kopf gegen das Lenkrad. Das Signal der Autohupe kegelte zwei Erstklässler aus dem Weg, die soeben die Straße hatten überqueren wollen. Sie landeten auf der Kante des Bürgersteigs und brauchten drei Blicke, bis sie begriffen, dass der dunkelblaue *BMW* nicht fuhr, sondern in einer Parklücke stand. Sie sprangen auf und sprinteten über die Straße zur Bushaltestelle.

»Was zur Hölle treibt dieser Idiot da?«, jammerte Robin. Er krallte sich am Lenkrad fest und schüttelte es mit aller Kraft. »Will dieser Mistkerl mich ruinieren?«

»Papa? Warum schimpfst du mit dem Auto?« Robins Tochter sah durch das heruntergelassene Fenster der Beifahrertür.

Robin stammelte ein: »Halb so wild.«

Seine Tochter sah ihn skeptisch an. Sie zog die Tür auf, kletterte auf den Beifahrersitz und nahm ihren Schulranzen auf den Schoß.

»Tut mir leid, Süße. Auf Arbeit war es heute mal wieder ziemlich stressig«, entschuldigte sich Robin.

»Du immer mit deiner Arbeit«, sagte seine Tochter. Sie plusterte ihre Bäckchen zu einem breiten Grinsen auf. »Kochen wir heute trotzdem zusammen Nudeln?«

»Aber natürlich«, sagte Robin. »Ich habe es dir doch versprochen, mein Schatz.«

»Dann lass uns schnell nach Hause fahren.«

»Aber zuerst werden die Hausaufgaben gemacht.«

»Erst die Arbeit, dann das Vergnügen. Schon verstanden.«

»So gefällt mir meine Tochter.« Robin fuhr Marie mit der

Hand durch ihr dichtes, schwarzes Haar. Dann betätigte er den Startknopf in der Mittelkonsole, setzte den linken Blinker, stellte den Wählhebel ein, wartete ein vorbeifahrendes Auto ab und trat aufs Gaspedal.

Robin liebte die Autofahrten mit seiner Tochter. Für ein paar Minuten gab es dann nur sie und ihn und den gemeinsamen Ausblick durch die Frontscheibe. In diesen Augenblicken hatten sie ausnahmsweise einmal die gleiche Perspektive auf das Leben. Das Auto war ihr Treffpunkt, nirgendwo anders verbrachten sie mehr Zeit miteinander, was vor allem daran lag, dass sich Robin wenig Zeit für sein Privatleben nahm.

Auf dem Display in der Mittelkonsole leuchtete eine unbekannte Nummer auf, das Klingeln von Robins Telefon setzte ein. Er drückte auf Annehmen.

»Seien Sie gegrüßt, Herr Wagner.«

»Hallo. Mit wem spreche ich?«

»Dieter Holpert von der *Lokalen Zeitung* am Apparat.«

»Was wollen Sie?«

»Aus guten Quellen ist mir zu Ohren gekommen, dass Sie kurz vor einem Vertragsabschluss mit Kurt Nierenrocker standen. Können Sie das bestätigen?«

»Kannst du dir bitte kurz die Ohren zuhalten, Liebling?« Robin warf seiner Tochter einen Blick zu, der keine Widerrede erlaubte. Doch sie zögerte. Er nahm Maries linke Hand und führte sie an ihr Ohr. Er lächelte. Als seine Tochter ihre Ohren endlich versiegelt hatte, wandte Robin sich wieder an den Journalisten. »Was interessiert Sie das?«

»Herr Wagner, stellen Sie sich bitte nicht dumm. Die ganze Stadt weiß von dem Vorfall mit Kurt Nierenrocker. Die Boulevardblätter haben sich doch schon wie die Aasgeier auf ihn gestürzt.«

»So wie Sie sich jetzt auf mich?«

Der Journalist lachte. »Ich will lediglich eine Auskunft über Ihr Verhältnis zu Nierenrocker.«

»Was interessiert Sie das denn?«

»Mich interessiert beispielsweise, warum Sie ihn unbedingt im Portfolio Ihrer Agentur haben wollten, wo er doch als äußerst schwieriger Charakter gilt.«

»Wer sagt, dass ich ihn unbedingt wollte?«, fragte Robin. Er bemühte sich um Gelassenheit, doch seine Stimme pulsierte.

»Mir liegt Ihr Vertragsentwurf vor«, verkündete der Journalist mit unverhohlenem Stolz. »Ihre Konditionen lassen mich glauben, dass Sie etwas mit Nierenrocker planten. Einen PR-Coup vielleicht? Denn wenn wir ehrlich sind, hat Ihre Agentur bis auf den gefeierten Stefan Brantner doch nichts zu bieten.«

»Werden Sie immer gleich so persönlich?«, schimpfte Robin. »Was denken Sie eigentlich, wer Sie sind?«

Er bekam keine Antwort. Für einen Moment glaubte Robin, den Journalisten Schachmatt gesetzt zu haben. Die Leitung verstummte, der Straßenlärm drang ins Auto. Marie summte fröhlich vor sich hin, in Gedanken bereits beim Abendbrot, Spaghetti mit Tomatensoße und angebratener Knoblauchsalami, dazu frisch geriebenen Parmesan, ihr Lieblingsgericht.

»Lassen wir es, Herr Wagner. Ich kann die Geschichte auch ohne Sie machen, wir haben den Boulevardblättern genügend Vorsprung gewährt. Ich wollte Ihnen nur eine Chance einräumen, zu diesem Sachverhalt persönlich Stellung zu beziehen.«

»Wie gnädig von Ihnen.«

»Die übliche Vorgehensweise.« Der Journalist hielt den Hörer zu und rief etwas durch sein Büro. »Ich lege dann in zehn Sekunden auf. Bis dahin haben Sie noch Zeit, sich mir zu offenbaren und die Sache mit Nierenrocker aufzuklären.«

»Wissen Sie was?« Robin kontrollierte mit einem schnellen Blick, ob seine Tochter noch ihre Finger in ihren Ohren hatte. »Lecken Sie mich am Arsch!«

Der Journalist beendete das Telefonat. Robin schmetterte seine Hände auf das Lenkrad, die Hupe jaulte im Feierabendverkehr.

Seine Tochter öffnete die Ohren und sah ihn aufgeregt an. »Was war das für ein Mann?«

Robin atmete schwer. »Ach, nur ein Arbeitskollege, der den Papa ärgern wollte.«

Marie grinste. »Aber du hast ihm natürlich gesagt, dass du der Stärkste bist.«

Robin Wagner riss die Plastikscheibe von der Pappe und stopfte sie in den gelben Sack neben der Kochzeile. Den Rest entsorgte er im Papiermüll unter der Spüle. Aus dem silbernen Topf auf der Herdplatte spritzten Wassertropfen, während die Spaghetti langsam in ihm versanken.

Robin hatte den Sinn hinter dieser Konstruktion noch nie verstanden. Der Erfinder musste betrunken gewesen sein. Oder wie war es sonst zu erklären, dass sich jemand umweltfreundlichere Nudelpackungen aus Papier ausgedacht, sie dann aber mit einer Plastikscheibe versehen hatte? Leichter konnte man einen hervorragenden Ansatz nicht mit einer geistlosen Umsetzung konterkarieren. Als ob irgendein Konsument die Plastikscheibe gebraucht hätte, um überprüfen zu können, ob die Spaghetti hinter der Pappe auch wirklich so aussahen wie es die Verpackung versprach.

Trotzdem kaufte Robin stets diese Nudeln, weil die kleine Scheibe im Vergleich zu einer kompletten Plastikverpackung schon ein Fortschritt war.

»Fertig.« Marie stellte die geschnittenen Salamistreifen neben den Herd. »Was soll ich jetzt machen, Papa?«

»Du kannst noch den Tisch decken. Tiefe Teller, bitte. Und denk daran, dass Mami gleich kommt.«

Robin staunte immer wieder über die Motivation seiner siebenjährigen Tochter. Glaubte er den Worten seiner Frau, legte Marie bei ihr deutlich weniger Elan an den Tag. Aber seine Frau verbrachte auch mehr als nur einen Abend pro Woche mit ihrer Tochter.

Der Schlüssel raschelte im Schloss. Marie schnappte sich drei Gabeln und drei Löffel aus dem Besteckkasten und hetzte zum Schrank mit dem Geschirr. Sie warf die Gabeln und die Löffel auf die tiefen Teller, zählte drei ab und riss sie aus dem Schrank. Noch bevor Teresa in die Küche trat, verschwand Marie hinter der Tür zum Wohnzimmer.

Sobald seine Frau zwischen Zimmertür und Kochzeile stand, wirkte der Raum auf Robin jedes Mal gleich fünf Quadratmeter kleiner. Teresa maß exakt einen Meter neunzig, in ihrem bunten Sommerkleid schaute sie noch etwas größer aus. Ihre Erscheinung hätte wohl viele Männer eingeschüchtert, ganz sicher aber solche wie Robin, die fast zwanzig Zentimeter kleiner und wesentlich beleibter waren.

»Oh, meine Lieblinge sind schon fleißig«, sagte Teresa. Sie drückte Robin einen Kuss auf den Mund und eine Packung Tiefkühlnudeln mit Lachs und Spinat in die Hand. »Dann können wir die hier ja für einen Abend aufheben, an dem ich wieder für das Kochen zuständig bin.«

»Hast du schon die Nachrichten gehört?«, fragte Robin, während er die Fertignudeln im Tiefkühler verstaute.

»Du weißt, dass ich auf Arbeit keine Zeit dafür habe.«

»Vielleicht hast du es beim Autofahren im Radio gehört.«

»Ich bin Straßenbahn gefahren, du hattest das Auto.«

»Stimmt.«

»Was ist denn los mit dir?« Teresa strich sich durch ihre wilde Lockenpracht.

Robin hatte noch nie eine derart attraktive Kurzhaarfrisur gesehen. Wenn er ehrlich war, hatte er Teresa damals, auf der Vernissage eines befreundeten Nachwuchsmalers, nur angesprochen, weil ihn ihre Lockenpracht fasziniert hatte.

Nachdem die Affäre mit Judith beendet gewesen und Miriam, die Liebe seines Lebens, die sein zögerliches Werben aber nie verstanden hatte oder ihrer Freundschaft zuliebe nicht hatte verstehen wollen, zu Grabe getragen war, hatte Robin beschlossen, nur noch Frauen kennenzulernen, die sich außerhalb seines Alltags bewegten. So begegnete er Teresa und ihren braunen Locken. Schon am Abend der Vernissage landeten sie in einer Bar und entfachten eine gegenseitige Begeisterung, die ihnen bereits ein Jahr nach Oskars Flucht Marie und eine spontane Hochzeit bescherte. Der Zauber der Liebe hielt bis heute. Trotz Robins bleibenden Gefühlen für Miriam.

»Was ist jetzt?«, fragte Teresa.

»Mein neuer Klient hat sich heute sozusagen selbst um seine Zukunft gebracht«, stöhnte Robin.

»Dieser Nierenrocker?«

»Und dieser verdammte Mistkerl hat mich gleich mit sich in den Abgrund gerissen!« Robin knallte die Salamistreifen in die Pfanne. Er drehte sich zu seiner Frau und ließ sich rückwärts gegen die Küchenzeile fallen. Sein Körper fühlte sich plötzlich überflüssig an, sein Leben verzichtbar.

Teresa schien überrascht von seiner Wut. Sie nahm seinen Kopf zwischen ihre Hände und drückte ihm einen kirschroten Kuss auf die Stirn. »Lass dich davon nicht unterkriegen, Liebling. Es ist nur ein Klient, du findest einen neuen. Das Leben geht weiter.«

»Er war meine Rettung«, klagte Robin. »Meine Agentur ist am Ende. Ohne Nierenrocker kann ich sie bald schließen.«

Teresas Hände wanderten von Robins Wangen zu seinen Schultern. Ihre Daumen strichen über seinen Hals.

Robin sah Teresa in ihre grünen Augen. Er überlegte, ihr die Wahrheit zu sagen, die ganze Wahrheit. Über seine mittelmäßige Agentur, die ohne ihren Superstar Stefan Brantner längst in der Bedeutungslosigkeit verschwunden gewesen wäre. Über den Zustand dieses Stars, der für die Öffentlichkeit nur noch ein solcher war, weil Robin dafür gesorgt hatte. Über die Opfer, die er für das Fortbestehen seines Lebenstraumes hatte bringen müssen. Über das tonlose Video, das zumindest eine seiner beiden Schandtaten bewies. Robin sah Teresa in die

Augen und bekam Lust, ihr zu erklären, warum er so dünnhäutig wie Oskar geworden war. Doch dieses Geständnis konnte er seiner Familie nicht zumuten.

Robin spürte, dass seine Frau ihm gleich eine Auszeit vorschlagen würde. Es war nicht das erste Mal in den vergangenen Wochen. Sie würde sagen, dass er einfach mal zu Hause bleiben und sich regenerieren, seine Seele pflegen, die Akkus aufladen und dann mit neuer Energie in seine Agentur zurückkehren sollte. Wenn er dann immer noch glaubte, dass sein Traum gescheitert war, konnte er alles hinschmeißen und sich noch einmal neu erfinden. Mit zweiunddreißig Jahren war es dafür nicht zu spät. Einem Mann mit seiner Erfahrung und seinem Auftreten lag die Berufswelt doch zu Füßen, sagte sie immer, weil sie nicht wusste, was er für ein Zauderer und Verbrecher war.

»Wenn du eine Pause brauchst, werde ich dir den Rücken freihalten«, flüsterte Teresa. Sie hinterließ ein zweites Mal Spuren ihres kirschroten Lippenstifts auf Robins Stirn. »Du weißt, dass ich uns vorübergehend finanzieren kann.«

Jetzt war der Moment gekommen, der Geheimniskrämerei ein Ende zu setzen. Alles oder nichts. Für einen Augenblick konnte sich Robin vorstellen, die Sache endlich hinter sich zu lassen. Doch dann wurde ihm klar, dass es kein Zurück mehr gab. Mit jedem Wort der Wahrheit wäre alles nur noch schlimmer geworden, jedes Fünkchen Ehrlichkeit hätte Teresa und Marie weiter von ihm entfernt. Es war besser, wenn er schwieg.

»Du kannst natürlich auch weitermachen«, sagte Teresa. »Ich will dich nicht von deinen Träumen abhalten.«

Robin gab ihr einen Kuss und spielt mit ihren braunen Locken. Es fühlte sich verlogen an, er musste raus aus der Küche. Er nahm den Nudeltopf vom Herd, goss das Wasser über der Spüle ab, schüttete die Spaghetti aus dem Sieb zurück in den Topf und stellte ihn neben den Herd. Dann packte er die

Pfanne mit den Salamistreifen und schob die Wurst mit einem Kochlöffel in den Topf mit der Tomatensoße.

»Was ist denn nun mit diesem Nierenrocker?«, fragte Teresa, als Robin mit den beiden Töpfen zum Wohnzimmer eilte, wo ihre Tochter schon mit gezücktem Besteck vor ihrem leeren Teller saß.

»Schau auf mein Handy.«

Teresa nahm Robins Telefon vom Geschirrspüler, tippte ihr Geburtsdatum ein und blickte auf einen Artikel der größten Boulevardzeitung des Landes.

Drogenrausch: Rockstar entfernt sich eigene Zunge!

Nächtliches Drama in Gartenlaube. Kurt Nierenrocker (23) mit abgetrennter Zunge ins Krankenhaus eingeliefert. Schnitt sich der aufstrebende Rockstar das für seine Karriere unverzichtbare Organ selbst ab?
Wie eine Augenzeugin berichtet, entfernte sich Kurt Nierenrocker gestern tatsächlich seine eigene Zunge. Freunde waren am Sonntagabend live vor Ort. Sie berichten: »Kurt ist richtig ausgerastet und hat die ganze Gartensparte zusammen gebrüllt.«
Noch ist nicht bestätigt, wie es überhaupt zu dem skandalösen Zwischenfall kommen konnte. Doch nach Informationen unserer Redaktion versetzte der Tee einer Engelstrompete den jungen Rockstar in einen Drogenrausch. Das Heißgetränk aus der giftigen Zierpflanze ließ ihn alle Hemmungen verlieren. Im Wahn griff Nierenrocker nach einer Gartenschere. Dann streckte er seinen Freunden die Zunge raus und ließ die Schere zuschnappen. »Das Blut spritzte bis zur Decke. Ich hatte sogar was im Gesicht«, beschreibt eine Augenzeugin die dramatischen Szenen. »Die Zunge lag dann einfach auf dem Boden rum.«
Der Notarzt brachte das fast zwei Daumen große Stück zwar mit ins Krankenhaus, doch die OP war aussichtslos. Die Zunge konnte nur noch im Mülleimer entsorgt werden. Noch ist völlig unklar, ob Kurt Nierenrocker, der erst vor drei Monaten den Newcomer-Award gewonnen hatte, je wieder wird sprechen können. Auch die Rolle des Künstleragenten Robin

Wagner ist noch ungeklärt. Laut diversen Quellen hatte er Nierenrocker im Namen seiner Agentur Wagners Kreative erst kürzlich einen Vertrag angeboten, den Branchenkenner gegenüber unserer Redaktion als »äußerst dubios« bezeichnen. »Dieser Mann führt definitiv etwas im Schilde«, verrät ein Insider. Man darf also gespannt sein, was hier noch ans Tageslicht kommen wird.

15 Waldeinsamkeit

Gelegentlich müssen wir der Straße unseres Alltags entschweben, hoch hinaus fliegen und die Grenzenlosigkeit dieser Welt fühlen. Und wenn wir nur glauben, sie zu fühlen.

Judith Kirchner drosselte ihr Tempo. Eine gartenteichgroße Pfütze blockierte den Weg, der an der einen Seite von steilen Böschungen und an der anderen von einem Fluss begrenzt war. Der letzte Regenschauer war zwei Tage her, doch unter den Baumkronen waren seine Spuren noch frisch. Ein schlammiger Weg schlug sich durch das feuchte Gebüsch, Fußabdrücke steckten im Boden. Im Wald war das Wetter eine Frage des Gewichts. Während die federleichten Sonnenstrahlen am dichten Blätterwerk abprallten, drangen die bleiernen Regentropfen unaufhaltsam hindurch.

Judith trabte im Kreis, damit ihre dunklen Laufschuhe nicht am Boden festklebten, während sie einen Plan zur Überwindung der Pfütze schmiedete. Ihre Kopfhörer spielten *Water Drops* von *Vincent Ancot.* Diesem Beat hatte Judith es zu verdanken, dass sie Tag für Tag die Kraft und Motivation fand, um in den Wald zu kommen und die Qual des Laufens zu überstehen. Die Mischung aus mystischen und schwungvollen Klängen ließ sie jedes Mal glauben, nicht einsam durch den Wald zu dümpeln, sondern an der Seite von James Bond einem Bösewicht hinterher zu jagen und die Welt vor Unheil zu bewahren. Dafür lohnte sich das Rennen.

Judith liebte die Strecke durch den Wald, der etwas unter dem Höhenspiegel der Stadt lag und ihr deshalb wie die natürliche Basis ihres urbanen Lebens vorkam. Doch der Wald musste sich noch von dem Regenschauer vor zwei Tagen erholen, den die Stadt längst vergessen hatte. Hier unten, wo die Bäume den Duft der Frische konservierten, hing die Zeit etwas hinterher. Wenn es oben in der Stadt schon wieder heiß war, waren im Wald noch die kühlen Winde von vorgestern zu spüren.

Judith bekam einen Stoß und prallte gegen einen Baum am Wegesrand. »Hey! Können Sie nicht aufpassen?«

Der stämmige Kerl im schwarzen Kapuzenpullover ignorierte ihre Beschwerde. Er raste auf die Wasserlache zu, stieß sich vom Boden ab, stand für einen Augenblick in der Luft und landete am anderen Ende der Pfütze. Mit den Hacken touchierte er das Wasser, die Oberfläche erzitterte. Judith konnte den Mann nur von hinten erkennen, trotzdem kam er ihr bekannt vor. Sekunden später verschwand er hinter der nächsten Linkskurve.

Judith hielt sich die rechte Schulter. Sie atmete die Luft des Waldes und beruhigte ihr pochendes Herz. Wenn es dieser dicke Kerl über die Pfütze geschafft hatte, konnte sie das auch. Sie klopfte sich den Dreck der Baumrinde von ihrem grauen Sportshirt und nahm Anlauf. Während ihre Beine sie auf die Pfütze zusteuerten, trugen ihre Gedanken sie zurück in den Sportunterricht. Im Weitsprung hatte sie immer die Distanz für eine Zwei geschafft, das sollte hierfür doch reichen. Ein wenig beruhigt schwebte sie über der Pfütze und dachte an ihre Freunde und ihre Ausflüge mit dem Fahrrad durch den Wald. Wann immer möglich, waren sie hergekommen und mit ihren Stadträdern durch die schlammigen Pfade geschlittert oder über die steinigen Wege geholpert. Morgens, mittags, abends, nachts. Der Wald hatte ihnen gehört.

Doch das waren Erinnerungen aus einer anderen Welt, Judiths Hacken landeten eine Handbreit hinter der Pfütze. Sie steckte die Kopfhörer wieder ein und nahm Tempo auf. Am Wasser entlang ging es zurück in die Zivilisation. Der Weg wälzte sich geruhsam aufwärts, aus dem Tal heraus, immer höher, bis der Fluss unter ihm abtauchte und die Natur zurückschreckte, weil die Stadt sich vor ihr auftürmte.

Die Hitze wallte unter Judiths Shirt, Schweißtropfen rannen über ihre Stirn, ihre Lippen schmeckten nach Salz. Sie brauchte keinen Spiegel für die Erkenntnis, dass ihr Kopf einem Feuerball glich. Doch erst die hinterste Parkbank sollte ihren Lauf beenden, vor dem üblichen Ziel gab es kein Erbarmen. Die tägliche Zigarette wollte verdient sein.

Eigentlich joggte Judith, weil sie sich von ihrem Leben ablenken, wenigstens eine halbe Stunde den Kopf freibekommen wollte. So wie es angeblich alle machten, die gern zu jeder Gelegenheit stolz von dieser Alltagsroutine berichteten und Bilder von sich zeigten, auf denen sie ganz entspannt ihre Beine vor irgendeiner bekannten Sehenswürdigkeit dehnten. Doch Judith musste sich beim Joggen auf ihr Leben konzentrieren, um die körperliche Tortur zu überstehen. Niemals hätte sie ungefragt von ihrer sportlichen Betätigung erzählt. Auch deshalb kam sie zum Laufen in den Wald, vor allem aber, weil er eine Klarheit in ihre Gedanken brachte, die ihr im städtischen Alltag verborgen blieb. Leider kam die Ablenkung in ihrem Fall immer erst nach dem Joggen.

Es fehlten noch fünfzig Meter bis zum Ziel. Judith vergrößerte ihre Schritte, die Parkbank war zum Greifen nah. Einsam hockte sie zwischen den Welten. Hinter ihr lag die Bedächtigkeit des Waldes, vor ihr die Hektik der Stadt. Judith erreichte endlich die Grenze und ließ sich auf die Holzbank sinken. Erschöpft öffnete sie den Reißverschluss ihrer rechten Hosentasche und holte eine einzelne Zigarette und ein Feuerzeug hervor. Sie klemmte den Glimmstängel zwischen ihre Lippen und steckte ihn an. Sie nahm den ersten Zug und spürte die restliche Energie aus ihrem Köper gleiten.

Judith hatte in den vergangenen Wochen viel über ihr Leben nachgedacht. Was aus ihr werden sollte, wo sie hinwollte, wofür es sich zu existieren lohnte. Doch meist waren die Gedanken nur zusammenhangslos durch ihren Kopf gekreist, selten war sie zu irgendeinem Ergebnis gekommen. Es kam ihr albern vor, doch jetzt, hier auf dieser Bank im Park, mit der Zigarette zwischen den Lippen und dem Rauch vor dem Gesicht, fügte sich plötzlich alles und Judith beschlich der Gedanke, dass sie dringend die Macht über ihr Leben zurückgewinnen musste. Wenn sie wieder glücklich sein wollte, musste das Wegrennen ein Ende haben; weder die Welt noch Oskar durften länger vor ihr davonlaufen.

Judith fasste einen Entschluss. Sie hatte etliche Fragen, sie wollte endlich Antworten. Sie musste die Initiative übernehmen, anders funktionierte es nicht. Oskar kam nicht zu ihr, also kam sie jetzt zu ihm. Dann würde es kein Entkommen mehr für ihn geben. Er wäre seiner alten Freundin ausgeliefert, müsste alle Fragen beantworten und Roberts Geheimnis aufklären. In ihrem Eifer entschied Judith, Oskar zu stellen und nicht nur eine Erklärung für das Video, sondern auch eine Rechtfertigung für sein Verhalten zu verlangen.

Sie warf die Zigarette in den Mülleimer neben der Parkbank und öffnete den Reißverschluss ihrer linken Hosentasche. Sie zog ihr Telefon hervor und suchte im Internet nach einer Weltkarte. Judith klickte auf die erstbeste und zoomte den Ausschnitt um Griechenland näher heran. Das Land war cremefarben eingezeichnet, verziert mit winzigen Punkten im Meer. Judith hatte schon einige von ihnen bereist.

Früher, zu Beginn ihrer Studienzeit, als ihr Freundeskreis noch ein lebendiger Haufen gewesen war, waren sie mehrmals im Jahr dort gewesen. Korfu, Lefkada, Kefalonia, Samos. Auf diesen Inseln hatten Miriam, Robin, Oskar und Judith die schönsten Urlaube verbracht, auf ihnen lag die Hochzeit ihrer Freundschaft begraben. Die Ausflüge damals waren Oskars Idee gewesen. Er hatte es geliebt, diese zurückgebliebenen Inseln zu bereisen, das Leben und die Einheimischen dort kennenzulernen, die Abgeschiedenheit zu genießen und eine bescheidenere Art der Glückseligkeit zu entdecken. Nur bleiben wollte er dort nie, weil ihm die Anonymität der Stadt, die Schnelllebigkeit der Moderne, die Vielzahl an Lebensplänen zu Hause dann doch zu wichtig waren. Bis zu jenem Tag, an dem er für immer verschwand.

Judith ahnte, dass ihr alter Freund irgendwo da draußen war, auf einer der griechischen Inseln. Das war ihr schon seit Jahren bewusst. Aber auf welcher?

Sie lehnte sich nach hinten, schloss die Augen und dachte an die Waldeinsamkeit. Die Sonne krabbelte über ihr Gesicht, der Schweiß verkrustete auf ihrer Haut. Judith hörte Oskars Erzählungen in ihren Ohren erklingen.

Nicht Kefalonia. Die Insel war riesig und bevölkerungsarm, für moderne Städter ein harscher Gegensatz. Man kann die Einsamkeit auch bis in die Depression treiben, hatte Oskar mal gesagt.

Auf Lefkada war das Ungleichgewicht von Mensch und Raum ähnlich, aber die Natur etwas beeindruckender. Doch Oskar hatte das gewisse Etwas gefehlt, das man nicht herbeireden konnte, sondern spüren musste.

Korfu und Samos, diese beiden Inseln hatten es ihm am meisten angetan. Doch welche liebte er so sehr, dass er dort für immer leben könnte?

Auf Korfu hatte ihn der Kontrast zwischen Tourismus und Natürlichkeit gereizt, auch wenn man die selbstverständlich mühsam suchen musste, was aber gleichzeitig eine willkommene Herausforderung sein konnte. Doch der Massentourismus war schwer aufzuwiegen, er zerstörte die Schönheit des Urzustandes.

»Ich hab dich!«, jubelte Judith. Sie schlug die Hände vor dem Mund zusammen und blies einen Stoß Luft aus. Die warme Masse strömte über ihre Finger bis in ihre Nase. Die Erleuchtung schwirrte durch ihren Kopf. Judith konnte Oskar immer lauter und euphorischer sprechen hören.

Samos war eine Insel von angenehmer Größe, die Bevölkerung klein, aber nicht zu gering, die Hauptstadt nah an der Grenze zu dem, was dem Ermessen eines Städters nach bereits ein Dorf hätte sein können. Der süße Hafen mit der langen Restaurantmeile und den Hotels war das einzig touristische, was es in dem beschaulichen Städtchen zu entdecken gab. Sonst nur Supermärkte, Tankstellen und kleine Lokale. Dahinter, kaum ein paar hundert Meter den Berg hoch, unentdecktes Gebiet, dünne Wanderpfade, selten gesehene Tiere, unbefestigte Wege, menschenlose Landschaften. Oskar lebte auf Samos. Die Lösung war so eindeutig, dass Judith sich fragte, warum sie noch nie so intensiv darüber nachgedacht hatte wie jetzt.

Judith öffnete die Navigationshilfe auf ihrem Handy und gab Samos als Zielort ein. Dann tippte sie auf *Route* und wählte ihren Standort als Startposition aus. Das Telefon berechnete die Strecke. Zweiunddreißig Stunden sollte die Reise nach Samos mit dem Auto dauern, rund zweitausendvierhundertundvierzig Kilometer waren zurückzulegen. Ohne eine Fährfahrt war die Strecke nicht zu bewältigen, sagte Judiths Telefon. Sie hätte stattdessen auch mit dem Flugzeug reisen können. Doch Judith drückte die Meldung weg, sie musste die Strecke mit dem Auto fahren. Durch die Tschechische Republik, die Slowakei, Serbien, genau so wie Oskar es auch getan hatte. Sie war sich sicher, dass sie erst nach ein paar Tagen im Auto verstehen würde, welche Wut und Verzweiflung damals in Oskar gewohnt haben mussten, dass er diese Strecke auf sich nahm, um seinem Leben zu entkommen.

Judith steckte ihr Handy zurück in ihre Hosentasche und zog den Reißverschluss zu. Ab jetzt konnte sie nichts und niemand mehr aufhalten. Nur eine Reise quer über den Kontinent trennte sie noch von der Antwort auf alle Fragen.

Als sie aufblickte, sah sie den stämmigen Kerl im schwarzen Kapuzenpullover an einer Pappel ihr gegenüber lehnen. Er hatte das rechte Bein hochgezogen und umschloss es mit beiden Armen. Die Dehnübung wirkte etwas aufgesetzt, seine Haltung verkrampft. Jetzt, wo sie ihn von vorn sah, mit seiner schiefen Nase, dem fettigen braunen Haar und seinem durchdringenden Blick, bestätigte sich Judiths Verdacht, dass sie den Mann kannte. Ein Schauer rollte über ihren Rücken. Sie sprang von der Bank und machte einen Satz in seine Richtung. Der Kerl drehte sich hastig um und verschwand zwischen den anderen Menschen im Park. Es war der Mann aus dem Video.

16 Schwarz-weißer Suff

Warum lehrt uns die Gesellschaft, dass Aufgeben ein Akt der Schwäche ist? Weil sich Weitermachen als bequemere Lösung erwiesen hat?

Enya Janssen starrte auf die Straße. Sie konnte das Pendel noch vor ihren Augen schwingen sehen, dahinter das faltige Gesicht der ergrauten Rentnerin, deren Haar sich über ihrem Kopf auftürmte, als hätte sie soeben in eine Steckdose gefasst.

Ein anderer Wagen schnitt Enya die Vorfahrt, sie knallte ihre Hand auf die Hupe. »Vollidiot!«

Enyas Nerven lagen blank, das erste Mal in ihrem Leben. Seit ihrer Rückkehr aus dem Urlaub vor einer Woche spürte sie eine innere Leere. Ihre Arbeit machte ihr keinen Spaß mehr. Zwischen den ganzen Verkehrsunfällen und Diebstählen kam es ihr vor, als hätte man ihr alle Motivation und Überzeugung aus dem Körper gesaugt. Zurückgeblieben war ein Gefühl der Unterforderung, hier in der Großstadt, als junge Polizistin, die man, statt sie in diesem dubiosen Autounfall ermitteln zu lassen, für schnöde Verkehrskontrollen einteilte.

Eigentlich war Enya kein Mensch für die großen Gefühle. Sie war Polizistin geworden, weil sie sich lieber an den Fakten orientierte. Doch seit ihrem Urlaub und der Begegnung mit Oskar fragte sich Enya, ob sie das richtige Leben gewählt hatte. Mit jedem Tag wuchsen die Zweifel, ob sie den Ausgang aus diesem Labyrinth, in das Robert Kirchners Tod sie geführt hatte, auf ihre gewohnte Art und Weise finden würde.

Sie hielt an einer roten Ampel. Erneut tauchte das Wohnzimmer von Birgit Peters vor ihren Augen auf. Die alte Dame schwang ihr Pendel über einer Schwarzweißfotografie von

Falco. Der flache Glastisch zwischen der Alten und Enya funkelte im Sonnenlicht. In jeder Ecke des Raumes lag eine Katze, selbst an den Wänden hingen die Tiere. Katzen aus Porzellan, Glas, Ton, Holz, zwischendrin hin und wieder eine lebendige. Enya hatte nach zwanzig Tieren mit dem Zählen aufgehört.

»Er wird irgendwann aus der Dunkelheit zurückkehren«, brüllte die Alte.

»Schon klar«, entgegnete Enya. »Kommen Sie endlich zurück zum Thema.«

Birgit Peters tauschte das Foto von *Falco* gegen eines von Robert Kirchner und ließ das Pendel wieder kreisen.

Enya verdrehte die Augen. »Und? Was sehen Sie jetzt?«

»Dieser Mann wurde ermordet«, schrie Birgit Peters.

»Woher wollen Sie das wissen?«

»Ich sehe es. Es gab noch einen anderen Wagen.«

»Und irgendwo in der Nähe ist Wasser und das andere Auto war farbig«, stöhnte Enya. Sie stand auf und reichte Birgit Peters die Hand. »Ich kenne diesen Quatsch aus dem Fernsehen.«

»Der andere hat ihn gegen den Baum gefahren«, sagte die Alte. Sie ignorierte Enyas Hand. »Ich kann die Szene vor mir sehen.« Enya war schon im Flur, als ihr Birgit Peters aus dem Wohnzimmer nachrief: »Es war ein seltener Wagen.«

Autohupen rissen Enya aus ihren Gedanken, die Ampel stand auf Grün. Enya legte den Gang ein und stieg aufs Gaspedal. Seit sie aus dem Urlaub zurück war, hatte sie nach Feierabend heimlich vier Zeuginnen wegen des Autounfalls verhört. Allesamt ältere Damen, die einfach jemanden zum Reden suchten, weil ihre Kinder fortgezogen oder zu beschäftigt waren, und die sich nicht weiter darüber wunderten, dass noch einmal eine Polizistin bei ihnen vorbeischaute und etwas über Robert Kirchner wissen wollte, obwohl sie doch schon den Kollegen vom Unfallkommando alle Fragen beantwortet hatten. Hauptsache sie konnten der Besucherin Blätterteigtaschen, Nussecken und Erdbeertörtchen anbieten und ihre Lebensgeschichten loswerden. Bevor sie am Ende alle gestehen mussten, dass sie Robert Kirchner nur aus der Zeitung kannten und dort erst von seinem Unfall gelesen hatten. Da war die vierte Zeugin mit ihrem Pendel beinahe willkommene Abwechslung.

Enya setzte den Blinker und bog mit ihrem gelben *Fiat 500* von der Hauptstraße in eine Allee, die stadtauswärts zu jener Landstraße führte, auf der Robert Kirchner umgekommen war. Dort wohnte auch Enyas letzte Hoffnung. Wenn Wolfgang Gehler keine besseren Beobachtungen zu bieten hatte als die alten Damen, würde das Unfallkommando die Ermittlungen an diesem Freitagabend offiziell als ergebnislos abschließen. Immerhin hatte Robert Kirchner in der Nacht seines Unfalls knapp null Komma neun Promille Alkohol im Blut gehabt, da waren die winzigen Kratzer in der Fahrertür kein ausreichender Hinweis für Fremdverschulden. Zumal seine Frau in der Nachbefragung angegeben hatte, dass ihr Mann öfter mit dem Einkaufswagen gegen sein Auto gestoßen war.

Die Kollegen hatten solide Polizeiarbeit gemacht, alle Hinweise untersucht, die Zeugen befragt und schlussendlich keine Auffälligkeiten entdeckt. Das konnte Enya in manchen Momenten sogar verstehen, besonders in solchen, in denen sie an Oskar dachte. Sie hatte längst bemerkt, dass sie mit jeder Zeugenbefragung die Lust an ihrer Arbeit weiter verlor. Zuerst hatte sie geglaubt, dass ihr Job ihr nach ein paar Tagen wieder Spaß machen würde, doch je mehr sie arbeitete, desto verliebter wurde sie – in Oskar und sein Leben auf der Insel. Am liebsten hätte sie alles hingeschmissen und wäre gleich wieder zu ihm geflogen. Aber ein kleiner Funken Hoffnung lebte noch in ihr, vielleicht hatten die Kollegen bei Wolfgang Gehler ausnahmsweise mal etwas übersehen.

Enyas Telefon klingelte. Sie lenkte ihren Wagen in eine

Parkbucht und griff ihr neues Smartphone vom Beifahrersitz. Mehrmals wischte sie den grünen Telefonhörer über den Bildschirm, doch das Handy klingelte weiter. Im vierten Versuch klappte es endlich.

»Geht es dir gut?«, brummte Frank Sauer.

»Schon okay«, log Enya. Sie hatte das Gefühl, den Anruf schnell hinter sich bringen zu müssen, damit ihr Kollege seine Pflicht abhaken und weiter Urlaub machen konnte. Er war gleich nach Enyas Rückkehr vor sechs Tagen aufgebrochen und längst in Norwegen angekommen.

»Machst du Fortschritte?«

»Leider nicht.«

»Oh, das tut mir leid.«

»Was würdest du mir raten?«

Frank Sauer schwieg. Wahrscheinlich wägte er ab, ob Ehrlichkeit in diesem Moment angebracht war.

»Ich verkrafte die Wahrheit«, beruhigte ihn Enya.

»Leg den Fall zu den Akten«, brummte Frank Sauer. »Sonst gehst du daran kaputt.«

»Ich denke auch«, sagte Enya. »Aber einen Versuch habe ich noch.«

»Dann wünsche ich …« Die Verbindung brach ab.

Zehn Minuten später erreichte Enya Janssen die Wohnsiedlung am Stadtrand. Sie stieg aus dem Auto und blickte durch die bunten Häuserreihen. Manche Gebäude strahlten frisch verputzt, andere versanken in grauer Tristesse. Zum Beispiel der Dreiseithof, der zu Wolfgang Gehlers Adresse passte.

Ein alter Mann mit kahlem Kopf und Rauschebart lehnte auf einer Schubkarre mit Kies. »Kommen Sie ruhig rein.«

Enya drückte das schwere Metalltor auf und lief den langen Schotterweg entlang in das Grundstück. Sie hob zum Gruß die Hand. Die Aura ihrer Uniform hatte sie schon auf dem Revier abgelegt, das Make-up über ihren Tattoos abgewischt. Es war kurz nach neunzehn Uhr, sie hatte seit zwei Stunden Feierabend. Diese Ermittlung war Privatsache und würde es auch für immer bleiben, wenn der Mann auf der Schubkarre ihr nicht helfen konnte.

»Wollen Sie eine Schweinshaxe kaufen?«, fragte Wolfgang Gehler. »Oder ein bisschen Nackenspeck?«

Enya schüttelte den Kopf. »Ich komme wegen des Autounfalls.«

»Ah«, seufzte der alte Mann. »Sie sind die junge Polizistin, über die hier im Dorf alle sprechen.«

»Enya Janssen.«

»Wolfgang Gehler, Schweinebauer.«

Enya setzte sich auf den Stuhl gegenüber der Schubkarre und deutete auf die Tassen neben Gehlers Beinen. »Darf ich?«

Der Alte nickte.

Enya nahm sich eine der Tontassen vom Boden und schenkte sich etwas aus der Wasserkanne ein.

»Es war ein schwarz-weißer Suff«, sagte Wolfgang Gehler.

»Was für ein Suff?«

»Na, ein großer Wagen.«

Enya grinste. »Ich glaube, Sie meinen einen SUV.«

»Ach, ich habe keine Ahnung von diesem Englisch.«

»Und was war nun in jener Nacht?«

»In welcher Nacht?«

»In der des Autounfalls? Deswegen bin ich hier.«

»Ach, ja.«

»Und?«

»Ich bin von einem lauten Knall aufgewacht und vom Bett direkt ans Fenster gestürzt. Zum Glück bin ich noch recht schnell. Da fegte ein schwarz-weißer Suff stadteinwärts durch die Siedlung. Das Dach war schwarz und die Seite weiß. Oder andersherum. So genau weiß ich das jetzt auch nicht mehr.«

Enya trank einen großen Schluck Wasser, die kühle Flüssigkeit rann ihre Speiseröhre hinab. Die Sommerabende wurden von Jahr zur Jahr heißer. »Und warum haben Sie sich erst so spät auf unseren Aufruf gemeldet?«

»Nun ja«, sagte Wolfgang Gehler. »Ich bin manchmal etwas vergesslich.«

Enya sackte in sich zusammen. Sie verstand plötzlich, warum es auf dem Hof eines Schweinebauern nicht nach Schweinen stank. Die Tiere waren sicher schon lange tot. Auch Enyas letzte Hoffnung wurde gerade zu Grabe getragen. Ihr einzig brauchbarer Zeuge war ein alter Mann auf dem Weg in die Demenz.

Wolfgang Gehler zuckte mit den Schultern. »Wer waren Sie nochmal?«

»Enya Janssen.«

»Ach«, seufzte Gehler. »Sie sind die junge Frau, von der hier alle reden, weil sie jede Woche zu dem Unfallort auf der Landstraße kommen. Dort ist doch dieser Fotograf gestorben. Schlimme Sache.«

Enya nahm den letzten Schluck Wasser aus ihrer Tontasse und stellte sie zurück auf den Boden. Sie reichte Wolfgang Gehler die Hand.

»Wollen Sie schon gehen? Ich weiß doch etwas«, protestierte Gehler. »Es war ein schwarz-weißer Suff. Das Dach war weiß und die Türen schwarz. Oder andersherum.«

Zurück in ihrer Wohnung überlegte Enya, ob sie endlich im Hotel auf Samos anrufen und nach ihrem alten Handy fragen sollte. Immerhin gehörte es ihr. Sie zückte ihr neues Telefon und suchte die E-Mail mit den Kontaktdaten heraus. Doch bevor sie die Nummer anklicken konnte, schloss sie die Mail wieder. Enya befürchtete, dass man sie mit Oskar verbinden könnte und dass seine Stimme sie dazu verleiten würde, ihre Tasche zu packen, ihr Leben hinzuwerfen und sofort zu ihm aufzubrechen. Was sie sich auch vormachte, sie hatte den Glauben an ihre private Ermittlung längst verloren. Sie wartete nur noch auf den richtigen Zeitpunkt, um sich diese Entwicklung endlich einzugestehen.

Enya wählte statt der Nummer des Hotels die des indischen Restaurants zwei Häuserblocks weiter. »Hallo, Enya hier. Einmal Chicken Tikka Masala, scharf. Zum Abholen, bitte.«

Nachdem sie aufgelegt hatte, öffnete sich auf ihrem Telefon eine neue Mail. Sie stammte von der Reiseagentur, mit der Enya in den Urlaub geflogen war. Sie informierte die Empfänger über günstige Last-Minute-Flüge nach Samos am nächsten Morgen.

17 Doppelgänger

Das wirklich Erschreckende an Erinnerungen ist, dass manche von ihnen klingen wie das Skript für einen Sonntagabendkrimi, dann aber doch wahre Geschichten sind.

Robin Wagner holte noch zwei Bier aus dem Kühlschrank. »Und Sie wollen wirklich nicht nach Hause?«

Samira Aziz schlüpfte aus ihren beigen Plateauschuhen, die Robin eher an mit Kork untersetzte Sandalen erinnerten, und legte die Beine über die Lehne des Sofas. »Nein, ich will die Geschichte hören.«

Das erste Mal in seinem Berufsleben hatte Robin seine Sekretärin auf ein Feierabendbier in sein Büro eingeladen. Und schon nach einer halben Stunde hatte er sich verplappert und die Sache mit Stefan Brantner erwähnt. Schuld war wie immer der Alkohol, der Robin die Kontrolle über seinen Körper entzog. Plötzlich spürte er sogar etwas Stolz wegen der Geschichte, die er seiner Sekretärin gleich erzählen würde und von der er in nüchternem Zustand behauptete, dass er sie lieber nie erlebt hätte.

»Jetzt spannen Sie mich doch nicht so auf die Folter«, sagte Samira Aziz.

»Sie garantieren mir Stillschweigen?«, fragte Robin.

Samira Aziz legte den rechten Zeigefinger auf ihre vollen Lippen und sah Robin tief in die Augen. Ihre dichten Wimpern bogen sich nach oben.

»Sie nutzen meinen Zustand schamlos aus.« Robin zückte sein Taschenmesser, sprengte die Kronkorken von den Bierflaschen und drückte Samira Aziz eine in die Hand. Mit der anderen setzte er sich auf den Heizkörper vor der Fensterfront. Robin nahm einen Schluck. »Bitte verurteilen Sie mich nicht. Ich war damals noch jung und neu im Geschäft. Er war mein erster großer Klient. Ich glaubte, ich würde ohne ihn alles verlieren.«

Robin Wagners realer Sonntagabendkrimi spielte im Jahr 2010 und begann im *Stadthotel*. Der Protagonist der Handlung hieß Mirko, war auf dem Schulhof als Drogendealer bekannt geworden und hatte sich danach in einem kleinkriminellen Dasein verloren. Doch trotz aller Geschichten über Ladendiebstähle, gefälschte Ausweise und Einbrüche ließ Robin den Kontakt zu seinem alten Klassenkameraden nie abreißen, als Einziger aus seinem Jahrgang. Vermutlich lag es mal wieder an seiner Behäbigkeit. Nachdem Oskar fortgegangen war, trafen Mirko und Robin sich einmal die Woche in seinem Büro auf eine Partie Dart. Danach tranken sie zwei oder drei, vielleicht mal vier oder fünf Bier. Der Übergang in eine bedingungslose Freundschaft geschah unbemerkt. In Momenten, in denen Robin früher Oskar um Rat gebeten hätte, bat er nun Mirko um seinen Beistand. Wie an jenem Morgen im Juni 2010.

Als Robin ins Hotelzimmer seines Superstars kam und Stefan Brantner reglos auf seinem Bett entdeckte, wählte er instinktiv Mirkos Nummer. Eine Viertelstunde später standen sie gemeinsam vor dem Bett und starrten auf die Leiche des Mannes, der sich seit seiner Entdeckung durch Robin Wagner ein Jahr zuvor zu einem gefeierten Rockstar entwickelt hatte. Für sein schwaches Herz war das Rampenlicht nie gut gewesen.

Die Gefühle übermannten Robin. Seine Agentur gab es erst anderthalb Jahre und schon war ihr strahlendster Stern, der das Licht für *Wagners Kreative* erst hatte aufgehen lassen, verglüht. Robin fürchtete die Einsamkeit des Moments. Er brauchte einen Freund, er hatte nur noch Mirko.

Der griff nach seinem Handy und wählte eine Nummer.

»Was machst du da?«

»Dir'n Arsch retten.«

»Der Kerl ist tot.«

»Der lebt weiter, wirst schon seh'n.«

»Du spinnst!«

Mirko lief zum Fenster und flüsterte ins Telefon. »Hasenzahn hier. Stell mich zum Boss durch.«

»Was soll der Mist?«, fragte Robin.

Mirko drehte sich wieder zu ihm und zeigte auf seine Schneidezähne. »Mein Codename.«

Robin blickte von seinem Freund zu dem reglosen Körper im Bett. Er träumte, ganz sicher. Gleich würde er erwachen und mit Stefan Brantner aus dem Zimmer gehen.

»Hab hier'n heftiges Problem, Boss. Lässt sich aber sicher für'n bisschen Kohle lösen.«

Robin stürzte zu seinem Freund und griff nach dem Telefon. Mirko hielt ihn mit seinem linken Arm auf Distanz.

»Kennst diesen blonden, ranzigen Rockstar mit'm Mittelscheitel, von dem seit'm Jahr alle reden?«

Robin spürte Mirkos Fingernägel in seinem Oberarm. Er ließ von seinem Freund ab und starrte auf den Leichnam im Bett. Das hier war kein Traum, das war bittere Realität.

»Den Typen vom Boulevard kennst auch?« Mirko wartete. »Den brauchen wir! Sagen wir fünf, ist für'n Freund. Okay? Das übliche Prozedere.«

Robin riss Mirko das Telefon aus der Hand. »Was zur Hölle treibst du da? Welches Prozedere? Fünf was? Welcher Typ vom Boulevard?«

Mirko packte Robin an den Schultern und schüttelte ihn kräftig durch. »Bisschen mehr Vertrauen wäre angebracht.«

Langsam besann sich Robin auf seine Rolle des willenlosen Nebendarstellers. Er tat, wie ihm von Mirko geheißen und reservierte zwei Tische auf Peter Meier im *Teesalon,* einem beliebten Treffpunkt auf der größten Einkaufsmeile der Stadt. Trubel wäre die beste Tarnung, sagte Mirko. Robin bestellte einen Tisch hinten links in der Ecke und einen genau in der Mitte.

Die Geldübergabe verlief nach einem vorher festgelegten Drehbuch. Robin und Mirko betraten das Café exakt siebzehn Uhr. Robin legte einen Briefumschlag auf den Tisch hinten links und setzte sich dann mit Mirko an den Tisch in der Mitte. Sie bestellten Bambustee und das Angebot des Tages, Apfelstrudel mit Vanillesoße und Drachenfrüchten. Als sie die Hälfte des Strudels geschafft hatten, trat ein hochgewachsener Mann mit moosgrünem Regenmantel und grauer Schiebermütze an ihnen vorbei und setzte sich mit dem Rücken zu ihnen an den Tisch hinten links. Auch er bestellte einen Bambustee und das Angebot des Tages, seine Stimme klang rauchig und verbraucht. Nach zehn Minuten rief Robin die blutjunge Kellnerin zu ihrem Tisch und orderte zwei Spaghettieis. Danach ging er auf die Toilette hinten rechts, stellte sich ans Waschbecken, wusch sich die Hände und spritzte sich Wasser ins Gesicht. Ganze fünf Minuten starrte er auf seine holzgerahmte Armbanduhr und wartete. Schließlich hatten sie es so vereinbart. Als er in den Gastraum zurückkehrte, war der Mann mit dem moosgrünen Mantel verschwunden. Robin ging zu dem Tisch hinten links in der Ecke, schnappte sich den leeren Briefumschlag vom Tisch und stopfte ihn in seine Hosentasche. Er war um fünftausend Euro leichter. Zurück an seinem Tisch aß er das servierte Eis und bestellte die Rechnung. Erst als sie das Lokal verlassen hatten, brach Mirko das Schweigen.

»Sie haben ihn schon. Mit ’nem Fünfer sind wir da echt gut dabei«, sagte er. »Zeit und Ort der Übergabe folgen noch.«

Robin fühlte sich wie ein Verbrecher, was wahrscheinlich daran lag, dass er in diesem Moment zu einem wurde.

Mirko tätschelte ihm die Schulter. Er fand es amüsant, dass

sein Freund den Plan nicht verstand, obwohl er doch der Klügere von ihnen beiden war.

»Jetzt sag mir bitte endlich, wofür ich da gerade bezahlt habe«, bettelte Robin.

»Für ewigen Ruhm«, entgegnete Mirko. »Der Kerl mag für'n Arsch sein, aber die Marke Stefan Brantner lebt noch. Das check sogar ich.«

Vielleicht war es doch kein Kriminalfilm, sondern ein Puppenspiel, und Robin eine Marionette, die den Sinn und Inhalt des Stücks nicht mitbestimmen durfte. Sein Puppenspieler lief direkt neben ihm und geleitete Robin zurück ins Hotel. Dort wiederholte der Agenturchef seinen Appell an das Personal, dass der prominenteste Hotelgast aufgrund einer Grippe derzeit nicht gestört werden dürfte. Robins Worten nach gefährdete jeder, der Zimmer sechshundertzehn auch nur nahekam, Stefan Brantners anstehende Deutschlandtournee und musste mit einer Klage rechnen.

Mirko, der sich ungern länger als nötig in der Öffentlichkeit aufhielt, bat Robin um die Zimmerkarte und verschwand im Fahrstuhl. Robin ließ sich in der Hotellobby nieder und bestellte sich einen Whisky. In seinen Gedanken sah er Mirko entspannt neben dem Leichnam auf dem Bett lümmeln. Er kippte den Alkohol in den nächsten Blumentopf.

Gegen neunzehn Uhr stürmte Mirko aus dem Fahrstuhl. »Wir müssen los.«

Robin sprang auf. »Wohin?«

»Hast'n Navi?«

»Im Handschuhfach.«

Robin und Mirko rasten durch die Lobby zu Robins *BMW*, der direkt vor dem Hoteleingang stand. Mirko kramte das Navi aus dem Handschuhfach und tippte Koordinaten ein, die er von seinem Handy ablas. Die Zielführung startete, die nächste Etappe ins Verderben begann.

Zwanzig Minuten später erreichten sie ein schwarzes Tor

aus Schmiedeeisen, das zu schmal für den *BMW* war. Sie parkten auf dem Bürgersteig. Mirko glitt aus dem Auto, griff durch die Torstangen und schob einen Riegel beiseite. Dahinter lag ein grauer Hinterhof, an dessen Wänden verbeulte Mülltonnen lehnten. Mirko eilte auf eine Tür am Ende des Hofes zu, die in ein kleines Häuschen führte. Robin stürzte ihm hinterher.

»Jetzt sag mir endlich, was hier läuft!«

»Wirst gleich seh'n.«

Mirko drückte die Tür beiseite und bückte sich. Er nahm eine Taschenlampe vom Boden und leuchtete Robin den Weg zur Treppe. Dort kauerte ein Mann, mit den Händen auf dem Rücken ans Geländer gebunden. Als Mirko ihn mit dem Lichtkegel der Taschenlampe im Gesicht traf, zuckte Robin zusammen.

Der Mann war die lebende Kopie des vor wenigen Stunden verstorbenen Stefan Brantners.

Samira Aziz saß auf der Kante des Ledersofas und spielte mit ihrem braunen Haar. Die Bierflasche lag vor ihr auf dem Boden, ihre Zehen hüpften über den Teppich.

Robin lümmelte noch immer auf dem Heizkörper und hatte die Augen im Boden versenkt.

»Woher kam der Mann?«

»Er war ein Straßenmusiker, der sich seine verblüffende Ähnlichkeit mit unserem Stefan Brantner zu Nutze gemacht hatte. Die Menschen in den Einkaufsmeilen liebten ihn, weil er seinem Vorbild auch in der Stimme ähnelte.«

Samira Aziz kratzte sich am Kinn. »Und wie haben Sie ihn dazu gebracht, vom Doppelgänger zum echten Brantner zu werden?«

Robins Finger schlängelten sich um den Hals der Bierflasche, es war seine vierte an diesem Abend.

»Es war Mirko, oder?«, fragte Samira Aziz.

Robin nickte. »Er riss ihm das Klebeband vom Mund und sagte ihm, dass die Chance seines Lebens gekommen wäre. Sein Aufstieg vom Straßenkünstler zum Rockstar wäre wenige Sekunden entfernt. Entweder er nutze die einmalige Chance jetzt oder er müsse sterben. Ich hatte erwartet, dass der Kerl uns anbrüllen oder um Hilfe schreien würde. Doch er schwieg und hörte geduldig zu.«

Robin erinnerte sich bis heute Wort für Wort daran, wie Mirko den Gefesselten auf seine hemdsärmelige Art vor die Entscheidung gestellt und ihm das Dasein als Rockstar schmackhaft gemacht hatte. Sein Freund war über sich hinausgewachsen, vom Kleinkriminellen zum Verhandlungsexperten. Dem Doppelgänger musste es wirklich vorgekommen sein wie die Erfüllung seines innigsten Wunsches.

»Und er hat einfach mitgemacht?«, fragte Samira Aziz und kippte ihren Kopf zur Seite.

Robin nippte an seiner Bierflasche, sie war schon wieder leer. »Wir haben ihm fünftausend Euro auf die Hand versprochen, monatlich. Schließlich konnten wir ab diesem Zeitpunkt das Geld für den echten Stefan Brantner einbehalten. Dazu das Hotelzimmer und ein Leben als sein Idol. Wir machten dem Kerl die Fesseln ab und alles nahm seinen Lauf.«

Samira Aziz stand auf und ging an Robins Schreibtisch vorbei zu seinem futuristischen Regal. Sie schob zwei Bücher nach rechts, nahm das Kochbuch vom Tisch und stellte es links daneben.

»Sie müssen hier nicht aufräumen«, sagte Robin.

»Aber warum weiter im Hotel wohnen, wo die Gefahr einer Entdeckung dort doch viel größer ist?«, fragte Samira Aziz.

Robin zuckte mit den Schultern. »Mirko meinte, dass es am unauffälligsten wäre, wenn alles bleibt, wie es ist. Veränderungen erregen Aufmerksamkeit, Beständigkeit schafft Vertrauen. Nach sieben Jahren der Täuschung würde ich da nicht widersprechen.«

»Und die Interviews, die neuen Platten, die Auftritte? Die Menschen, mit denen Stefan Brantner jede Woche zu tun hat? Keiner hat etwas bemerkt?«

»Sie wissen schon zu viel.« Robin stellte die Bierflasche ab und rutschte vom Heizkörper. »Ich hoffe, ich kann Ihnen vertrauen?«

Samira Aziz nickte.

»Wäre Mirko nicht gewesen, würden wir beide heute wohl nicht hier in dieser Agentur sitzen. Ich weiß zwar manchmal nicht, ob das gut oder schlecht für uns ist. Doch wir sollten einfach froh sein, dass wir es sieben Jahre mit dieser Lüge geschafft haben.«

Samira Aziz sah Robin tief in die Augen. Ihm schien es, als wollte sie ihn von seiner Schuld freisprechen.

Robin ging zum Regal, holte das Kochbuch wieder heraus und drückte es seiner Sekretärin in die Hand. »Sie lesen und kochen doch gern. Ich wollte Ihnen das Buch schon lange ausleihen. Es wird Ihnen gefallen.«

Samira Aziz verstand die Aufforderung. Sie nahm das Buch, kurvte um Robins Schreibtisch herum zu ihren Schuhen und schlüpfte hinein. Ihr Körper wuchs binnen Sekunden um acht Zentimeter. Im Türrahmen blieb sie stehen. »Und was haben sie mit dem echten Stefan Brantner gemacht?«

Robin legte seinen rechten Zeigefinger auf seine Lippen.

18 Die gleichen Fehler

Der Mensch geht zu selten auf Friedhöfe. Die Suche nach dem Sinn des Lebens treibt ihn von einem Rätsel in das nächste, selten aber an den Ort der absoluten Gewissheit.

Judith Kirchner trat erst das zweite Mal durch das Eingangstor aus Sandstein. Sie hielt hinter dem Torbogen inne und blickte den hellen Kiesweg hinab bis zu Miriams Ruhestätte am Ende des Friedhofs. Der schwarze Marmorblock ragte aus der Menge an Grabsteinen.

Judith schob ihren Körper vorwärts. Rechts von ihr schnappte sich ein Kolkrabe einen Apfelgriebs vom Kompost und hüpfte über den Weg davon wie die Baumkronen im Wind. Judith kam an einem Wasserfass vorbei, in dem ein totes Eichhörnchen trieb. Ein Mädchen versuchte, das erstarrte Tier mit einem Stock aus der Tonne zu hieven. Ein Junge hockte im Gras und riss Gänseblümchen aus, ein anderer scharrte auf einem Grab Erde beiseite. Ein Mann schlug einer Frau Blumen aus der Hand, eine Frau verpasste einem Mann eine Ohrfeige. Ein Kleinkind bewarf ein Grab mit Kieselsteinen. Der Friedhofsgärtner stellte Rasensprenger auf. Judith schritt ungesehen den Weg hinab. Keiner bemerkte den anderen, alle wirkten in ihrem eigenen Kosmos.

Zwischen den Mauern der Endlichkeit wurde jeder Atemzug zum Geschenk, der Ort des Abschieds zum Anfang eines glücklicheren Lebens. Judith glaubte, dass die Menschen das erste Mal auf den Friedhof gingen, um den Toten zu sagen, wie schön es wäre, wenn sie noch leben würden, dann aber wiederkamen, weil sie begriffen hatten, wie wundervoll es war, noch nicht zu denen zu gehören, die nur noch besucht werden konnten. Auf dem Friedhof verstanden die Leute, dass das Menschsein kein Zustand, sondern eine Straße ist, die jeder vom Leben in den Tod auf seine Weise befahren kann.

Judith trat zwischen die beiden mächtigen Eichen, die sich mit ihrem Korpus gegen die Naturkräfte stemmten. Die linke fing den Sonnenschein ab, die rechte bändigte den Wind. Der Quadratmeter Erde, der seit acht Jahren Miriams Zuhause war, verlor sich in ihrer Mitte. Tränen kullerten Judiths Wangen hinab. Sie wischte sich mit den Handflächen über die Augen und schmierte Mascarastreifen durch ihr Gesicht.

Die Furcht vor der eigenen Endlichkeit war der Grund, warum Judith erst das zweite Mal an Miriams Grab stand. Sie hätte gern zu denen gehört, die sich auf einem Friedhof an ihrer Vitalität ergötzen konnten, doch bei jedem Gedanken an den Tod bröckelte ihr inneres Fundament. Judith zählte zu jenen Menschen, die manchmal abends stundenlang wach lagen, weil sie plötzlich die Vorstellung gepackt hatte, dass sie eines Tages einfach nicht mehr existieren und alle Mühen umsonst gewesen sein sollten.

Judith wischte sich die nächsten Tränen durchs Gesicht. Von den umliegenden Gräbern drang Stimmengewirr an ihre Ohren, überall standen Besucher und sprachen zu den kalten Steinen und dem Fleck Erde zu ihren Füßen. Judith hätte auch reden können. Sie hätte sich bei ihrer Freundin dafür entschuldigen können, seit ihrer Beerdigung nicht mehr hier gewesen zu sein. Sie hätte Miriam versichern können, dass sie trotzdem einen Ehrenplatz in ihrem Herzen hatte. Sie hätte ihr erklären können, dass Friedhöfe sie verängstigten und sie sich deshalb von Miriams Grab fernhalten musste. Doch Judith wusste, dass ihre Freundin sie nicht hören und ihre Rechtfertigung bloß eine Beruhigung ihrer Selbst sein würde. Sie ergriff die dünne Goldkette an ihrem rechten Handgelenk und rieb die Metallglieder zwischen den Fingern. Die Kette hatte früher Miriam gehört – bis zu jenem unheilbringenden Tag auf der Sommerinsel, der alles veränderte.

Eines Abends im Januar 2009 standen die vier Freunde am Ufer des Sees im Stadtpark und sahen ein Licht über das Wasser fliegen. Ein weißbärtiger Fahrmann zog sein kleines Holzboot durch die Dunkelheit, geführt von zwei Seilen schipperte es über den See. Am Bug wackelte eine Laterne, an den Seitenwänden prangten bunte Zeichnungen. Der bucklige Alte hüpfte mit der Energie eines Kindes vom Boot, riss den Freunden die Rucksäcke aus der Hand, verstaute sie sorgsam im Fußraum und quetschte ein Grinsen durch das Fell vor seinem Mund.

Die Sommerinsel lag inmitten eines Sees im Stadtpark, dem natürlichen Ruhepol im Herzen einer widernatürlichen Großstadt. Die Grünanlage war ein Spiegelbild der Moderne, sie erzählte die Geschichte der Zerstörung und Wiedererrichtung der Natur. Erst musste der Park, weit früher geboren als die Stadt, dem unbändigen Verlangen nach Urbanität weichen, dann durfte er wiederkehren, um des Bürgers Überdruss an städtischer Atmosphäre zu besänftigen. Die Menschen stellten sich über die Schöpfung, verjagten die Natur und formulierten Bedingungen für ihre Rückkehr. In diesem Fall firmierte die Aktion unter dem Slogan »Bürger und Unternehmer gestalten unsere Heimat«. Im Kassenbuch der Stadtverwaltung hätte sie ebenso »Sparen auf Kosten unserer Einwohner« heißen können, aber die Bürger und Unternehmer sahen darüber hinweg, weil sie mit ihrem Geld oder ihrer Arbeitskraft Buße für ihre Sünden an der Natur tun konnten. Es entstand ein traumhafter Park, dessen Herzstück weltweite Bekanntheit erlangte. Die *Insel der Vielfalt*, von den Einheimischen nur Sommerinsel genannt. Sie war keiner dieser Hügel, die einfallslos aus dem Wasser ragen. Sie war ein Experiment der Extreme. Erholungsort, Bildungsstätte und Partymeile zugleich.

Auf der Sommerinsel standen drei Gebäude: zwei Flachbauten mit Sandstrand und ein zweistöckiger Tempel, komplett aus Holz, alles nachhaltig und modern. Die Bungalows dienten als Unterkunft für die Gäste, maximal dreißig fanden hier Platz. Der Tempel war die Attraktion der Insel, das Experiment, von den Machern *Schmelztiegel* genannt. Im Erdgeschoss fand sich eine Wellnessoase mit Whirlpool, Sauna und Massagezimmern. Der erste Stock beherbergte ein Museum mit Zeichnungen, Büchern, Artefakten und historischen Karten, die eine Verbindung zur Stadt aufwiesen. Die Kellerräume waren mit DJ-Pult, Tanzfläche, Bar, Raucherlounge und Diskokugeln ausgestattet. Das Personal war der Inbegriff von Freundlichkeit, die Insel ein Ort der Perfektion und somit die Heimat der Sehnsucht. Alle, die auf die Insel kamen, begehrten einen Augenblick der Vollendung in einem stets unvollendeten Leben.

Nichts anderes war der Grund für das Auftauchen von Miriam, Judith, Robin und Oskar.

Die Sommerinsel war seit ihrer Eröffnung drei Jahre zuvor keinen einzigen Tag unbelegt gewesen, die dreißig Betten Monate im Voraus ausgebucht. Doch Judiths Vater, einer der Investoren, die das Aushängeschild der Stadt mit aufgebaut hatten und jetzt verwalteten, verfügte über die Macht, vier Plätze freizumachen, als Miriams Körper seinen Abschied vom Leben ankündigte.

Denn Macht ist keine Frage der Möglichkeiten, sondern die Antwort darauf: Wer mächtig ist, erschafft die Optionen. Judiths Vater hatte die Macht, Miriams letzten Willen zu erfüllen. Er musste lediglich die Reservierung einer vierköpfigen Familie wegen einer angeblichen Überbuchung streichen und ihnen stattdessen den Aufenthalt im besten Hotel der Stadt offerieren. Die Familie bedankte sich sogar noch für die zügige Lösung des Problems. Macht kann sich unbemerkt als Gefallen verkaufen; das ist das Einzige, was noch widerlicher an ihr ist als sie selbst.

So saßen die Freunde an jenem Abend im Januar 2009 hinter dem weißbärtigen Fährmann und schipperten über den See. Nur Augenblicke später erreichten sie die von hunderten Lampen erleuchtete Eingangshalle des Schmelztiegels. Miriams Stimme kämpfte sich aus ihrem Körper, es drangen undefinierbare Laute aus ihr hervor. Die Freunde aber verstanden und schleppten Miriam zum Aufzug. Die Zeit drängte. Nach einer Stunde im Museum ließen sie sich eine Etage tiefer auf die Liegen in der Wellnessoase fallen, eine weitere Stunde später fuhren sie mit dem Fahrstuhl in die Kellerdisko.

Ein altes Pärchen schleifte sich zu den Klängen von *Rhythm Is A Dancer* über die Tanzfläche. Bei ihnen war der Rhythmus aber kein Tänzer, sondern ein Schlurfer. Er bekam seine Beine nicht hoch, wie auf Schienen glitten sie über den Boden. An der Bar hockten drei schleimige Herren, deren dürre Hälse sich aus ihren Anzügen schlängelten. »Mach uns knallharte Cocktails«, tönten sie in Richtung des Barkeepers und warfen den zwei Damen in der Lounge lüsterne Blicke zu. Ihnen schien, als könnte niemand ihrer Männlichkeit widerstehen. Doch die Ladies arbeiteten gegen den Plan, streiften sich mit ihren Händen genüsslich durchs Haar und warfen Oskar und Robin Kusshände zu. Der Barkeeper verschwendete keine Zeit für derlei Spielereien, er hatte eine Aufgabe. Er mischte drei Cocktails, die seine großkotzigen Gäste von den Stühlen kippten.

Miriam griff nach den Händen ihrer Gefährten. Sie umarmten sich, alle gleichzeitig. Die Traube war seit Schultagen Symbol ihrer gemeinsamen Stärke, aber auch Zeichen ihrer individuellen Schwäche. In der Traube waren sie unangreifbar, aber außerhalb waren sie verletzlich. Und jetzt, da Miriam, der Kern ihrer Gemeinschaft, das Glied, das anfangs alle anderen zusammengeführt und sie später aneinandergebunden hatte, sie verlassen musste, verlor das Konstrukt zunehmend an Stabilität. Der Abschied auf der Insel war ein letzter Renovierungsversuch.

Oskar reichte Miriam ein Glas Wasser.

»Ich will, dass ihr zusammenbleibt«, flüsterte Miriam. Ihre Haut gewann an Blässe, ihre Augen schwankten. »Schwört es, bitte!«

»Ich schwöre es«, sagte Oskar.

»Ich auch«, murmelte Robin.

»Wir werden zusammenhalten«, sagte Judith, obwohl sie schon damals spürte, dass sie mit Miriam auch Robin und Oskar verlieren würde.

Miriams letzter Wille war erhört.

»Tanzen«, stotterte sie, riss sich aus der Traube und schwebte wie ein Engel über den Boden. Die Lebenden standen am Rand und beobachteten den Tanz des Todes. Die Sorgen drangen durch Miriams Körper nach außen und schwebten hinauf zur Diskokugel. Sie lösten sich im Funkeln der Scheinwerfer. Die Schlurfer hörten auf zu schlurfen, die Damen beendeten ihr Lustspiel, der Barkeeper hielt den Cocktailshaker in der Luft und die Herren krochen unter ihren Stühlen hervor. Alle versammelten sich um diesen Tanz des Todes.

Der Abschied in der Kellerdisko entwickelte sich zu einem der glücklichsten Tage in Judiths Leben. Die Freunde durchliefen Miriams Dasein in durcheinander gewirbelter Reihenfolge.

Sie schlichen durch ein Museum und betrachteten Kunst, von der sie keine Ahnung hatten. Sie zelebrierten ihr aufkommendes Erwachsensein.

Sie rollten sich kichernd über die Liegen im Wellnessbereich, weil ein Grünschnabel beim Anblick von Miriams Brüsten der Speichel floss. Sie wiederholten ihre beinahe vergessene Pubertät.

Sie hüpften über die Tanzfläche, feierten jedes Lied, ohne es je zuvor gehört zu haben, sangen jeden Text, ohne ihn zu kennen, huldigten dem DJ, ohne seine Musik zu mögen. Sie reanimierten ihre jugendliche Lässigkeit.

Dann war Schluss. Weiter sollte Miriam nicht kommen, weiter durfte sie an diesem Abend nicht gehen. Sie sackte auf der Tanzfläche zusammen, ihre Augen erstarrten im Genuss des ausgelassenen Tanzes.

Judith stoppte die alte Taschenuhr ihres Großvaters, die sie zwei Tage zuvor für diesen Moment unter ihrem Sofa hervorgekramt hatte. Der 11. Januar 2009, eine Minute nach halb eins. Miriam war von ihnen gegangen. Doch sie alle würden ihr irgendwann folgen, das versprachen sie ihr in diesem Moment. Aus den Lautsprechern sang *Lykke Li*. Mit ihr war es kein Tod, sondern eine Erlösung.

Judith Kirchner öffnete den Verschluss der Kette an ihrem Handgelenk und ließ sie über Miriams Grab baumeln. Sie stellte sich oft die Frage, was passiert wäre, wenn der Krebs einen anderen aus ihrer Gruppe ausgewählt hätte. Beispielsweise sie. Bestimmt würden Miriam, Robin und Oskar dann heute gemeinsam an Judiths Grab stehen, Arm in Arm, Tränen im Gesicht, und wunderbare Worte der Trauer und des Respekts gegenüber ihrer Freundin finden. Danach würden sie sich in das schlichte Café eine Straße weiter setzen und alte Geschichten aufleben lassen. Ihre Freundschaft wäre noch immer die alte, nur ohne Judith. Etwas anderes hätte Miriam niemals zugelassen.

Judith löste den Druck zwischen Daumen und Zeigefinger, die Kette glitt ihre Handfläche hinab. Geräuschlos landet sie auf den Margeriten. Sie mussten an diesem Tag frisch gepflanzt worden sein. Judith wandte sich ab und schritt zwischen den Grabsteinen entlang den Kiesweg hinauf. Der Friedhofsgärtner baute die Rasensprenger ab. Ein Kleinkind las Kieselsteine aus einem Grab. Ein Mann reichte einer Frau Blumen, eine Frau streichelte einem Mann die Wange. Ein Junge schob Erde in ein Loch. Ein anderer hockte im Gras und verteilte Gänseblümchen auf der Wiese. Ein Mädchen sah ein Eichhörnchen aus einem Wasserfass springen. Ein Kolkrabe hüpfte über den Weg und legte einen Apfelgriebs auf den Kompost.

Judith schien es, als ob sich ihr Leben rückwärts drehte und sie die gleichen Fehler noch einmal beging.

Kartoffeln und schleppte sie zum Anhänger. »Wir sehen uns, mein Freund.«

Nikos warf sein beglückendes Lachen wieder an. Es flog an Oskar vorbei über den Marktplatz und trieb den Menschen die gute Laune ins Gesicht. Aus den umliegenden Restaurants kam Gekicher zurück.

Oskar verstaute die Holzkisten im Anhänger, kletterte auf den Ledersitz und umfasste den Lenker. Er nahm einen tiefen Atemzug. Ein paar Sekunden noch wollte er die Schönheit des Marktplatzes zwischen Park und Kirche genießen, die köstliche Luft auf seiner Zunge schmecken. Dann tuckerte er davon.

Noch bevor Oskar Kuhn die byzantinisch gepflasterte Einfahrt des Hotels erreicht hatte, preschte der Gärtner hinter der Hecke aus Oleander hervor und fuchtelte mit einer Gartenschere durch die Luft. Sie lenkte Oskars Blick Richtung Eingangshalle.

Dort stand sie. Einen Reiserucksack auf den Schultern, die Haare zu einem Dutt aufgesteckt, die Sonne im Rücken, die Arme vor ihrem weißen Top verschränkt. Das frische Tattoo einer handgroßen Eule zierte ihren Hals.

Zuerst glaubte Oskar, dass Enya wütend auf ihn wäre, doch dann rannte sie los und fiel ihm um den Hals. Oskars Gedanken bewegten sich langsamer als die Ereignisse. Er saß auf dem ratternden Moped und ließ die Situation geschehen. Enya erzählte etwas von einem schrecklichen Fehler, entschuldigte sich für ihren Streit und gestand Oskar ihre Liebe. Er hörte sie wie eine ferne Stimme sprechen.

Oskar konzentrierte sich auf Enyas weinrote Lippen. Sie sprangen munter auf und ab, die Worte strömten an seinem Kopf vorbei. Allmählich fingen seine Ohren sie zielgerichtet ein.

»Ich will auf der Insel bleiben, hier im Hotel, bei dir, in deinem Zimmer, erst einmal testweise.«

Oskars Ohren schreckten zurück, sein Blick sprang von Enyas Lippen zu ihren himmelblauen Augen. Ihre Stimme verlor sich wieder in der Ferne. Sie erzählte irgendetwas von einer Entscheidung zwischen der Hektik und der Ruhe, von einem Autounfall, der Aufgabe ihres Berufs, von einem Neuanfang.

Oskar schossen tausend Gedanken durch den Kopf, der Druck wurde unerträglich. Er drehte am Gashebel und düste mit dem Moped an Enya vorbei zum Hintereingang des Hotels. Dort kletterte er vom Sitz, hievte die Kisten aus dem Anhänger und hetzte durch die geöffnete Hintertür in den langen, dunklen Gang, der zur Küche führte. In seinem Rücken hörte er Enyas Schritte. Er lief und lief und lief, in der Hoffnung, dass Enyas Wiederkehr nur ein Traum wäre, den er in fünf Metern abgeschüttelt haben würde.

Noch nie hatte eine Frau dauerhaft mit Oskar zusammenwohnen wollen, noch nie hatte eine Affäre nach ihrer Abreise wieder Kontakt mit ihm aufgenommen. Nicht einmal in seinen kühnsten Träumen war seine Liebhaberin nach ihrem Urlaub zu ihm zurückgekehrt. Erst recht nicht nach nur einer Woche. Oskar hatte Enya vermisst, an manchen Abenden sogar traurig im Bett gelegen und sich nach ihrer Nähe gesehnt, aber ihr spontanes Wiedersehen fühlte sich wie das unerlaubte Eindringen in seinen geschützten Lebensraum an.

»Jetzt beruhig dich doch mal.« Enya holte Oskar ein und packte ihn an der Schulter. »Was ist denn in dich gefahren?«

Oskar setzte die Kisten auf den Boden vor der Küchentür. Die Hand an seiner Schulter drehte seinen Körper. Er kniff die Augen zusammen. Als er blinzelte, schlüpfte Enya gerade aus den Trägern ihres vollgestopften Reiserucksacks. Sie meinte es ernst. Dieses Mal war es kein Urlaub mit Rollkoffer, aus dem man nach zwei Wochen zurückkehrte; dieses Mal war es ein Aufbruch in die Welt, mit allen Habseligkeiten an Bord.

»Falls du mich jetzt wieder loswerden willst, werde ich dich mit deinen eigenen Waffen schlagen«, sagte Enya. Sie drängte Oskar mit ihren weinroten Lippen gegen die Wand. Ihre Hände strichen durch sein verwuscheltes Haar. »Du hast dich einmal mit mir eingelassen, jetzt musst du die Sache auch ausbaden.«

Oskar starrte auf die Eule an Enyas Hals. Sie war zu nah an seinem Gesicht, seine Augen konnten sie nicht scharf stellen.

Enya ließ von ihm ab und bückte sich zu ihrem Rucksack. Sie zog einen Reißverschluss an der Seite auf und kramte ein Buch hervor. Auf dem schwarzen Rücken stand in weißen Lettern: *Schmackhafte Gedankenspiele. Ein literarisches Kochbuch.* Enya blätterte eine Seite auf, die sie mit einem gelben Notizzettel markiert hatte.

Oskar überkamen Schwindelanfälle, er lehnte seinen Körper gegen die Wand. Enya packte ihn am Arm und zerrte ihn mit sich durch den Gang auf einen Stapel Bierkisten. Während Oskar auf die weiße Fliesenwand ihm gegenüber stierte, begann Enya zu lesen. Es erklang wieder diese ferne Stimme.

Schattenspiel

Auf der Straße ruht ein Wesen. Es gräbt sein erblasstes Gesicht in den Bordstein und verbirgt seine aufgerissenen Wangen. Sein Ende muss schmerzhaft gewesen sein. Neben ihm kniet seine Frau, ihr Blick verfängt sich in den Konturen des Bordsteins. Sie schluchzt. Ihre Augen formen einen Wassertropfen, der erstarrt, bevor er stürzen kann. Der Wintertag ist so eisig wie das Herz des Wesens auf der Straße. In einer Gasse lässt die empathieloseste Jahreszeit ihr verbittertes Schauspiel aufführen. Ein Stück der Kälte in fünf Szenen.

Ein Mann tritt auf, ein hagerer Alter. Sein aufgeschlossener Blick konkurriert mit seinen hängenden Mundwinkeln. Sei-

ne Augen ringen mit dem Schicksal des auf der Straße liegenden Wesens, doch sein Mund hat seine Entscheidung längst getroffen. Er berichtet von Ekel, als der Mann die Gasse entschlossenen Schrittes verlässt.
Eine Frau nimmt seine Position ein, ihr rundlicher Körper wuselt durch die Gasse. Sie bleibt stehen, zögert, schaudert. Dieses Elend. Sie schaut umher, scheint allein, doch spürt die anderen. Sie lauern in Hauseingängen, unter Bäumen, neben Blumenkästen, in Fenstern. Es sind Schatten, lieblose Gestalten, die sie überwachen und bedrängen. Der Blick der Straßenlaterne trifft die zögernde Dame im Nacken. Eine falsche Bewegung und ihr Leben wird Verachtung sein. Die Frau zuckt zusammen, schmeißt ihre Augen auf den Boden und bricht auf. Die Schatten begreifen blicklos, dass die nächste Gestalt ihre Moral neben dem Toten und der Trauernden auf der Straße begraben hat.
Ein Herr füllt die Leere, ein Sonnenstrahl kämpft sich durch die vereiste Luft. Der große Mann wirft seine Augen durch die Gasse auf ein Schild, blinkendes Grün. Er schleudert sie weiter, schimmerndes Rot. Die Trauernde stößt ein höllisches Schluchzen aus. Der Herr schreitet ins Dunkel der Gasse, als existiere der Schmerz nicht, den die Trauernde in die Welt schickte. Doch seine Augen verraten seine Ohren, seine Pupillen zittern von diesem herzzerreißenden Schrei.
Eine Dame tritt auf, die Gasse wird ein letztes Mal lebendig. Entschlossenen Schrittes nähert sie sich dem trostlosen Paar, die Attacken der Schatten prallen an ihr ab. Sie kommt spät, es ist die allerletzte Ehre. Sie holt einen vergilbten Beutel hervor, umfasst den Toten mit beiden Händen an seiner Brust und versenkt ihn im Stoff der Tasche. Die Schatten fauchen und fluchen. Die Dame verschwindet in einem Hauseingang.
Durch die Gasse fegt ein Blitz. Die Frau des Toten kniet

neben der Stelle, an der bis soeben noch ihr Mann gelegen hat. Ihr Blick verschwindet in den Konturen des Bordsteins, auf ihrer Wange hängt eine zu Eis erstarrte Träne. Die Frau kippt nach vorn. Sie landet mit dem Schnabel voraus in der Position ihres Mannes. Die Schatten beruhigen sich. Sie haben ein neues Opfer, auf dessen Leid sie herabsehen können.

20 Perserkatzen

Der Untergang hat hunderte Fratzen. Die Grimasse des Verlierers ist noch die sympathischste von ihnen.

Robin Wagner gingen langsam die Optionen aus. Schon vier seiner Künstler hatten ihre Verträge aufgrund des Medienwirbels um Kurt Nierenrocker diese Woche aufgekündigt und waren stattdessen bei der Konkurrenz untergekommen. *Wagners Kreative* hatte noch eine Handvoll Klienten. Die Angestellten ahnten, dass sie ihren Job bald los sein würden. Eigentlich war es lächerlich: Die Agentur raste bereits ihrem Untergang entgegen, obwohl die zwei echten Skandale noch gar nicht an die Öffentlichkeit gedrungen waren.

Robin stand vor der Fensterfront in seinem Büro und blies eine Rauchwolke durch einen Kippschlitz nach draußen. Seine Finger führten die Zigarette zu einer leeren Schokoladenverpackung auf dem Fensterbrett und klopften das abgebrannte Ende auf die Silberfolie.

Das Rauchen erinnerte Robin an die Zeit nach Miriams Tod. In den Wochen zwischen dem Abend auf der Sommerinsel und dem Tag der Beerdigung hatte sich das Rauchen zum letzten verbindenden Element einer verblassenden Freundschaft entwickelt. Mehr war zwischen Judith, Oskar und Robin damals nicht geblieben. Sie trafen sich tagein tagaus, obwohl sie keine Worte mehr füreinander hatten, standen an irgendeiner Hausecke in der Nähe des Waldfriedhofes schweigend beisammen und bewältigten ihre Frustzigaretten.

Manchmal wünschte sich Robin diese Leere von damals zurück, das Leben eines gebrochenen und ziellosen Menschen.

Mitunter konnte das Feststecken in der Bedeutungslosigkeit ein Segen sein. Denn wer auf dem Boden kroch, konnte nicht aus einem Flugzeug stürzen.

Robin setzte die Zigarette wieder an. Seine Angestellten glaubten tatsächlich die Märchen der Presse, dass der Vorfall mit Nierenrocker ein gescheiterter PR-Coup von ihm gewesen wäre. Robin schüttelte den Kopf und zog an seiner Zigarette. Seit dem Vorfall mit Kurt Nierenrocker verstand er die Welt nicht mehr. Er, der in jeder Sekunde nur das Beste gewollt hatte – für seine Familie, für seine Agentur, für seine Karriere, für sein Leben –, war zur Zielscheibe seiner Mitmenschen geworden. Eigentlich hätte *er* der Ankläger sein und allen anderen vorwerfen müssen, dass *sie* sich gegen *ihn* verschworen hatten. Nicht umgekehrt. Der echte Stefan Brantner, der eines unerwarteten Tages an einem Herzinfarkt verstorben war; sein Freund Mirko, der ihn durch seinen zweifelhaften Einfallsreichtum und seine Rücksichtslosigkeit überhaupt erst in diese Situation manövriert hatte; der falsche Stefan Brantner, der mit der Zeit über die Rolle des Doppelgängers hinausgewachsen war; Kurt Nierenrocker, der die Dreistigkeit besaß, Robin öffentlich zu blamieren; Dieter Holpert und der Rest der Presse, die sich über Nierenrockers Rausch wie Aasgeier hergemacht und ihn auf Robins Kosten in Klicks und Reichweite verwandelt hatten. Sie alle hatten an diesem Netz mitgesponnen, aus dem es nun für Robin kein Entkommen mehr gab.

»Herr Wagner!« Plötzlich stand Samira Aziz neben Robin und riss ihm die Zigarette aus der Hand. »Sie wissen, dass Sie im Büro nicht rauchen dürfen.«

Robin überließ seiner Sekretärin den Glimmstängel ohne Widerrede. Er fragte Samira Aziz nicht einmal, was sie an einem Samstagvormittag ins Büro verschlug. Er ging einfach zum Kühlschrank und ersetzte die Zigarette durch ein Bier.

Samira Aziz drückte sie auf der Silberfolie aus und wies

zum Rauchmelder an der Decke. »Sie wollen es wirklich provozieren und auch noch für einen sinnlosen Feuerwehreinsatz bezahlen müssen?«

»Jaja, Sie haben schon recht«, antwortete Robin und wedelte seine Sekretärin mit der Bierflasche aus seinem Büro. Er schloss das Fenster.

Früher hatte sich Samira Aziz nie an seinen gelegentlichen Rückfällen gestört. Aber seit seiner Offenbarung war sie strenger mit ihm geworden. Robin glaubte in ihrer Bestimmtheit mütterliche Fürsorge zu erkennen. Womöglich wollte sie ihm etwas Kontrolle über sein Leben zurückgeben. Das bestand seit Kurt Nierenrockers Zungenamputation vor allem aus hämischen Zeitungsberichten. Jeden Tag tauchten neue Artikel in der Boulevardpresse auf, in denen über Nierenrockers Gesundheitszustand berichtet wurde, obwohl der sich zwischen den Artikeln nicht verändert hatte. Doch der Name Kurt Nierenrocker generierte nun einmal Leserzahlen auf Ausnahmeniveau, da ließ sich selbst ein Atemzug als Neuigkeit verkaufen. Zu Robins Leid stand in jedem Artikel der Name seiner Agentur. Wenn er jetzt seinen Internetbrowser öffnete und *Wagners Kreative* bei einer Suchmaschine eintippte, verlor sich der Link zur Website seiner Agentur zwischen Dutzenden Artikeln über den skandalösen Vorfall in einer Gartenlaube.

Robin rutschte von der Fensterbank und suchte sein Handy auf dem Schreibtisch. Als er es in der Hand hielt, zögerte er kurz, bevor er die Nachricht verfasste. »Seine Karriere war lang genug. Er wird jetzt tun, was er schon vor Jahren tat. Sterben!«

Warum sollte er sich an etwas klammern, das nicht zu retten war? Sein Untergang war durch den Skandal mit Nierenrocker besiegelt, Schadensbegrenzung war das Gebot der Stunde. Der falsche Stefan Brantner musste sterben, noch bevor *Wagners Kreative* dicht machte. Der Abgang als Verlierer erschien Robin angenehmer als die Flucht als Krimineller.

Eine neue Nachricht erhellte das Display seines Telefons.

»Nein! Er hat noch keine Lust auf ein Karriereende.«

Robins Hand zuckte. Für einen Moment überlegte er, sein Telefon gegen die Wand zu werfen, so wie Oskar es ihm in den Wochen nach Miriams Tod häufig vorgemacht hatte, wenn ihm ein Stirnrunzeln oder ein Kommentar missfallen oder einfach überhaupt nichts passiert war. Doch Robin besann sich auf die innere Ruhe, die ihn einst ausgezeichnet hatte, ihm mit Oskars Flucht aber abhandengekommen war. Er hielt es für seine Art, den verlorenen Freund zu ersetzen.

Robin leerte die Bierflasche. Dann tippte er eine neue Nachricht. »Die Zeit ist reif! Wir beenden die Sache jetzt.«

Die Antwort folgte prompt. »Treffen im Hotel!«

Robin ließ sein Telefon in seine Hosentasche gleiten und schnappte sich sein beiges Jackett vom Kleiderhaken. Mit einer neuen Bierflasche in der Hand eilte er aus dem Büro.

Seine Finger rutschten über die Metallplatte. Endlich traf Robin Wagner die Taste des Fahrstuhls, der Schalter leuchtete blau. Der Aufzug kam vom vierten Stock ins Erdgeschoss gefahren.

Robins Hände zitterten. Die Existenzängste klopften mal wieder an. Zur Beruhigung versenkte er seine Hände in seinen Hosentaschen, wo ihr Bewegungsdrang auf seine Oberschenkel überging. Sein ganzer Körper wankte vor und zurück und verteilte den Geruch nach Alkohol in der Lobby. Wäre Robin im *Stadthotel* kein bekanntes Gesicht gewesen, hätte ihn der Sicherheitsdienst wahrscheinlich schon aufgegriffen. Doch beim Agenten des prominentesten Hotelbewohners sahen die kantigen Männer in den schwarzen Anzügen gelassen über eine Bierfahne hinweg.

Die Fahrstuhltüren glitten auseinander. Robin stürmte in die Kabine und hämmerte seinen Daumen auf die rechteckige Taste mit der eingravierten Fünf. Der Lift stieg in die Höhe. Auf einmal fühlte sich Robin beobachtet, wie so oft in den vergangenen Tagen. Vorsichtig hob er seinen Blick und entdeckte drei Männer um sich. Sie trugen den gleichen beigen Sommeranzug, hatten die gleiche akkurate Gelfrisur und schleppten das gleiche betrübte Gesicht mit sich herum. Robin suchte sich den Mann ihm gegenüber aus und trat an ihn heran. Ihre Lippen berührten sich, als der Fahrstuhl bremste und Robin nach vorn kippte.

Die Türen glitten beiseite und eröffneten den Weg in eine prunkvollere Welt. Stuckdecke, roter Perserteppich, ausladende Kronleuchter, goldgerahmte Gemälde und barocke Königssessel. Robin löste seinen Mund vom Spiegelglas und wankte aus dem Fahrstuhl bis ans Ende des Ganges. An der Tür mit der Nummer fünfhundertzehn donnerten seine Hände gegen das polierte Eibenholz. Sekunden später schwang die Tür auf und Robin stürzte mit dem Kopf voraus ins Hotelzimmer. Seine Fäuste flogen durch den Raum. Doch jeder Schlag ging ins Leere. Robin stieß mit den Beinen gegen einen Stuhl und landete mit den Knien auf dem Boden.

»Dir hat meine Nachricht offenbar nicht gefallen«, krächzte ein Mann aus dem Schatten der Tür. Stefan Brantners Doppelgänger trat mit einem Grinsen im Gesicht aus seiner Deckung. Falten zogen sich über seine blasse Stirn, sein kinnlanges, wasserstoffblondes Haar war am Mittelscheitel um seinen Kopf gelegt. Seine Finger zupften am Saum seines Nachthemdes, das wie ein Sack über seinem abgemagerten Körper hing. Zwei Perserkatzen mit überdimensionierten Köpfen blickten von dem Hemd auf Robin herab.

»Blödes Arschloch«, flüsterte Robin. Er hievte seinen Körper auf die Bettkante.

Der Doppelgänger grinste und schwieg.

»Sieh doch mal in den Spiegel.« Robin deutete zum riesigen Badezimmer der Suite. »Du bist alt, deine Zeit ist vorbei, du hast ausgesorgt. Keiner wird Fragen stellen, wenn du jetzt Schluss machst.«

Der falsche Stefan Brantner sah gemeinsam mit den Perserkatzen auf Robin herab und kostete sein Grinsen aus. Seine Überlegenheit steckte in jedem Atemzug, den Robin nahm.

»Es ist aus«, stöhnte Robin.

»Entscheidet normalerweise nicht der Künstler, wann er genug hat?«, krächzte sein Gegenüber.

»Du bist nicht der Künstler, du bist ein billiges Imitat«, schimpfte Robin.

Der Doppelgänger grinste weiter mit den Perserkatzen um die Wette. »Es trifft sich gut, dass du mich billig findest. Ich wollte ohnehin mal mit dir über mein Gehalt sprechen.«

Robin fokussierte den Kopf der linken Katze. Lieber ertrug er ihr hässliches Gesicht als das des arroganten Mistkerls, den er sich da herangezogen hatte. Am Anfang war er noch ein schüchterner Niemand gewesen, ein bedeutungsloser Straßenmusiker, der die Rolle seines großen Idols mimen durfte, weil er genauso schäbig aussah und genauso heiser singen konnte. Doch mit jedem Auftritt vor großer Kulisse war er stolzer geworden, immer selbstbewusster, überzeugter von sich und seiner Berufung. Mittlerweile spielte er keine Rolle mehr, da war sich Robin sicher, mittlerweile hielt er sich ernsthaft für den echten Stefan Brantner.

»Du denkst, ich sei ein Niemand, den keiner vermissen würde?«, krächzte es. »Dann frag mal meine Fans da draußen. Die werden mich nicht gehen lassen.«

»Wenn du stirbst, werden sie keine Wahl haben. Ein Abschied im Drama, das wäre doch was für dich«, bettelte Robin. Wieder einmal wich er von seinem Plan ab, dem Doppelgänger ausnahmsweise mit Entschlossenheit gegenüberzutreten, und verfiel in seinen flehenden Ton. »Wir inszenieren es nach deinen Wünschen.«

»Und was ist mit deiner Agentur? Wo soll das Geld herkommen, wenn ich weg bin?«

Wenn dieses Krächzen endlich aufhören würde, dachte Robin. Er schnellte hoch und ging dem falschen Stefan Brantner an die Gurgel. Seine Hände umgriffen den knochigen Hals, Robin drückte zu. Einfach nicht loslassen, dachte er. Gleich hätte das Krächzen für immer vorbei sein können. Doch das Entsetzen über seine Aggression ließ Robin zurückschrecken.

Der Doppelgänger rang nach Luft. Seine Augen weiteten sich auf die Größe eines Golfballs.

»Welches Geld?«, fluchte Robin. »Der ganze Schotter fließt doch auf dein Konto. Du kannst den Mund ja nie voll genug bekommen, du Schwein.«

»Ich mach dich fertig.«

Da war das Krächzen wieder. Wann hörte es endlich auf? Robins Hände zuckten.

Der falsche Stefan Brantner sammelte Luft für seine nächsten Worte. »Ein bisschen mehr Anerkennung wäre angebracht. Ich bin der Typ, der …« Er setzte ab und atmete.

»Jetzt bin ich aber gespannt«, zischte Robin.

»… der deine Agentur quasi im Alleingang aufgebaut hat. Schon vergessen?«

Robin lief rot an, seine Hände verkrampften sich am Bund seiner Anzughose. Dieser Mistkerl hielt sich tatsächlich für den echten Stefan Brantner. Er würde erst sterben, wenn er sterben wollte.

»Ist noch was?«, fragte der Doppelgänger.

»Ich zahl dich aus«, sagte Robin.

Der falsche Stefan Brantner streichelte die Perserkatzen auf seinem Pyjama und schüttelte den Kopf.

»Ich lass dich nach seinem Tod weiter in einem anständigen Hotel wohnen.«

Wieder ein Kopfschütteln. Er massierte die Katzen auf seinem Bauch.

Robins Schultern sackten nach unten. Er erkannte, dass der falsche Stefan Brantner ihm keinen Ausweg bieten würde. Sein Gegenüber hatte längst durchschaut, dass Robin kein Mann der

Tina, die ihr Kinn wieder auf ihre Brust gelegt hatte, schielte beschämt über ihre Schulter zu Judith. Sie hauchte ein: »Ja«.

»Schaffst du es auch, dein Handy im Handschuhfach zu verstauen und bis zu unserer Ankunft in Belgrad dort ruhen zu lassen?«

Tina sah ihr Telefon an und rümpfte die Nase. Sie klappte das Handschuhfach auf, verstaute ihr Handy zwischen CDs von *Tina Turner* und *Falco* und schloss ihre Bindung zur digitalen Welt weg.

»Wunderbar«, sagte Judith. Sie verspürte die Genugtuung eines gewonnenen Kampfes. Wenigstens für einen Moment hatte sie Tina vom Druck des Internets und seiner sozialen Netzwerke befreit. Wenigstens für ein paar Minuten hatte sie ihr die Möglichkeit geschaffen, etwas ganz für sich allein zu erleben. Sie schenkte Tina ein paar Augenblicke ohne den *Instagram*-Wettbewerb um die außergewöhnlichsten Erfahrungen und die beeindruckendsten Fotos, der die Zuschauer irgendwann der Verblendung erliegen ließ, dass ihr Leben ein besseres würde, wenn sie ihre Hand durch ein Handy ersetzten und die Augen gegen eine Kameralinse tauschten.

»Gehen wir heute Abend trotzdem gemeinsam aus?«, fragte Tina. Sie klang wie ein Kind, dem seine Mutter das Lieblingsspielzeug weggenommen hatte. Ihr Blick haftete am Handschuhfach. »Ein bisschen Spaß haben, Leute kennenlernen. Bitte.«

Judith setzte Daumen und Zeigefinger ihrer rechten Hand an ihren Mund und verschloss ihn mit einem imaginären Reißverschluss.

Am Abend ging Tina viral. Die Videos aus einer geräumigen Bar im Herzen Belgrads fraßen sich wie ein Virus durch das Internet. Der Empfängerkreis vergrößerte sich sekündlich, bald hatten vier Millionen Menschen die kurzen Filme gesehen.

Die Videos hatten die Wucht, Tinas Leben zu zerstören.

Irgendwann, wenn sie nicht mehr durch die Welt hüpfen und doch mal einen Job ergreifen wollte, würden ihre Fehltritte sie einholen, dachte Judith. Es wäre die verspätete Strafe dafür, dass Tina das Internet nicht nur in ihr Leben ließ, sondern es auch noch zum Mittelpunkt ihres Daseins machte. Dem Irrglauben erlegen, dass der Eintritt ins *World Wide Web* kostenlos wäre. Gezahlt wurde mit Daten und Schandtaten.

Aber für den Moment hatte sich ihr Traum erfüllt. Die Zahl ihrer Abonnenten stieg über Nacht auf über neunhundertzwölftausend, in ihrem Postfach häuften sich hunderte Nachrichten. *Instagram* wies sie darauf hin, dass sie zuerst ein paar davon löschen musste, bevor sie neue empfangen konnte. Tina hatte ihr Ziel erreicht, die Welt da draußen schaute auf sie. Wenn auch nicht so, wie sie sich das vorgestellt hatte.

Als Tina ihre Berühmtheit am frühen Montagmorgen realisierte, saß Judith Kirchner bereits wieder im Auto. Sie passierte gerade die Stadtgrenze von Belgrad und steuerte ihren Wagen nach Kilitbahir. Die nächste Zwischenstation ihrer Reise.

Tina brauchte einen Moment, bis sie begriff, dass der Trubel um sie einen Ursprung haben musste. Dann öffnete sie die *Instagram*-App auf ihrem Handy und klickte auf ihre eigene Geschichte der vergangenen Nacht. Eine Reihe von Videos, die den Verlauf des Abends zusammenfassten.

Im ersten torkelte Tina mit einem Sektglas in der Hand auf die Kamera zu. An der Bar im Hintergrund lümmelten vollbärtige Mittdreißiger, die ihre Köpfe nach dem jungen Mädchen drehten. Plötzlich zuckten sie zusammen. Tina landete auf dem Boden, das Sektglas zerschellte.

Das zweite Video dokumentierte Tinas Kontrollverlust. Sie lehnte mit beiden Ellenbogen auf der Bar, kippte sich zwei Schnapsgläser zugleich die Kehle hinunter und massierte anschließend das Ohrläppchen eines Glatzkopfes mit ihren Lippen. Bis ihr ganzer Körper zu zappeln begann. Mit einem Mal sprudelte eine braune Brühe aus ihr heraus auf die Schulter

»Aber ich sehe dich doch vor mir«, protestierte er.

Die Schönheit befahl seinen Beinen, ihre Arbeit wieder zu verrichten. Sein Körper beschleunigte den Gang über den roten Stoff. Er hatte noch drei Schritte vor sich, sah sich bereits in den Armen der Barbusigen, die Erfüllung seines Daseins, da riss ihn der rote Teppich mit sich ins Wasser.

Die Geräusche im Safe holten Enya Janssen aus den Gedanken an Oskars Albtraum. Er war in der Nacht zuvor schweißgebadet aufgewacht und hatte ihr nur widerwillig von der Szene erzählt, die ihn schon seit Jahren im Schlaf verfolgte. Seither musste Enya ständig an diese Geschichte mit Miss Sonnensystem denken. Sie hätte auch einer ihrer Albträume sein können.

Enya krabbelte aus dem Bett und öffnete die Tür des Kleiderschranks. In einem der größeren Fächer auf der rechten Seite war der kleine, armeegrüne Kasten angebracht, in dem ihr altes Telefon lag. Es vibrierte zum vierten Mal an diesem Nachmittag. Enya überlegte, ob sie es endlich rausholen oder doch warten sollte, bis der Akku endgültig seine Kraft verlor. Ihre Gedanken schweiften ab, bevor sie sich entscheiden konnte.

Enya dachte an die Ereignisse der vergangenen achtundvierzig Stunden. Sie, die Frau der Fakten und Beweise, hatte eine Bauchentscheidung getroffen. Das erste Mal in ihrem Leben. Sie hatte nicht nur den Fall Robert Kirchner, sondern gleich ihren ganzen Job zu den Akten gelegt. Vor wenigen Wochen noch wäre Enya eine derjenigen gewesen, die entsetzt die Hände vor dem Gesicht zusammenschlugen, wenn sie von einer solchen Entscheidung hörten. Wie konnte ein Mensch alles, was er erreicht hatte, plötzlich aufgeben, nur um dann fernab seines bisherigen Lebens seine Existenz noch einmal neu aufbauen zu müssen? Enya hatte schon die Kommilitonen nicht verstehen können, die vorzeitig von der Polizeischule verschwunden waren, um noch einmal eine andere Ausbildung auszuprobieren. Das Leben als Polizistin war immer ihr Traum gewesen, für dieses Ziel hatte sie keine Hürde gescheut. Aber seit jenem Morgen auf der Landstraße hatte dieses geliebte Leben ihr nichts als Kopfzerbrechen, Hohn und Enttäuschungen beschert. Die Last-Minute-Flüge nach Samos hatte Enya als Zeichen gewertet, dass der Moment für einen Lebenswandel gekommen war. Man musste nicht immer mit dem System, den Menschen, dem Land oder der Politik unzufrieden sein, um eine solche Entscheidung zu treffen. Manchmal reichte die eigene Verzweiflung.

Oskar Kuhn stand hinter der Bar und rührte einen Milchshake an. Auf der Theke lag sein schwarzes Notizbuch.

»Ich habe meine Meinung geändert«, sagte Enya, während sie auf einen der Barhocker rutschte.

»Was meinst du?«, fragte Oskar. Er garnierte den fertigen Shake mit einer Keksrolle und einem Sonnenschirmchen und schob ihn über die Theke. Eine junge Urlauberin nahm ihn entgegen und lächelte verlegen.

»Ich mag Romane über das Erwachsenwerden. Besonders wenn es die Erwachsenen sind, die erwachsen werden.«

»Du wirst echt mit jedem Tag philosophischer.«

»Muss an der Umgebung liegen.«

Oskar grinste.

Enya streifte sich ihr weißes Top über den Kopf, beugte sich über die Theke und gab Oskar einen Kuss. Sie ließ das Oberteil auf dem Barhocker liegen, rannte die drei Treppen hinab zum Pool und landete im Wasser.

Oskar nahm die nächste Bestellung entgegen. Ein Riese im Fußballtrikot wünschte einen Cuba Libre. Oskar holte den Rum, die Cola und die Limetten auf seine Arbeitsplatte und mixte mit flinken Händen den Longdrink.

Enya beobachtete ihn aus dem Pool. Seit sie auf die Insel zurückgekehrt war, konnte sie Oskar und seine Ängste besser verstehen. Sein Albtraum hätte auch ihrer sein können. Auch sie hörte diese Stimmen, die eine Rechtfertigung für ihren Entschluss forderten, die – stellvertretend für ihre Freunde und ihre Familie – wissen wollten, wieso sie ihren Job aufgegeben hatte. Weil sie feige war? Weil sie sich in einem fremden Land einem fremden Mann an den Hals werfen wollte? Weil sie den Verstand verloren hatte? So sehr sie es auch versuchte, Enya konnte ihren Entschluss nicht begründen. Das war der Nachteil einer Bauchentscheidung.

Oskar reichte dem Riesen den Cuba Libre und stützte sich auf die Theke. Er betrachtete Enya, wie sie auf einer Luftmatratze durch den Pool trieb. Ihre Haut glitzerte im Sonnenschein, ihre Tätowierungen lagen wie Schatten auf ihrem Körper.

Enya blinzelte und fing Oskars trauriges Lächeln ein. Sie glaubte, dass ihre Rückkehr ihn in ein Dilemma gedrängt hatte. Auf der einen Seite war er verliebt in sie und genoss ihre gemeinsamen Momente. Auf der anderen bedeutete diese Liebe Verantwortung. Und Verantwortung war das, wovor er auf diese Insel geflohen war. Hier ließen die Leute ihn leben, hier durfte er frei sein, hier kam er ohne zwischenmenschliche Verpflichtungen aus. Bisher zumindest. Jetzt hatte Enya ihn in die Pflicht genommen, jetzt hatte er die Verantwortung für sie.

Oskar nahm eine Zitronenlimonade aus dem Kühlschrank, drückte den Deckel der Dose ein und brachte sie Enya an den Pool. Die Luftmatratze hatte sich zwischen zwei Schwimmnudeln am Rand verfangen. Enya sah verträumt aus. Oskar berührte ihren Bauch mit der kalten Dose. Enya riss ihre Augen auf.

»Hey!«

Oskar lachte.

»Gehst du immer so mit deinen Liebhaberinnen um?«

»Nur wenn sie freiwillig auf die Insel zurückkommen.«

Enya wuschelte Oskar durchs Haar, sie liebte seine unordentliche Frisur seit dem ersten Abend. Während sie eine Locke um ihre Finger drehte, sah sie in den Himmel. »Was hat es eigentlich zu bedeuten, wenn der Himmel so blau und frei von Wolken ist?«

»Weiß nicht«, sagte Oskar.

»Vielleicht heißt es, dass die Welt um mich herum dann frei von Problemen ist. Wenn ich von dort, wo ich gerade bin, keine Wolke erblicke, bedeutet das, dass momentan nichts zwischen mir und dem Glück steht. Ich begreife, warum du diese Insel liebst.«

Oskar lachte. »Schon erstaunlich, wie du dich so rasant in eine Philosophin verwandeln konntest.«

Enya nahm ihm die Zitronenlimonade aus der Hand. »Ich lasse gerade alle Gedanken frei, die ich bisher unterdrückt habe.«

»Dann lass mal hören«, sagte Oskar.

»Ich habe wegen dir viel über Bücher nachgedacht.« Enyas Stimme verwandelte sich wieder in ein fernes Sprechen. Oskar verlor sich in ihren Gedanken.

In der Theorie ist das Rezept für einen guten Roman rasch zusammengestellt, erzählte die ferne Stimme. Man nehme ein paar Hauptfiguren und einige Nebenfiguren, verpasse ihnen Charakterzüge, die sie lebensnah erscheinen und trotzdem fern von der Normalität wirken lassen, schicke sie in eine Handlung, in der die Figuren und ihre Ideale miteinander kollidieren, sorge für spannende Wendungen und konstruiere unerwartete Zusammenhänge, ein Auge immer darauf gerichtet, dass alles realistisch und trotzdem außergewöhnlich wirkt. Genau in diesem Zwiespalt liegt das Interesse der Leser. Sie wollen sich und ihr eigenes Leben in den Figuren entdecken, aber dabei ihrem Dasein entkommen. Menschen lesen Bücher, um in einer Welt zu versinken, die auf den ersten Blick eine ganz andere ist, auf den zweiten aber ihre eigene sein könnte. Irgendwann stellen sie fest, dass die Figuren, die inzwischen keine fiktiven Konzeptionen mehr sind, sondern Freunde, enge Bekannte, fast schon Familie, genau die gleichen Probleme plagen, die sie bestens aus ihrem Alltag kennen. Am Ende steht der beruhigende Gedanke, dass jedes Leid ein geteiltes ist.

Oskar hockte am Poolrand und hörte Enyas Worte ausklingen. Sein Blick verschwamm im Wasser.

»Hey, hörst du mir noch zu?«, fragte Enya und rüttelte an Oskars Schienbein.

»Darf ich dich was fragen?«

»Klar.«

»Glaubst du, meine Ideen reichen für einen spannenden Roman?«

Enya runzelte die Stirn. »Ist nicht jede Geschichte über das Leben spannend?«

»Mhm, vielleicht«, seufzte Oskar.

Enya stellte die Zitronenlimonade beiseite, umklammerte Oskars Beine und zerrte ihn in den Pool. Das Wasser spritzte über den Rand. Oskars papyrusweißes Leinenhemd saugte die Flüssigkeit auf, seine knochige Brust und sein flacher Bauch zeichneten sich unter dem Stoff ab. Enya presste ihn gegen die Poolwand und küsste ihn.

Es war kurz nach siebzehn Uhr, als Enya Janssen den Safe im Hotelzimmer doch öffnete. Sie tippte die vierstellige Kombination in das Zahlenfeld und schob die schwere Tür zur Seite. In dem kleinen Tresor lagen ihr altes Handy, ein zusammengefalteter Zettel und eine angebrochene Zigarettenschachtel.

Enya nahm ihr Telefon. Es zeigte zweiunddreißig verpasste Anrufe. Die ersten vier von Frank Sauer stammten noch aus der Zeit, in der sie das erste Mal auf Samos Urlaub gemacht und ihr Handy Oskar zuliebe im Safe verwahrt hatte. Auch die acht Anrufe von einer Nummer, die Enya nicht eingespeichert hatte, hatten sich in dieser Zeit angesammelt. Zwischendrin hatte Tino fünfmal angerufen und drei Nachrichten geschrieben. Dann war es ruhig geworden auf Enyas Telefon. Ihre Kontakte schienen endlich begriffen zu haben, dass niemand mehr am anderen Ende der Leitung saß. Bis zum Tag ihrer Kündigung. Seitdem hatte Frank Sauer fünfzehnmal angerufen und drei Nachrichten auf der Mailbox hinterlassen. Vermutlich war seine Rückkehr zu dieser Handynummer eine Reaktion darauf, dass Enya ihr neues Telefon am Morgen ihres Last-Minute-Fluges vor ihrer Haustür in der Kanalisation versenkt hatte.

Enya rief die erste Nachricht von der Mailbox ab. Ihr Kollege hatte sie am Freitagabend, dem Tag ihrer Kündigung, aufgesprochen.

»Ich bin echt enttäuscht, dass du dich während meines Urlaubs einfach kommentarlos verdrückt hast«, brummte Frank Sauer. »Das Revier hat mich gerade informiert. Ich stehe jetzt da wie der letzte Depp, der dich und deine dummen Ermittlungen in diesem Autounfall zu Unrecht monatelang gedeckt und verteidigt hat. Danke für nichts.«

Enya öffnete die zweite Nachricht. Frank Sauer hatte sie vorgestern, dem Tag ihrer Ankunft auf Samos, hinterlassen.

»Die Kollegen haben mich soeben informiert, dass ein gewisser Sören Adler heute Morgen einen USB-Stick auf dem Revier abgegeben hat. Offenbar ist da ein Video drauf, dass Robert Kirchner und einen unbekannten Mann bei einer Auseinandersetzung in einem Hinterhof zeigt. Die Techniker sind noch dran, weil der Ton fehlt. Aber sieht bisher so aus, als drohe der Unbekannte unserem Unfallopfer damit, ihm etwas anzutun. Ich dachte, das könnte dich interessieren.«

Enya hörte die dritte Nachricht ab. Frank Sauer hatte sie erst an diesem Montagmittag aufgesprochen.

»Ich weiß, du bist raus aus dem Job. Aber hast du die Nachrichten im Blick? Sieh dir mal die Berichte zu dem Skandal mit der Künstleragentur an. Das stinkt zum Himmel. Laut Internet war der Agenturchef mit Judith Kirchner auf einer Schule.

Kann das Zufall sein? Langsam kommt mir dieser Autounfall auch komisch vor. Ich habe den Urlaub abgebrochen und bin auf dem Rückweg. Ruf mich mal an.«

Enya wartete auf das Gefühl der Genugtuung. Sie war kaum drei Tage weg, da geriet die ganze Polizeiwache in Aufruhr, weil sich auf einmal die Hinweise verdichteten, dass ihre Zweifel an Robert Kirchners Unfall mehr als das Hirngespinst einer jungen Polizistin gewesen sein könnten und sich ein Blick aus alternativen Winkeln vielleicht doch lohnte. Enya wartete, doch die Genugtuung kam nicht. Sie sah auf ihre Fingertattoos und erinnerte sich daran, wie sie ihre Identität auf Arbeit unter Make-up hatte verstecken müssen.

Enya schmettert ihr Handy gegen die Dartscheibe. Es war nicht zu erkennen, welches Feld sie traf, aber das Tastentelefon landete unversehrt auf dem Bett. Enya holte den Zettel aus dem Safe und entfaltete ihn. Oskar hatte ihn bis zu den Rändern mit seiner krakeligen Schrift gefüllt.

Warum ich schreiben will, fragen sie alle. Weil es mich glücklich macht, antworte ich ihnen. Aber wenn ich darüber nachdenke, ist diese Antwort zu einfältig. Da ist noch mehr als Glück. Das Schreiben ist meine Art, die Einflugschneise ins Leben zu finden. Auf allen anderen Wegen bin ich gescheitert. Das Schreiben ist für mich das Entdecken von Wagemut, das Abwenden von Ersatzplänen und Absicherungen. Andere nennen es eine brotlose Kunst, die allein Existenzängste erschafft. Und wer rät einem dazu schon? Doch für mich ist es das Entdecken einer Bestimmung, die Liebe schenkt und Anerkennung bringt, die kein Bewohner dieser Welt, sondern allein das eigene Wesen einem Menschen erteilen kann.
Ist es Zufall, dass ich Enya begegnet bin? Ist es Schicksal, dass ich schon immer schreiben wollte, hunderte Ideen hatte, nie mit einer zufrieden war, alle in den Mülleimer warf und nun von ihr zu meiner Geschichte geleitet werde? Werde ich meinen Traum leben können oder ihn bis an mein Lebensende träumen müssen? Passiert alles aus einem guten Grund?
Dies sind Fragen, die kein Mensch, sondern allein die Zeit beantworten

kann. Mir bleibt nur die Möglichkeit, diese Geschichte niederzuschreiben und den Menschen das Gefühl dafür zu geben, wie eine Ansammlung von winzigen Augenblicken, scheinbar unbedeutenden Momenten sich zu einem Puzzle fügen kann, das sich selbst als Leben bezeichnet. Aber ebenso zu offenbaren, dass ein einziges dieser schmächtigen Teilchen das gesamte Kunstwerk sprengen kann.

23 Buletten mit Schafskäse

Wasser fließen, Bälle rollen, Pflanzen wachsen, Möbel stehen, Feuer brennen. Menschen hadern.

Judith Kirchner fragte sich, wann und wo sie ihr Mitgefühl verloren hatte. Und warum? Es konnte doch nicht plötzlich weg sein. Ihr ausgeprägtes Einfühlungsvermögen war der Grund gewesen, warum sie Miriam den Abschied auf der Insel ermöglicht, sich in Oskar verliebt und schlussendlich Robert geheiratet hatte. Die wichtigsten Entscheidungen ihres Lebens hatte Judith aus Anteilnahme getroffen. Wie konnte derselbe Mensch einen anderen derart blamieren und diese Schandtat auch noch ins Internet stellen?

Judith bemühte sich, Reue zu empfinden. Aber die Reise auf Oskars Spuren hatte die menschlichen Regungen aus ihrem Körper vertrieben. Seit sie hinter dem Steuer ihres Wagens saß, verrichtete der Roboter in ihr leidenschaftslos seine Arbeit. Im Herzen dieser Maschine war kein Platz für Gefühle. Sie lenkte ihr Auto über Brücken und Autobahnen, durch Dörfer und Wälder, über Landstraßen und Kreuzungen, durch Grenzkontrollen und Kulturen, den Blick stets auf das Ziel gerichtet. Die Welt zog mit überfordernder Schnelligkeit an ihr vorbei, die Landschaft war kaum zu erahnen. Man soll die Reise genießen, hatte Judith zu Tina gesagt, obwohl sie zu diesem Zeitpunkt schon begriffen hatte, dass zwischen Start und Ziel die Leere lockte. Ihr Auto war nicht mehr als ein Fortbewegungsmittel, die riesige Frontscheibe eine Einladung zum Tunnelblick. Judith begann zu verstehen, warum Oskar nie zurückgekommen war. Die Verzweiflung dieser Reise war vernichtend.

Wenigstens war es still im Auto. Keine Tina, die besessen in ihr Handy plapperte und den Beifahrersitz in einen digitalen Abenteuerspielplatz verwandelte. Fahren, fahren, fahren. Ankommen. Das war der Lebensinhalt, der Judith nach dem Verlust ihrer Freunde und dem Tod ihres Mannes verblieben war.

Nach fast fünfhundert Kilometern Fahrt hatte sie zwischen Sofia und Plowdiw plötzlich einen Riesenhunger. Sie klickte durch das Menü des Navis und wählte das nächstgelegene Restaurant als neues Ziel aus. Die Gaststätte war nur siebenhundert Meter entfernt. Judith verließ die Hauptstraße und folgte der neuen Route. Ihr Magen knurrte, eine warme Mahlzeit im bulgarischen Niemandsland würde ihn sicher befrieden.

Auf dem Navi war das Symbol mit Messer und Gabel nur noch Millimeter entfernt, die Stimme dirigierte Judith nach rechts. Sie bog in einen breiten Schotterweg ein und holperte mit ihrem Wagen bis zu einer Backsteinhütte. Die rote Farbe hatte ihren feurigen Teint verloren, hier und da ragten Steine aus den Wänden. Das graue Ziegeldach war in der Mitte eingebrochen, eine Tanne stützte den abgekippten Schornstein. Judith parkte zwischen zwei silbernen Kleinwagen ohne Heckklappe und musterte das baufällige Häuschen. Ohne das nagelneue Schild, das exakt ausgerichtet über der Eingangstür hing, wäre sie nie auf die Idee kommen, dass es drinnen etwas zu trinken gab. Vielleicht sogar etwas zu essen. Judith stieg aus ihrem Wagen und steuerte auf das Gebäude zu. Auf halbem Weg blieb sie stehen. Die Tür sah mitgenommen aus, die Backsteine lasteten auf ihren Schultern. Judith stellte sich vor, wie das Haus über ihr zusammenkrachte, wenn sie die Tür aufdrückte. Sie wollte umkehren, doch der Hunger war stärker als die Angst. Judith rannte die letzten Meter und umfasste den Türgriff. Sie presste ihre Augen zusammen.

Die Tür ging leichter als gedacht. Judith trat in den holzgetäfelten Gastraum und vergaß die äußerliche Baufälligkeit. An allen Wänden standen breite Eichentische und kleine Servierschränke mit Besteck und Gläsern, überall hingen gerahmte Bilder von Landschaften und Feiergesellschaften. Die Stühle standen auf den Tischen, der Boden glänzte frisch gewischt. In der Luft lag der Geruch von Buletten mit Schafskäse.

Der großzügige Gastraum erinnerte Judith an eine Dokumentation über das goldene Bulgarien Anfang der Neunziger, die sie irgendwann mal im Internet angesehen hatte. Er war noch immer so prunkvoll eingerichtet wie damals, als in den Restaurants noch Bands gespielt und sich die Gäste bis spät in die Nacht Arm in Arm über die Tanzfläche geschoben hatten. Nur dass es heute vielerorts weder Bands noch Gäste gab.

Ein kugelrunder Mann trat aus der Küche hinter die Theke. Er zupfte seinen Schnurrbart zurecht, inspizierte Judith von der Haarspitze bis zur Schuhsohle, streichelte sich über seinen Bauch und verschwand in der Küche. Er kehrte mit einer weißen Kochschürze in der Hand zurück, wies Judith einen Platz an einem Zweiertisch direkt am Fenster, stellte die Stühle herunter, wischte mit einem grünen Lappen über die Platte, legte sich die Schürze um und wuselte zurück in die Küche.

Judith lehnte ihren Kopf gegen das Fenster und blickte durch die verschmierte Scheibe auf die Umrisse ihres Autos. Der Schotterweg dahinter zerfloss vor ihren Augen. Auf einmal hörte sie *Al Di Meola* Jazzakkorde anschlagen und träumte von der Wiederauferstehung ihres Mannes.

Der Duft von Buletten mit Schafskäse riss sie aus der Dämmerung. Der kugelige Mann schob zwei viereckige Porzellanteller mit Zwiebelmuster über den Tisch. Dem einen fehlten zwei Ecken, dem anderen eine ganze Kante. Doch Judiths Augen gehörten allein dem Schopska-Salat und den Hackfleischbällchen. Der Mann legte Messer und Gabel neben sie auf den Tisch. Judith packte das Besteck und stürzte sich auf den Salat. Zuerst verschlang sie die Tomaten, dann die Gurken, später die Paprika und zuletzt den Schafskäse. Kaum hatte sie den bunten Haufen abgetragen, machte sie sich an die Buletten. Den Kümmel roch Judith sofort, Käse tropfte aus den Fleischstücken. Dazu gab es einen warmen Salat aus Tomaten und weißen Bohnen. Judith warf sich alles mit einmal ein. Schon tauchte der kugelige Mann erneut neben dem Tisch auf und servierte das nächste Gericht: eine Fleischterrine im Tontopf. Judith löffelte die Schale hastig aus.

Plötzlich startete ein Motor. Das Auto links neben Judiths parkte rückwärts aus. Judith griff nach einer Serviette und versuchte ein Blickloch in das verschmierte Glas zu reiben, doch die Dreckschicht war zu verkrustet. Judith konnte das Geschehen nur schemenhaft erkennen. Das Auto bog auf die Landstraße ab und sauste davon.

Judith sah auf ihre Armbanduhr. Schon eine Stunde saß sie in dieser Gaststätte, sie musste endlich weiter, ihr Etappenziel schaffen. Judith stapelte die Teller übereinander, stellte den Tontopf obendrauf und legte das Besteck an den Rand. Mit dem Geschirr schritt sie an der Theke vorbei und klopfte an die Tür zur Küche. Sie bekam keine Antwort. Sie öffnete die wackelige Tür und äugte vorsichtig in den kleinen Raum. Der kugelige Mann war nirgendwo zu sehen. Sie stellte das Geschirr in die Spüle und drehte den Wasserhahn auf. Der Strahl setzte erst mit Verzögerung ein, er schimmerte in seichtem Braun. Judith nahm einen grünen Lappen von der Ablage und schrubbte die Teller, den Tontopf und das Besteck gründlich ab und stapelte sie auf das Metallgitter neben der Spüle. Im Gastraum legt sie einen Fünfzig-Euro-Schein hinter die Theke und prägte sich die Gemälde an der Wand ein. Sie wollte sich diesen sonderbaren Ort unbedingt in Erinnerung behalten. Dann verließ sie die letzten Überbleibsel des goldenen Bulgariens Anfang der Neunziger.

Vierhundert Kilometer später lenkte Judith Kirchner ihren Wagen auf die türkische Kleinstadt Kilitbahir zu. Ihr Plan war es, hier zu übernachten, um am nächsten Tag noch im Morgengrauen die Fähre nach Canakkale zu nehmen, von wo aus die letzte Etappe ihrer Reise beginnen sollte. Sie kam Oskar immer näher, vielleicht spürte er schon die Aura seiner alten Freundin.

Judith griff nach ihrem Telefon, es zeigte zwanzig Uhr. Sie startete das Internetradio, wählte den Sender ihrer Heimatstadt und lauschte dem Intro. Sie mochte die Melodie und die Stimme des Nachrichtensprechers.

»Ein Skandal erschütterte heute die lokale und nationale Musikszene. Der beliebte Rockstar Stefan Brantner ist bereits seit sieben Jahren …«

Das Rauschen des Radios verschluckte die Stimme des Sprechers. Judith tastete mit der Hand nach ihrem Telefon auf dem Beifahrersitz. Als sie es zwischen den Fingern hielt, legte sie es auf die Ablage unter der Windschutzscheibe.

»… für eine Stellungnahme nicht zu erreichen. Der Chef der Agentur täuschte offenbar nicht nur die Fans, sondern auch seine eigenen Mitarbeiter. Sie seien über die Nachricht schockiert gewesen, heißt es aus …«

Wieder dieses Rauschen. Judith packte das Telefon und reckte es in die Höhe. Diese verdammten Funklöcher.

»… weiterhin ungeklärt. Wir wollten vom Hotelmanager wissen, wie es passieren konnte, dass das Personal des *Stadthotels* jahrelang auf einen Doppelgänger von Stefan Brantner hereingefallen ist. Oder ob es in die Täuschung involviert war. Doch unsere Anfragen blieben bisher unbeantwortet.«

Judith kam der Name Stefan Brantner bekannt vor. Auch ein *Stadthotel* gab es in ihrer Heimat. Sicher ein Zufall, dachte sie.

»Die jüngsten Erkenntnisse erhöhen auch die Brisanz des Vorfalls mit Kurt Nierenrocker. Denn Robin Wagner, Inhaber von *Wagners Kreative*, hatte erst kürzlich versucht, einen Vertrag mit Nierenrocker einzufädeln. Nur Tage später hatte sich der exzentrische Jungstar mit einer Gartenschere die Zunge abgeschnitten. Grund dafür war offenbar ein Drogenrausch, ausgelöst durch den Konsum einer hochgiftigen Engelstrompete. In welchem Zusammenhang dieses Ereignis mit dem Doppelgänger des verstorbenen Stefan Brantners steht, ist noch ungeklärt. Aber …«

Judith jagte ein Schauer über den Rücken. Robin Wagner? *Ihr* Robin? Sie hatte seit Miriams Beerdigung nicht mehr viel von ihm gehört, erinnerte sich aber noch, dass Robin sich und der Welt damals geschworen hatte, seinen Traum von der eigenen Künstleragentur in die Tat umzusetzen. Miriam zuliebe. In den Wochen nach ihrem Tod hatte er voller Eifer an der Gründung seines Unternehmens gearbeitet. Doch dann war der Kontakt abgerissen. Judith hatte Miriam und Oskar verloren und Robert gefunden und für Robin keinen Platz mehr in ihrem Leben gehabt. Er hatte sich noch nie als dieser sichere Halt erwiesen, an den man sich in schlechten Zeiten klammerte. Aber dass er nun in kriminelle Geschäfte involviert war, wollte Judith nicht glauben. Obwohl sie es im Radio hörte.

»… sobald weitere Informationen vorliegen. Die Polizei durchsucht derzeit die Firmenräume sowie die Privatwohnung Wagners, der sein narzisstisches Streben nach Anerkennung und Bekanntheit wohl mit einer Anklage wegen Betruges bitter bezahlen müssen wird. Ob Robin Wagner noch in andere Verbrechen verwickelt ist, wird derzeit geprüft. Nach unseren Informationen wurde der Polizei ein USB-Stick …«

Diesmal war es nicht der schlechte Empfang, sondern der aufgebrauchte Akku des Telefons, der das Weiterhören unmöglich machte.

Judith Kirchner schlug mit der Hand aufs Lenkrad und fluchte. Sie durchwühlte die Mittelkonsole, doch das Ladekabel fehlte. Aus heiterem Himmel spürte sie eine alte Verbundenheit zu Robin aufflammen. Sie wehrte sich gegen den Gedanken, dass ihr alter Freund sich derart verändert haben sollte.

Früher war er eher ein Mitläufer gewesen, der stets getan hatte, was die Gruppe von ihm verlangte. Nicht gerade die besten Eigenschaften, um zum Strippenzieher eines ausgeklügelten Betruges aufzusteigen, dachte Judith.

Sie entdeckte das Ladekabel vor dem Beifahrersitz. Sie blickte auf die leere Straße, bückte sich, geriet auf die Gegenfahrbahn, tauchte wieder auf, riss das Lenkrad herum und steckte das Kabel in den Adapter im Zigarettenanzünder. Das andere Ende schob sie in ihr Handy und warf es auf den Beifahrersitz. Das Ladesymbol leuchtete auf. Mindestens zwei Minuten würde es dauern, bis ihr Telefon hochfuhr. Judith ahnte, dass die Abendnachrichten dann sicher schon vorüber waren.

Als ihr Telefon endlich genügend Energie gesammelt hatte, lief im Radio schon das Folgeprogramm. *Der moderne Glaube.* Ein neues Jugendformat der evangelischen Kirchgemeinde, das Heranwachsende für die Religion begeistern sollte. Es sprach eine junge Frau mit heller Stimme.

»Das Leben ist kein Auf und Ab, eher ein Dazwischen. Aber die Hochs und Tiefs sind am heftigsten, *sie* bleiben uns im Gedächtnis. Das Dazwischen verschwindet. Obwohl es das Wichtigste ist, unverzichtbar für unser Wohlbefinden. Das Leben ist kein Raketenstart, bei dem zwischen dem Unten und dem Oben bloß Sekunden liegen; es ist kein Rennwagen, der gerade noch am Start und jetzt schon im Ziel ist. Das Leben ist ein Dazwischen. Meist sind wir in der Übergangsphase, auf dem Weg nach oben oder nach unten. Diese Momente gilt es mit aller Leidenschaft zu fassen.«

24 Anfang vom Ende

Nennt Narr, wer die Selbstzweifel belacht. Nennt Angsthase, wer sie beweint. Aber haltet sie nicht für einen dilettantischen Kleinkriminellen von nebenan, sondern für den Endgegner unseres Lebens.

Robin Wagner sah den Ausweg vor sich. Die Sandsteinmauer am Ufer des Flusses hätte sein Sprungbrett in den Tod sein können. Er hätte nur die vier Meter hinab in den Fluss stürzen, auf einem Stein aufschlagen, bewusstlos im Wasser liegen bleiben und ertrinken müssen. Doch sein Anstand hielt ihn am Leben. Noch.

Robin saß auf der Mauer und ließ seine Beine über dem Wasser baumeln. Es war neun Uhr morgens, der Wind durchstreifte das Gras und drückte sich an Robins Körper vorbei die Mauer hinab. Auf der anderen Seite des Flusses kämpften sich die Gipfel der Altstadt durch das leuchtende Blau des Himmels auf ihren Thron der Bewunderung. Barockbauten verbündeten sich mit Glasfassaden zu einer verführerischen Front, die jeden Touristen zum Sabbern brachte. Kameras klickten, um den Speichelfluss in die heimischen Wohnstuben zu retten.

Robin ahnte, dass in seinem Rücken nicht nur Touristen, sondern auch Paparazzi lauerten. Sie warteten auf seinen nächsten Fehler. Sein Suizid hätte den Boulevardblättern sicher gefallen. Der Betrüger straft sich selbst, es wäre eine Steilvorlage für die Aasgeier von der Presse gewesen. Robin hätte sie ihnen gern geliefert, weil der Spuk dann ein Ende gehabt hätte. Doch diese Häme konnte er seiner Familie nicht zumuten. Er richtete sich auf, klopfte sich den Dreck von der Hose und lief auf die Menschenmenge zu. Das Klicken der Kameras verdichtete sich, die Fotografen stürzten sich auf ihn.

»Herr Wagner, nur ein paar Fragen.«

»Wie konnten Sie diesen Coup so lange geheim halten?«

»Warum haben Sie das getan?«

»Wieso hat die Polizei sie wieder gehen lassen?«

»Mit welchen Konsequenzen rechnen Sie?«

Robins Mundwinkel zuckten. Er wollte sprechen, aber Mirko hatte ihm das Schweigen angeraten. Und wenn Robin ehrlich war, fehlte ihm die Kraft, gegen seinen Freund aufzubegehren und seine eigenen Entscheidungen zu treffen. Vermutlich war diese Rebellion für seine Rolle als Nebendarsteller auch nicht vorgesehen. Der Protagonist war Mirko und der würde das Ende dieses Sonntagabendkrimis schon regeln. Robin konnte in der Zwischenzeit nur hoffen. Er hielt sich die Hände vor den Kopf und bahnte sich seinen Weg durch die Menschenmenge.

»Wie fühlen Sie sich?«

»Scheiße«, murmelt Robin.

»Können Sie das lauter sagen?«

»Was haben Sie gesagt?«

»Wiederholen Sie das.«

Robin biss sich auf die Lippen und schüttelte die Menge ab. Das Klicken der Kameras ließ nach.

Teresa hatte ihr Kinn mit ihren Händen auf den Küchentisch gestützt und weinte. Vor ihr türmte sich ein Berg aus Taschentüchern auf, neben ihr standen drei gepackte Koffer.

Robin Wagner trat leise in die Wohnung. Vielleicht hätte er sich doch in den Fluss stürzen sollen.

»Was hast du nur getan?«, schluchzte Teresa. Sie wischte sich die Tränen aus den Augenhöhlen. »Was ist bloß in dich gefahren?«

»Teresa, ich bin nicht …«, setzte Robin an. Dann begriff er, dass alles verloren war.

»Ich habe dich immer geliebt«, sagte Teresa. Sie schnäuzte in ein Taschentuch. »Wie konntest du uns das antun?«

»Mirko hat mich da mit reingezogen«, protestierte Robin und kam sich dabei vor wie ein Kind, das die Schuld an andere weiterschiebt, weil es die Strafe fürchtet. Seiner Tochter verbot er dieses Verhalten immer. Jetzt aber konnte er nicht anders, dieser Betrug ging tatsächlich nicht auf seine Kappe. Er musste sich doch wehren.

»Dann sag das den Leuten«, jammerte Teresa. »Sag ihnen, wer wirklich die Verantwortung trägt.«

»Ich bin der Chef der Agentur. Wer soll mir denn diese blöde Erklärung glauben?«

»Du versuchst es ja nicht einmal.«

»Es wäre lächerlich.«

»Du willst nur deinen kriminellen Freund beschützen.«

»Ich kann nicht anders«, sagte Robin. Die Ausweglosigkeit der Situation hallte in seiner Stimme nach. Dieses Gespräch war der Anfang vom Ende.

»Du bist nicht mehr der Mann, den ich geheiratet habe«, polterte Teresa. »Er hätte der Welt die Wahrheit gesagt und zu seinen Fehlern gestanden und sie zurechtgerückt. Wenn er denn überhaupt einen solchen Betrug hätte inszenieren können.«

Robin durchfuhr die Wut. Auf Mirko, auf Nierenrocker, auf die Brantners, auf Oskar, auf Robert Kirchner. Er trat den Stuhl zu seiner Rechten um, schleuderte die Taschentücher durch die Luft und stürmte ins Bad. Auf dem Weg schmiss er die Blumenvasen von der Kommode neben der Eingangstür und zerrte Teresas Jacken von der Garderobe. Im Bad riss er sich die Sachen vom Körper, warf die Duschtüren zur Seite und kickte den Wasserhahn auf. Shampooflaschen flogen von der Armatur.

Der heiße Wasserstrahl prasselte wie eine Erlösung auf Robin herab. Jeder Tropfen heizte seinen Körper weiter auf, jeder

Spritzer war ein härterer Drink, angerührt aus Entspannung und Befreiung, versetzt mit einem Schuss Glück und einer Prise Unbeschwertheit. Robin stand unter der Dusche und wollte nie wieder nicht unter der Dusche stehen.

Doch das Glücksgefühl endete, sobald sich sein Körper an die erlösende Hitze gewohnt hatte. Robin drehte den Hahn weiter. Die Wassertropfen wälzten sich wie Glut seinen Körper hinab. Wieder griff er nach dem Hahn, wieder schob er ihn weiter. Sein Körper glühte, das Wasser war Feuer, es verbrannte seine Haut, doch seine Seele jubelte.

Der Schmerz zwang ihn in die Knie. Im Fallen schlug Robin mit seiner linken Hand auf den Hahn. Er fesselte das Wasser im Duschkopf, aber das Feuer brannte weiter.

Robin Wagner hievte sich aus der Duschwanne auf die kalten Fliesen. Er suhlte sich auf dem Boden und dachte an all die genialen Ermittler aus dem Fernsehen, die mit ihrem Leben haderten und sich Krimi für Krimi in den Tiefen ihrer dunklen Seelen verloren. Sie ermittelten als Einzelgänger gegen das Böse dieser Welt, um dem Duell mit sich selbst zu entkommen. Felix Murot, Saga Norén, Patrick Jane, Georgina Clios, Adrian Monk. Mit ihren Mitmenschen konnten sie es locker aufnehmen. Es waren die Selbstzweifel, die sie unaufhörlich plagten. Der eine Geniale versuchte, sie im Alkohol zu ertränken, die andere, sie mit Sex zu benebeln. Sie alle trugen den schwersten aller Wettkämpfe aus, sie alle wussten, dass dieses Duell nur zwei Resultate kannte. Wer die Selbstzweifel überwand, der lebt ohne Furcht vor dem Tod. Wen sie erdrückten, der konnte der Verlockung des letzten Ausweges erliegen.

Robins Blick schwebte durchs geöffnete Badezimmerfenster hinaus über die Dächer der Stadt. Durch die Augen eines Adlers sah er sich, der von seinen Mitmenschen schon immer für jeden noch so kleinen Fehler belächelt worden war und nun von der Boulevardpresse ausgeschlachtet wurde, zwischen all den zielstrebigen Gestalten, die geschäftig telefonierten, entschlossen über die Straßen eilten oder sich angeregt unterhielten, willenlos über den Boden rollen. Er sah, wie er in seiner Unfähigkeit badete, wie er sich gegen das Fortschreiten der Zeit wehrte. Auf der Suche nach einem Plan, einem Ausweg aus diesem Schlamassel. Aber das Ticken der Uhr zerstörte jede Idee. Robin sollte eine Lösung finden, während neben ihm eine Zeitbombe ihrer Explosion entgegenrannte. Am Ende war sie vielleicht das Einzige, was ihn noch retten und von seinem Leid erlösen konnte.

Auch Robin steckte mittendrin in einem verzwickten Krimi. Doch leider war er keiner dieser genialen Ermittler, die die Zuschauer für ihre Selbstzweifel liebten, weil ihnen die Erkenntnis, dass auch andere Menschen mit sich haderten, Mut machte. Ganz egal, ob diese Ermittler nur Kunstfiguren aus dem Fernsehen waren. Robin dagegen war real, aber um seine Selbstzweifel kümmerte sich keine Menschenseele. Aus der Vogelperspektive war sein Schicksal verdammt bedeutungslos.

Robin zog sich am Waschbecken hoch und warf sich ein Handtuch um die Hüfte. Er sah in den Spiegel und legte seine schwarzen Haare über seinen Scheitel nach rechts. Dann trottete er aus dem Bad. Teresa wartete schon an der Eingangstür, über ihren Schultern ein Rucksack, vor ihr die Koffer. Sie trug ein mitleidiges Lächeln im Gesicht.

»Du hast Besuch«, sagte sie.

»Wo willst du hin?«, fragte Robin.

»Ich muss hier raus«, flüsterte Teresa.

»Kannst du nicht bleiben?«

»Ich kann deine Anwesenheit nicht mehr ertragen.«

»Es klärt sich alles auf. Wir finden eine Lösung.«

»Du hast Besuch«, wiederholte Teresa. Sie drückte Robin einen halbherzigen Kuss auf die Wange.

»Ich liebe dich«, sagte er.

Sie nickte.

»Ehrlich.«

»Mach keinen Mist«, sagte sie.

Er nickte.

»Und bitte ruf mich nicht an.«

Nachdem die Tür ins Schloss gefallen war, wischte sich Robin eine winzige Träne aus dem Gesicht und schlich ins Wohnzimmer. Schlagartig reaktivierte sich sein Körper, das Adrenalin schoss durch seine Blutbahnen. Robin roch seinen Widersacher, noch bevor er ihn sehen konnte. Das ekelhafte Altherrenparfüm lag schwer in der Luft. Der falsche Stefan Brantner sprang vom Sofa und jagte auf Robin zu.

»Du Arschloch hast es der Presse gesteckt«, fauchte Robin.

»Wohl eher du«, schimpfte der Doppelgänger.

Sie bremsten ab und verharrten mit ausgestreckten Fäusten voreinander. Keiner konnte die Lücke in der Deckung des anderen finden.

»Gib doch zu, dass du mir eine reinwürgen und dich mit dem Geld aus dem Staub machen wolltest.«

»Was für eine Scheiße. Du wolltest ihn doch sterben lassen.«

Während die beiden sprachen, setzten sie sich wieder in Bewegung. Sie liefen durch das Wohnzimmer wie zwei Boxer, die auf den geeigneten Moment für den gewinnbringenden Schlag warteten. Der falsche Stefan Brantner schritt rückwärts, Robin vorwärts. In einem festen Abstand von einem halben Meter näherten sie sich dem Fernsehtisch, die Augen aneinandergeheftet, die Fäuste erhoben. Der Doppelgänger stieß mit den Fersen gegen das Sofa. Sein Sturz auf das Leder beendete den Kampf.

»Wieso sollte ich mir mein eigenes Grab schaufeln?«, fragte Robin.

»Das Gleiche könnte ich dich fragen«, frotzelte der falsche Stefan Brantner.

Robin fiel auf, dass sein Gegenüber recht hatte. Der Doppelgänger hatte genauso verloren wie er. Mit der Enttarnung des Betruges war seine Rolle als Stefan Brantner kurzerhand abgeschafft worden. Warum hätte sich dieser profitgierige Narzisst um die Rolle seines Lebens bringen sollen?

»Jetzt macht es wohl langsam Klick in deiner Birne?«, zischte der Doppelgänger.

Robin überlegte, wer stattdessen die Schwachstelle sein konnte. Außer ihm und dem falschen Stefan Brantner wusste nur noch Mirko von der Sache. Und Samira Aziz. »Bitte nicht Samira Aziz«, nuschelte Robin.

»Was?«, keifte der Doppelgänger. »Wem hast du Schwächling noch von unserer Nummer erzählt?«

»Niemand wusste davon«, log Robin.

»Immerhin werden sie dich für die Scheiße zur Rechenschaft ziehen«, fauchte der falsche Stefan Brantner. »Für mich interessiert sich keine Sau. Ich bin nur ein kleines Licht. Ein Straßenmusiker, den du entführt und in die Rolle eines Stars gezwungen hast, weil du scharf auf das Geld warst. Ich werde mich in den Flieger setzen und abhauen, bevor die Leute meine Rolle überhaupt begreifen werden. Du dagegen wirst für diese Scheiße geradestehen müssen.«

»Das werde ich«, sagte Robin und stürzte aufs Sofa. Er traf den falschen Stefan Brantner mit einem gezielten Aufwärtshaken am Kinn. Der Kopf des Doppelgängers klappte nach oben, Zähne knirschten, Blut spritzte. Robins Handtuch verrutschte und glitt langsam über sein Becken. Seine Hand schnellte zurück, griff den Aschenbecher vom Fernsehtisch und knallte ihn auf die Schläfe des Doppelgängers. Der Anfang vom Ende.

Dritter Teil

25 Beihilfe zum Mord

Damit das endlich klar ist: Zum Abschied sagt man »Tschüss« und nicht »Auf Wiedersehen«.

Oskar Kuhn hatte eine Entscheidung getroffen. Jetzt, wo er Enya hatte, wollte er Judith endgültig aus seinem Gedächtnis löschen. Doch zuvor wollte er ihr eine letzte Chance geben.

»Können wir eine Runde Kniffel spielen?«, fragte Enya. Sie nahm Notizblock und Bleistift vom Balkontisch.

»Später«, antwortete Oskar. Er goss sich den letzten Schluck Wasser aus der Glaskaraffe ein, zwei Zitronenscheiben schlitterten über den Abgrund den Wasserfall hinab.

»Was hast du denn noch vor?«

»Nur eine Mail beantworten.«

»Dann genieß ich in der Zwischenzeit mein neues Leben.« Enya setzte sich ihre Sonnenbrille auf, legte ihre Beine auf den Tisch und klappte den Stuhl nach hinten.

Oskar trat aus der Vormittagssonne in das kleine Hotelzimmer, das seit acht Jahren schon sein Zuhause war. Die Klimaanlage blies kühle Luft durch den Raum. Oskar zog die Vorhänge zu, damit Enya den Schreibtisch vom Balkon aus nicht sehen konnte. Seine alte Welt sollte ihr lieber verborgen bleiben.

Oskar klappte den Laptop auf und öffnete sein Mailprogramm. Er hatte beschlossen, sich fortan besser an seine eigenen Regeln zu halten. Es konnte für ihn kein Dasein in zwei Welten geben. Jetzt, wo Enya in sein Leben drängte, musste er Judith endlich loswerden. Er überlegte nur noch, wie er es ihr am schonendsten beibringen konnte, dass er keine Mails mehr von ihr bekommen wollte. Sein Abschied damals war einer auf ewig gewesen, das musste sie doch verstehen können. Er brauchte nur die richtigen Worte zu finden. Er überlegte, etwas darüber zu schreiben, dass sie alle das gleiche Leben lebten, mit Höhen und Tiefen, falschen und richtigen Entscheidungen, Sehnsüchten und Albträumen. Jeder musste den Weg wählen, den er für sich erkennen konnte. Dieser Entschluss bedurfte keiner Rechtfertigung. Oskar musste doch auch akzeptieren, dass Enya ihm weiterhin nicht von ihrem Beruf erzählen wollte, weil er zu jener Vergangenheit gehörte, die sie hinter sich lassen wollte. Auch wenn er längst herausgefunden hatte, dass sie Polizistin gewesen war.

Oskar tippte die Zugangsdaten für sein E-Mailkonto in die Tasten. Er klickte sich zum Papierkorb, in dem über neunzig Mails von Judith lagen. Jeden Monat hatte sie ihm seit seinem Weggang vor über acht Jahren geschrieben. Zum ersten Mal bemerkte Oskar, dass neben der obersten Mail eine Büroklammer prangte. Das Symbol für eine Datei im Anhang. Er öffnete die Nachricht und gab sich einen Ruck.

Lieber Oskar,
reichlich Zeit ist vergangen. Ich denke, wir beide haben ein neues Leben gefunden, in dem wir uns heimisch fühlen können. Doch die Jahre vermögen meine Wunden nicht zu heilen. Es tut mir bis heute leid, dass ich dir damals nicht helfen konnte. Ich bin eine schreckliche Freundin gewesen. Doch vielleicht magst du mir bei einer Sache trotzdem helfen. Weil wir doch irgendwie noch immer Freunde sind.
Ich weiß momentan ehrlich nicht, wo mir der Kopf steht. Ich sitze seit Stunden an diesen Zeilen und versuche die passenden Worte zu finden. Ich sollte aufhören mit meinem Geschwafel.
Mein Mann Robert ist vor knapp einem Monat bei einem Autounfall ums Leben gekommen. Es sind harte Zeiten für mich, doch ich schaffe das schon. Du solltest wissen, dass er ein guter Mann war. Er liebte mich. Unsere Beziehung war unspektakulär, aber schön. Wir teilten die Leidenschaft für das Kochen, das Lesen, die Kultur, den Tee. Und er liebte die

Geschichten aus deinem Buch, viel mehr noch als ich. Er fand, dass du größere Texte schreiben solltest. Romane vielleicht. Vor allem aber war er für mich da, wir hatten keine Geheimnisse voreinander. Jedenfalls dachte ich das bis gestern. Da fand ich einen USB-Stick hinter unserem Hochzeitsfoto. Darauf ist bloß eine einzige Datei, ein Film, leider ohne Ton. Robert streitet sich in dem Video mit einem Mann. Ich verstehe das alles nicht. Warum ist da kein Ton? Vielleicht bilde ich es mir ein, aber ich werde das Gefühl nicht los, dass der Mann und der Film etwas mit Roberts Tod zu tun haben. Sicherlich übertreibe ich. Aber ich werde nicht ruhen können, bis ich die Wahrheit über dieses Video kenne. Du musst mir helfen, Oskar! Bitte! Lass mich wissen, was Robert und der fremde Mann miteinander sprechen. Sie streiten sich. Das muss doch etwas zu bedeuten haben. Ich vermisse Robert. Und dich. Bitte hilf mir. Du bist meine einzige Hoffnung.

In alter Verbundenheit
Judith

PS: Mein Mann ist der im beigen Wintermantel.

Oskar Kuhn fasste nach der Fernbedienung der Klimaanlage. Er senkte die Temperatur auf das Minimum von siebzehn Grad Celsius. Seine Finger zitterten, das Blut raste in seinen Kopf. Die Fernbedienung rutschte durch seine schwitzigen Hände und krachte zu Boden.

»Alles in Ordnung?«, rief Enya.

»Jaja«, hechelte Oskar. Seine rechte Hand krallte sich in die Laptopmaus und lenkte sie auf die Büroklammer. Doch seine Finger konnten die Datei nicht öffnen. Die Hitze wallte in seinem Körper und betäubte seine Muskeln. Oskar schloss seine Augen. Er hoffte, statt der bitteren Realität ein schlechtes Theaterstück zu erleben. Doch wo war der Unterschied?

Die ganze Welt ist eine einzige Bühne und sein Leben lang spielt man irgendwelche Rollen – das lehrte doch schon Shakespeare. Wer auch immer hinter diesem klangvollen Namen steckte, er hatte die perfekte Beschreibung für Oskars Existenz gefunden. Vor zweiunddreißig Jahren war Oskar das erste Mal aufgetreten, seither hatte er die Bühne nicht mehr verlassen. Ein Leben findet vom Anfang bis zum Ende im Scheinwerferlicht statt. Doch was ist das für ein erbärmliches Schauspiel, bei dem ein Mann in aller Feigheit vor seinen Freunden flüchtet, weil er die Erinnerungen, die er mit ihnen teilt, nicht mehr ertragen kann? Kein Mensch, der noch bei Verstand ist, würde für dieses Theaterstück nur einen Cent bezahlen, wenn das Schauspiel des Lebens nicht ohnehin kostenlos wäre. Doch die Menschen sind nicht bei Verstand. Die Zuschauer kommen zur Vorstellung ihrer Zeitgenossen, weil in ihnen die Hoffnung lebt, ihre eigene Fehlbarkeit als typisch menschlichen Makel zu enttarnen, den nicht sie allein zu verantworten haben. Die Lust am Versagen lockt sie aus ihren Kammern, sie gieren nach dem Scheitern der Anderen. Sie kommen nicht, weil sie den Schauspielern das Heldentum wünschen, sondern weil sie sich an deren Untergang ergötzen wollen. Versager sind leichter zu übertrumpfende Vorbilder.

Bei Judiths Video hatte Oskar mehr als versagt. Seine Finger konnten die Datei nicht öffnen, weil sein ganzer Körper ahnte, was er gleich zu sehen bekommen sollte. Beihilfe zum Mord. Immer, wenn Oskar dachte, dass er den größten Fehler seines Lebens schon begangen und ausreichend Buße getan hatte, enttarnte das Leben einen noch größeren. Dieser hier war unverzeihlich.

Mühsam drückte Oskar seine Augen auf und quälte seinen rechten Zeigefinger zu einem Klick auf die Maustaste. Abscheu huschte über sein Gesicht.

Auf dem Bildschirm öffnete sich ein neues Fenster. Das Vorschaubild des Videos zeigte einen verschneiten Hinterhof. Oskar startete den Kurzfilm und blickte auf die silbernen Mülltonnen, die einsam an der Wand lehnten und das Gewicht der Schneemassen stemmten. Bis zwei Männer von rechts ins Bild stürmten. Ihr Streit schien lautstark, sie gestikulierten wild. Der eine sah in seinem verwaschenen Kapuzenpullover aus wie ein Arbeiter, der andere in seinem beigen Wintermantel wie ein Unternehmer. Kleider machten Leute. Der eine hätte der Angestellte des anderen sein können.

Diese Gedanken waren Oskar durch den Kopf geschossen, als Robin ihm das gleiche Video im März desselben Jahres per Mail geschickt hatte. Robin hatte geschrieben, er hätte die Aufnahme von einem Freund zugespielt bekommen und könnte den Verfasser des Videos deshalb nicht zu dem verlorengegangenen Ton befragen. Robins Mail hatte Oskar in dem Glauben gelassen, die Aufnahme würde den Chef einer anderen Künstleragentur zeigen, wie er einen seiner Mitarbeiter zur Rede stellte. Obwohl ihm dieser Typ im schwarzen Kapuzenpullover bekannt vorgekommen war, hatte Oskar Robins Darstellung vertraut, dass dieser andere Agenturchef zufällig den skandalösen Betrug dieses Mitarbeiters entdeckt und ihn nun vor versteckter Kamera damit konfrontiert hätte. Oskar hatte angenommen, Robins Anliegen wäre es, über einen strauchelnden Konkurrenten informiert zu bleiben, um ihm im Ernstfall seine Klienten abzuluchsen. Seine Karriere hatte ihm schon zu Studienzeiten, als er noch von ihr geträumt hatte, alles bedeutet. In seinem Irrglauben hatte Oskar getan, was sein alter Freund ihm aufgetragen hatte und Robin geschickt, was er dem Gespräch von den Lippen hatte entnehmen können. Spätestens an dieser Stelle hätte er stutzig werden müssen. Robins Geschichte und das Video passten nicht wirklich zueinander. Doch Oskar hatte nur einen Gedanken gehabt: Er hatte schon wieder die Hölle aufziehen sehen, die ihn beständig bis ins Paradies verfolgte. Er hatte seinem alten Leben keine Chance geben und Robin schnellstmöglich wieder loswerden wollen.

Dabei hatte er das Offensichtliche übersehen. Robin war

bloß deswegen derart am Ton des Videos interessiert gewesen, weil der Typ im beigen Wintermantel nicht der Chef einer anderen Agentur, sondern ein wissbegieriger Journalist war. Und der dicke Kerl im Kapuzenpullover wahrscheinlich Robins Mitarbeiter oder Helfer. Womöglich dieser Kleinkriminelle aus ihrem Jahrgang, dessen Name Oskar entfallen war. Das Gesicht jedenfalls erinnerte ihn an ein Foto im Jahrbuch.

Und jetzt war der Journalist tot. Nicht irgendeiner, sondern Judiths Mann. Gestorben bei einem Autounfall. Oskar waren das zu viele Zufälle. Er war sich sicher, dass er Beihilfe zum Mord geleistet hatte. Seine Antwort an Robin hatte Judiths Mann das Leben gekostet und ihres mal wieder zerstört.

»So eine Scheiße!«, brüllte Oskar. Er packte seinen Laptop und hämmerte ihn auf den Schreibtisch. »Verdammte Scheiße!«

»Was ist passiert?«, rief Enya. Ein Wasserglas ging zu Bruch, Stuhlbeine rutschten über den Balkonboden.

»Was bin ich für ein bescheuerter Idiot?«, schrie Oskar.

»Jetzt beruhig dich doch«, flehte Enya. Sie glitt durch den Vorhang und packte Oskars Hände.

Oskar riss sich los und hetzte zu seinem Kleiderschrank. Er wühlte Enyas Reiserucksack aus der Ablage und verteilte den Inhalt auf dem Zimmerboden. Dann stopfte er wahllos Sachen aus seinem Fach in die Tasche. Socken, T-Shirts, Unterhosen, Hemden. Er fluchte ohne Unterbrechung.

»Was geschieht hier?«, fragte Enya.

»Keine Zeit für Erklärungen«, motzte Oskar. Er stopfte noch mehr Sachen in den Rucksack. »Du musst hier die Stellung halten, während ich weg bin.«

»Die Stellung halten?«, fragte Enya überrascht. Sie stellte sich Oskar in den Weg. »Warum? Wieso? Wo gehst du hin?«

»Später«, antwortete Oskar und drängte sich an ihr vorbei ins Bad. Er kehrte mit seiner Zahnbürste in der Hand zurück und warf sie in den Rucksack. Er schulterte ihn, nahm sein Portemonnaie vom Regal und drückte Enya im Vorbeigehen einen Kuss auf die Wange. »Tut mir leid, du solltest mich nicht so erleben müssen. Aber ich bin ein Dummkopf.«

»Wann kommst du wieder?«

»Wenn ich meinen Fehler korrigiert habe.«

»Sie haben übrigens Besuch«, flüsterte Samira Aziz.

»Wie bitte?«, fragte Robin. Er hätte schwören können, dass seine Sekretärin nur ihre Lippen geöffnet und geschlossen, aber kein Wort gesprochen hatte.

»Ein Freund von Ihnen stand heute Morgen vor der Tür. Er wartet seit zwei Stunden in Ihrem Büro auf Sie.«

Robins Herz sprang aufs Gaspedal. Er hastete an seiner Sekretärin vorbei zu seiner Bürotür, knallte sie auf und sprintete zur Vitrine hinter seinem Schreibtisch. Er schob das staubige Glas beiseite, packte den Lego-Transporter und öffnete die Seitentür. Der USB-Stick lag noch unter der Sitzbank. Robins Herz stieg auf die Bremse.

»Sie können hier nicht einfach jeden reinlassen«, fluchte Robin. »Es hätte auch einer dieser Pressegeier sein können, die sich in meinem Büro nach weiteren guten Geschichten umsehen wollen.«

»Bin aber nur ich«, tönte es vom Sofa. Mirko hatte die Füße auf die Lehne gelegt und die Hände vor dem Bauch verschränkt. Er sah verschlafen aus.

Robin blickte auf den schwarzen Kapuzenpullover, unter dem sich auf Bauchhöhe ein kleiner Hügel abzeichnete.

»Bin nur zum Reden hier«, sagte Mirko. Er schwang sich vom Sofa und schloss die Tür.

Robin fühlte, wie die Ohnmacht in seinen Körper zurückkehrte. Ihm war, als hätte der Regisseur dieses Sonntagabendkrimis ihm heute ein paar Stunden Freiraum eingeräumt, um zu schauen, wie sich Robin schlug, wenn er ganz auf sich gestellt war. Die Attacken auf Stefan Brantners Doppelgänger und Samira Aziz schienen dem Regisseur nicht gefallen zu haben. Nun hatte er das Experiment vorzeitig abgebrochen und seinen Protagonisten wieder vor die Kamera geschickt. Mirko wusste, was zu tun war. Der würde die Sache schon richten. Er knallte ein Buch auf den Tisch. *Schmackhafte Gedankenspiele. Ein literarisches Kochbuch.*

»Was soll ich damit?«, fragte Robin.

Mirko schlug wahllos eine Seite auf. »Mir sagen, was das für'n Mist ist.«

»Ein Kochbuch«, antwortete Robin.

Mirko zeigte auf das Rezept. »Wie lächerlich. ›Aufgedonnerter Burger mit Bratlingen aus Hülsenfrüchten.‹ Ich lach mich kaputt.«

»Schmeckt lecker«, sagte Robin.

»Schon klar, dass du so'n Scheiß frisst.«

Robin schwieg.

»Egal. Find das hier sowieso interessanter«, murmelte Mirko. Dieses Mal blätterte er eine Seite auf, bei der er zuvor die Ecke umgeknickt hatte.

Robin zog das Kochbuch zu sich heran.

Pseudonym

Unser Tag erwachte in einstudiertem Fortgang. Papas Motivation erlag dem Zauber der Bettdecke, mein nach Schlaf lechzender Körper duellierte sich im Bad mit den heilsamen Wasserstrahlen, Mama durchstreifte das Haus mit einer Kaffeetasse. Der Duft lockte Papa und mich auf die Treppe. Er hüpfte zum Briefkasten, ich schmierte mit Mama Brote. Meine Gedanken schwebten davon und inszenierten den Tag, planten Erfolge, rüsteten sich gegen Störungen. Doch der nächste Angriff traf sie unvorbereitet.

Der kleine Zeiger tänzelte auf die Sieben, als meine Familie am Frühstückstisch auseinanderbrach. Über die erprobte Ruhe fegte ein Sturm hinweg.

Papa schmetterte die Tageszeitung auf den Boden, seine Verzweiflung riss Mama und mich von unseren Stühlen. Ihre Käseschnitte stieg in die Luft, mein Marmeladenbrot flutschte mir zwischen Daumen und Zeigefinger hindurch.

Die Brote wirbelten zwischen unseren Köpfen umher, zwei talentierte Zeitgenossen. Mamas schlug einen Flickflack nach dem anderen, meines drehte elegante Pirouetten. Ihre Show war ein verbitterter Wettkampf, der Boden nahte, klatsch, klatsch, die Punktvergabe. Mamas Brot siegte.
In Papas Gesicht klebte Marmelade. Mein Weizengebäck hatte seine Turnübung auf Papas Nase beendet. Ein Stück Erdbeere verstopfte ihm den Mund, durch seine rechte Augenbraue waberte Gelee. Doch Papa lächelte mich vom Boden an. In seinem sanften Gesichtsausdruck steckte eine unverwechselbare Lebensfreude. Die Aufdringlichkeit der Schrift über seinem Kopf wollte nicht recht dazu passen.
Identität des Schriftstellers enthüllt!
Ich sah von Papas marmeladenverschmierten Gesicht auf dem Boden zu Papas Gesicht am Tisch. »Beim Einkaufen«, stöhnte er, wollte sprechen, doch erbrach Halbsätze. »Dieser Mann, mein klares und kantiges Gesicht, es würde in seine Studie passen, er fotografierte.« Seine Stimme überschlug sich, sie turnte wie kurz zuvor unsere Brote. Er rollte die Augen nach rechts und starrte zu Mama. »Vorbei, der Schriftsteller tot.«
Es war fünf Jahre her, dass der Schriftsteller in das Scheinwerferlicht der literarischen Bühne getreten war. Er hatte damals über eine junge und überaus talentierte Pianistin geschrieben, die einen einundachtzigjährigen Serienmörder liebte. Entsetzen bei ihren Freundinnen, Entrüstung in der Familie. Doch die junge Schönheit konnte ihre Gefühle derart mitreißend erklären und eine unvergleichliche Beziehung zwischen Politik, Alter, Musik und Kriminalität beginnen, dass die Feuilletons sogar dann noch verzaubert waren, als sie ihrem Geliebten in der Fortsetzung des Romans, getrieben von ihrer Leidenschaft, die Augen mit einem Gewehr zerschoss. Was der Schriftsteller fortan tat, wurde zelebriert. Doch er versteckte sich von der ersten

Sekunde an vor diesem Rummel hinter einem Pseudonym. Die Presse schimpfte, weil sein Verlag Interviewanfragen mit der Begründung ablehnte, der Schriftsteller wolle der Herr seiner eigenen Welt bleiben.

Doch soeben hatte er die Herrschaft verloren. Dem Namenlosen waren die Annehmlichkeiten seiner Anonymität entrissen worden. Vor einer Woche noch konnte er zu Hause über das Leben sinnieren, ohne beim Verkauf von Immobilien damit belästigt zu werden. Er konnte an seinem Schreibtisch die Welt erkunden, ohne sich bei Wohnungsbesichtigungen vor neugierigen Lesern dafür rechtfertigen zu müssen. Der Schriftsteller konnte zu Hause bleiben, wenn Papa arbeiten ging. Doch jetzt hatte der Schriftsteller einen Namen, jetzt würde er sich nicht mehr verstecken lassen.

Wer einen Namen hat, muss sich für seine Gedanken verantworten, für seine Schlussfolgerungen freisprechen, für seine Überzeugungen einstehen. Er muss erklären, was ihn antreibt. Traurige Kindheit? Liebesprobleme? Traumhafte Kindheit? Liebesglück? Wer einen Namen hat, muss sich von dem Gedanken verabschieden, dass seine Fiktion allein Fiktion sein kann, dass seine Kreativität kein Trauma ist. Er muss beweisen, dass er ohne Wein und Koks aus simplen Worten geniale Sätze kreieren kann, muss aushalten, dass sein Werk nur noch mit seiner Person gedacht wird. Der Schriftsteller bekommt einen Namen im Austausch gegen seine Freiheit. Er wird in ein Gemälde verbannt, das die Gesellschaft von ihm zeichnet, weil es den Betrachtern gefällt, nicht dem Porträtierten.

Papa erhob sich vom Tisch. Seine Beine zitterten unter dem Gang der Endgültigkeit. Seit der Geburt des Schriftstellers hatte er sich jeden Tag auf diesen Moment vorbereitet, hatte studiert, wie er sich gegen diesen Angriff auf seine Leidenschaft verteidigen konnte. Das Ergebnis war

Oskar sah dem Jungen zu, wie er das Magazin aufklappte und Nina Agdals Brüste streichelte.

»Auch eine scharfe Braut«, quiekte er.

»Du bist maximal sechzehn«, lachte Oskar.

»Fünfzehn.«

»Oh, dann wird sie wohl nicht mit dir schlafen dürfen.«

»Aber mit diesem Penner bumst sie doch auch!«

»Sieh dich vor, Kleiner!«, mahnte Oskar.

»Warum vergöttern alle diesen reichen Schönling?«, fragte das Sommersprossengesicht. »Was hat der denn?«

Oskar stampfte mit den Füßen auf den Boden. »Er ist ein hervorragender Schauspieler.«

»Ehrlich? Welche seiner Filme sind denn wirklich gut?«

»Mindestens jeder zweite.«

»Ich glaub, Sie geilen sich auch nur an den Models auf, mit denen er abhängt«, quiekte der Junge und legte seinen Arm um Oskars Schultern. »Keine Angst, ich hol mir von denen auch manchmal einen runter.«

Oskar packte den Jungen am Kragen und zog ihn zu sich heran. »Jetzt pass mal auf, du Spinner.«

»Habe ich Sie jetzt gekränkt?«, hauchte der Junge, während er um Luft rang.

»Besorg dir lieber eine echte Freundin, du Spargeltarzan«, fauchte Oskar. Er löste seinen Griff. »DiCaprios Mädels sind selbst zum Wichsen eine Nummer zu groß für dich.«

»Schon okay«, stammelte der Junge und stolperte davon.

»Warte«, rief Oskar.

»Ich komm nicht wieder. Versprochen.«

»Du hast was vergessen.«

Der Junge kehrte um. Er blieb im Sicherheitsabstand von einem Meter vor Oskar stehen.

Oskar wedelte mit der Klatschzeitung. »Nimm doch bitte noch dein Pornoheftchen mit.«

Der Sitz mit der Nummer *18F* kam Oskar Kuhn vertraut vor. Er war seit Jahren in keinem Flugzeug mehr gewesen, aber den Platz in der achtzehnten Reihe rechts direkt am Fenster hatte er nie vergessen. Jedes Mal hatte er ihn früher gebucht, wenn er mit dem Geld, das seine Großeltern – die einzigen Menschen, von denen er sich vor seiner Flucht verabschiedet hatte – ihm schickten, von der Insel aus in die Welt aufgebrochen war. Keine Heimat mehr kennen, unterwegs zu Hause sein. Das sollte damals zu seinem Lebensmotto werden, mit diesem Traum hatte er Deutschland verlassen. Doch die Insel war ihm schneller ans Herz gewachsen, als ihm zu jener Zeit lieb war. Nach einem Ausflug ins australische Outback, einer Tour durch die isländischen Gletscher und einer Wanderung durch die chilenische Atacama-Wüste blieb er seiner neuen Heimat auf Samos treu. Statt das Geld seiner Großeltern weiter mit teuren Flügen zu verprassen, legte er es in Aktien an. Auch ihr Erbe, das ihm ein Jahr später zuteilwurde, steckte er in Wertpapiere. Mittlerweile hatte er auf diese Weise knapp einhundertfünfzigtausend Euro zusammen.

Oskars Großeltern wären auf die neue Bescheidenheit ihres Enkels sicher stolz gewesen. Sie kamen aus einer anderen Generation, die Zurückhaltung war ihre Devise. Der Krieg steckte den Menschen in den Knochen, die Sparsamkeit war das Gebot der Stunde. Sie wuchsen nicht wie Oskar in einer Zeit des Saus und Braus auf, die ihnen unzählige Möglichkeiten bot, sondern mussten sich mit dem simplen Überleben begnügen. Trotzdem sparten sie ein Polster an, das die gewaltigen Kosten ihrer Beerdigung unbemerkt auffing. Sie hatten Oskar sogar über ihren Tod hinaus jegliche Last erspart und ihm auf diese Weise Demut gelehrt. Seit der Beerdigung vor sieben Jahren hatte er die Insel nicht mehr verlassen.

Die Maschine erreichte die endgültige Flughöhe, das Licht hinter den Symbolen mit den Gurten erlosch. Sofort klackten die Schnallen. Oskars Nebenmann drängte die Frau auf dem

Platz am Gang zum Aufstehen. Die ältere Dame schüttelte genervt den Kopf, legte ihr Buch beiseite und quälte sich aus ihrem Sitz. Der Drängler verschwand auf der Bordtoilette.

Oskar legte seinen Kopf auf die Lehne des Sitzes und blickte durch das Fenster des Flugzeuges auf die Landschaft aus Watte. Normalerweise half ihm dieser Anblick beim Einschlafen, deswegen liebte er diesen Sitzplatz am Fenster. Doch dieses Mal projizierte sein Gehirn Bilder auf die weiße Fläche. Oskar sah den Mann im beigen Wintermantel mit dem Kerl im schwarzen Kapuzenpullover ringen. Er sah den bulligen Kleinen den schlanken Großen gegen die Mülltonnen schleudern. Er sah den Verlierer der Auseinandersetzung in seinem Auto davonfahren und im Straßengraben landen. Oder gegen einen Baum prallen. Oder in ein anderes Auto rasen. Die Szenarien flackerten vor seinen Augen. Am Ende eines jeden Kurzfilms lag der Mann tot auf der Straße, Blut floss über den Asphalt, Autos überfuhren den Leichnam. Judiths Mann. Robert. Er starrte Oskar direkt in die Augen. Oskar schrie.

»Alles in Ordnung?« Die Frau auf dem Platz am Gang beugte sich zu Oskar.

»Alles gut«, log Oskar. Dabei hätte er sich kaum schlechter fühlen können. Was war ihm da bloß für ein Fehler unterlaufen? In seiner Abneigung gegenüber seinen Freunden und seiner Vergangenheit hatte er seinen Verstand ausgeschaltet und ein Verbrechen ermöglicht. Statt einen rechtschaffenen Mann bei der Enthüllung eines Skandals zu unterstützen, hatte er ihm mit seiner Tonrekonstruktion einen Freifahrschein in den Tod ausgestellt.

Der Pilot meldete sich aus dem Cockpit. Er kündigte leichte Unruhen an. Sofort kam unter den Passagieren Unruhe auf. Schnallen klackten, Getuschel überall, dann Schreie. Die Maschine sackte ab. Ein Luftloch zerstörte die Idylle des sanften Fluges und erinnerte die Passagiere an ihre Hilflosigkeit. Sie klammerten sich an ihre Sitze und kreischten, weil sie realisierten, dass sie keine Kontrolle über ihr eigenes Schicksal mehr hatten. Noch weniger als sonst schon. Das Flugzeug hätte einen Salto machen können, in die Höhe schießen, in die Tiefe stürzen, über Kopf weiterfliegen. Die Passagiere waren der Situation hoffnungslos ausgeliefert. Und das ist das Schlimmste für die Menschheit: Loslassen zu müssen, das Steuer zu übergeben, sich zurückzulehnen und den Umstand zu genießen, das andere für einen arbeiten und dabei keine Unterstützung brauchen.

Der Mensch ist dem Menschen Wolf, hat der englische Philosoph Thomas Hobbes einst geschrieben, und vielleicht geahnt, dass er seinen Jagdtrieb in der Gesellschaft eindämmen, in einem Staat halbwegs friedlich zusammenleben, nicht aber seinen persönlichen Drang nach Macht und Kontrolle ablegen kann. Denn die Jagd ist immer auch ein Ausdruck des Verlangens, dass Dinge so geschehen, wie man selbst sie geschehen lassen will. Nur wer die Geschicke lenkt, kann sich die Ohnmacht vom Leib halten. Wenn das Leben aber an den Menschen vorbeirennt, können sie unmöglich glücklich sein. Erst recht nicht in einem Flugzeug, in dem ihr Schicksal in tausenden Metern Höhe in den Händen eines Fremden liegt.

Oskar ignorierte die Lautstärke um sich herum und blickte starr auf die Wolkendecke hinab. In diesem Moment entdeckte er einen Fehler in seinem Denken. Erst gestern hatte er einen kreativen Durchbruch gehabt, die Handlung seines Romans binnen Stunden an die Zettelwand in seinem Hotelzimmer gekritzelt. Aber irgendein Puzzleteil hatte gefehlt. Oskar war nicht darauf gekommen, was es war. Aber jetzt konnte er es auf der Leinwand aus weißen Wolken deutlich sehen.

Miriam, Judith, Robin, Enya und er. Sie alle blickten aus unterschiedlichen Perspektiven auf dieses Flugzeug, sie alle sahen etwas anderes. Warum sollte das bei Geschichten nicht genauso sein? Jede Erzählung hatte mehr als einen Protagonisten, jede Entscheidung mehr als ein Opfer. Judith und Robin

»Unsere Vergangenheit interessiert uns nicht.«

»Wirklich?«

»Sehe ich aus wie Miriam?«, fragte Enya. »Komm, sag schon.«

»Nicht wirklich«, lachte Judith und plumpste rückwärts auf die Matratze. »Ich wollte schon hundert Euro darauf wetten. Vielleicht sogar mehr.«

Enya zeichnete wieder Buchstaben in die Luft. A - R.

Eine Stunde später war Judith Kirchner überzeugt, dass sie die Wette doch gewonnen hätte. Wenn auch auf Umwegen.

Enya Janssen war Miriam Hollfeld. Sie sah zwar anders aus, aber sie hörte sich genauso an. Wenn Enya über Oskars krankhafte Flucht vor Verantwortung sprach, fühlte sich Judith in die Gespräche zurückversetzt, die sie früher mit Miriam geführt hatte. Niemand hatte so ausufernd und treffend über Oskars Seelenleben philosophieren können wie sie. Enya konnte es.

Judith saß mittlerweile im Schneidersitz auf dem Bett. Ihr Blick hing an Enyas Lippen. Sie staunte über die Veränderung der jungen Polizistin. Als sie Judith die Nachricht vom Tod ihres Mannes überbracht hatte, hatte sie abgeklärt und rational gewirkt. Jetzt klang sie wie eine Philosophin, die sich schon seit Jahren mit existenziellen Fragen beschäftigte.

»Diese Insel muss etwas Magisches haben, sie dringt tief in deinen Kopf«, sagte Enya. »Als ich zwei Monate nach dem Tod deines Mannes zum ersten Mal herkam, stellte ich mir plötzlich die Frage, ob ich mich nicht vielleicht für das falsche Leben entschieden habe.«

»Du warst gut in deinem Job. Ich habe mich nach deinem Besuch besser gefühlt«, sagte Judith.

»Ehrlich?«

»Auch wenn ich es damals nicht glauben konnte, aber dein Mitleid war sicher ernst gemeint.«

»Ich hätte heulen können bei deinem Anblick.«

Judith versuchte sich an einem Lächeln. »Hast du wegen Robert aufgegeben?«

»Mein Job hat mich eingeengt«, antwortete Enya. Sie streichelte die Eule auf ihrem Hals. »Ich war seit meiner Kindheit so auf diesen Beruf fokussiert, dass ich nicht gemerkt habe, wie ich mich hinter ihm versteckt habe.«

Judith bemerkte Enyas Blick auf ihre tätowierten Finger.

»Ich habe seit meinem ersten Tag auf der Polizeischule an den Fakten geklebt wie eine Maschine und mich nur noch für meinen Beruf interessiert. Das restliche Leben fernab der Arbeit habe ich völlig vernachlässigt. Ich habe mich jeder Regel widerstandslos gebeugt, weil ich glaubte, dass meine Träume diese Aufopferung verdient hätten. Ich habe sogar die hier abgedeckt, weil es im Dienst verboten war.«

Judith schaute auf Enyas ausgestreckte Finger und betrachtete die kleinen Bildchen. Es beruhigte sie, dass Enya ihre Tattoos bei ihrem ersten Aufeinandertreffen verdeckt getragen hatte. Sie hatte schon an ihrem Verstand gezweifelt. »Wir alle haben es schwer«, murmelt sie.

»Ja, das Leben kann eine Belastung sein«, seufzte Enya. »Aber zum Glück haben wir in unserer Heimat die Möglichkeit, uns für ein anderes zu entscheiden.«

Judith nickte.

»Ich will nicht mehr den ganzen Tag für meinen Job leben und mir abends allein das Essen vom Inder um die Ecke reinschieben.«

»Stattdessen wirst du was tun?«, fragte Judith. Sie konnte den Zweifel in ihrer Stimme kaum verbergen.

»Mal sehen«, antwortete Enya. »Wahrscheinlich werde ich mir hier einen Job in einem Restaurant suchen.«

Judith nickte wieder. In diesem Moment war es eine Geste ohne Aussagekraft. Judith mochte Enya, sie war sicher eine würdige Nachfolgerin für Miriam. Doch ihre Heimat hatte eine gute Polizistin verloren. Mal wieder an die Orientierungslosigkeit. Judith wusste nicht, was sie von Enyas Wandlung halten sollte. Vielleicht steckte etwas zu viel Oskar in ihr, womöglich auch ein zu großer Schuss *Instagram*-Tina. Als Polizistin hatte Enya ihr besser gefallen.

Enya rutschte von der Tischplatte über die Kante. Sie lief zur Balkontür und spielte mit dem Piercing in ihrer Nase.

Judith deutete auf den verbeulten Laptop. »Hat er immer noch diese unkontrollierten Momente?«

Enya schob die Balkontür auf. Die Abendhitze wälzte sich in das Hotelzimmer. »Hin und wieder verliert er die Kontrolle über seine Aggressionen.«

»Warum?«

»Er will nicht darüber reden. Alte Zeiten und so.«

»Zerstört er jedes Mal Dinge?«

»Nein, dieses Mal war es heftiger«, sagte Enya. »Er ist überstürzt aufgebrochen. Ich wollte in seinem Laptop nachsehen, was ihn so erregt hat, aber leider kenne ich das Passwort nicht.«

Judith rollte sich vom Bett und schnappte sich den Laptop. Sie platzierte ihn auf dem Regal neben Oskars Dartpfeilen. Es hatte die Höhe des Stehschreibtisches in ihrem Landtagsbüro. Zu ihrer Überraschung leuchtete der Bildschirm auf, als sie den Laptop auseinander klappte. Hier und da wurde der Startbildschirm von kleinen schwarzen Quadraten unterbrochen, unten rechts in der Ecke flimmerte ein Schachbrettmuster. Doch das Eingabefeld in der Mitte des Bildschirms lag frei. Der Laptop verlangte ein Passwort. Ein Kinderspiel, dachte Judith, und tippte Miriams Namen und ihren Todestag ein. Das Eingabefeld zitterte, falsches Passwort. Judith wendete ihren Blick zur Eingangstür und erspähte die Zettel an der Wand daneben. Sie sah aus, als hätte jemand mit weißem Papier eine neue Tapetenschicht aufgetragen. Die Zettel überzog eine krakelige Handschrift, eindeutig das Gekritzel von Oskar. Es berichtete von einem Leben in zwei Welten. Die Zeichnung im Mittelpunkt der Zettellandschaft sah aus wie der Querschnitt eines Apfels. Die äußere Haut umschloss das Leben, das in ihm wohnte; das Gehäuse in der Mitte trennte die linke und die rechte Hälfte in zwei Welten. Die zwei Kerne standen für die zwei Herzen, die in dem Apfel schlugen. Die Trennlinie war hauchzart, aber trotzdem nicht zu übersehen. Judith überflog die Zeichnung. In der linken Hälfte standen Namen und Orte, die ihr vertraut waren. Miriam, Robin, Judith. Sommerinsel, Wohngemeinschaft, Waldfriedhof. In der rechten Hälfte fand sie bloß Namen und Orte, zu denen sie keine Gesichter oder Bilder kannte. Sofía, Dimitrís, Daphne. Sankt Spyridon Kirche, Berggarten, Hotelküche. In der Mitte stand nur ein einziger Name. Oskar.

»Was ist das?«, fragte Judith.

Enya lehnte im Rahmen der Balkontür und blickte von ihren Fingern auf. »Oskar arbeitet seit Jahren an einem Roman. Ich glaube, er hatte neulich einen Durchbruch.«

Judith sah wieder auf die Zettelwand. Unter dem Apfel fanden sich vierunddreißig kleine Quadrate, die in winziger Schrift von der oberen linken bis zur unteren rechten Ecke ausgefüllt waren. Über den Kästchen prangten Schlagwörter, viele wiesen mit Pfeilen auf andere, die Verbindungen überlappten sich. Manche der Quadrate waren eingekreist, Miriams Tod sogar doppelt.

»Ich sehe da nicht durch«, sagte Enya.

Judith aber hatte eine Idee. Sie tippte Miriams Namen und ihren Geburtstag in das Eingabefeld. Ein Rädchen drehte sich, die Benutzeroberfläche ersetzte den Startbildschirm.

»Echt beeindruckend«, sagte Enya. Sie trat näher und blickte Judith über die Schulter. »Fast wie bei der Kriminaltechnik.«

»Die Formel zum Glück? Lass den negativen Scheiß, konzentrier dich lieber auf das Positive«, sagte Judith. »Einer von Miriams Sprüchen.«

»Ah, daher kommen die also«, sagte Enya. »Ich glaube,

Oskar hat sie alle in sein schwarzes Notizbuch geschrieben.«

»Genau«, sagte Judith. »Miriam hat ständig solche Sprüche rausgehauen. Oskar hat irgendwann angefangen sie aufzuschreiben.«

Enya zeigte auf die zwei kleinen Rechtecke am unteren Bildschirmrand. »Öffne das mal.«

Judith klickte nacheinander auf die beiden Symbole, zwei Fenster stiegen aus ihnen empor wie der Geist aus der Flasche. Das eine nahm die ganze Fläche des Bildschirms ein und zeigte einen verschneiten Hinterhof. Das andere lag über der oberen rechten Ecke des Hofes und zeigte bloß eine schmale Leiste mit vier Buttons.

Enya legte ihren Kopf auf Judiths Schulter und blickte auf den Bildschirm. »Was ist das?«

»Du solltest dich besser fragen, woher Oskar das hat«, wisperte Judith. Ihre Stimme brach beim Sprechen. Sie schüttelte Enya von ihrer Schulter und drängte sie nach hinten weg. »Kannst du bitte kurz rausgehen?«

Als die Zimmertür ins Schloss fiel, klickte Judith das Video weg und betätigte den Startknopf in der rechteckigen Leiste. Sie kannte Oskars Angewohnheiten beim Einsprechen einer Tonrekonstruktion. Sie war zu Studienzeiten manchmal dabei gewesen, wenn er in seinem WG-Zimmer welche aufgenommen hatte. Er ging beim Lippenlesen analytisch vor, so wie es sein Großvater ihm beigebracht hatte. Es rauschte und raschelte. Oskar räusperte sich.

»Tonrekonstruktion eines unbekannten Videos im Auftrag von Robin Wagner. Erklärende Version. Nennen wir den Film: Streit in einem Hinterhof. Wir sehen zwei Männer, der etwas kräftigere aus naheliegenden Gründen nachfolgend der Dicke genannt, der drahtige und hochgewachsene als der Schlanke bezeichnet. Die Stille legt sich, die Männer stürmen fluchend ins Blickfeld. Sie streiten lautstark und gestenreich. ›Mach dich fort‹, sagt der Dicke und drängt den Schlanken in Richtung des

Hoftores. ›Ich gehe erst, wenn Sie den Betrug endlich gestanden haben‹, entgegnet der Schlanke und hält den Dicken mit seiner rechten Hand auf Abstand. Die starken Bewegungen in den Mundwinkeln der beiden Widersacher lassen erahnen, dass die Lautstärke der Auseinandersetzung jetzt steigt. ›Du blöder Kerl‹, schimpft der Dicke und erhebt den Zeigefinger. Er baut sich vor dem Schlanken auf, die Pause wirkt gekünstelt, die Anspannung in seinem Gesicht widerspricht der demonstrativen Überlegenheit. ›Müssen dich bisschen zu sehr verwöhnt haben, dass du hier den großen Max machst.‹ Wieder eine Pause, seine Mundwinkel zucken. ›Pass auf, was du sagst. Die Sache ist zu groß für dich.‹ Plötzlich packt der Schlanke den Dicken am Schlafittchen und zerrt ihn zu sich heran. Spucke fliegt durch die Luft. Dem Schlanken ist die Entschlossenheit anzusehen. ›Ich sag es Ihnen jetzt nur einmal. Ich wollte Ihnen hiermit die Chance geben, sich zu der Sache zu positionieren. Der Schaden für die Agentur wäre enorm, da sollte die Sache schon fair geklärt werden. Aber jetzt gehe ich an die Öffentlichkeit.‹ Der Spannungsabfall in seinen Gesichtszügen zeugt von Erleichterung. Als hätte er soeben ausgesprochen, was er schon lange auszusprechen versuchte. Doch die Freude währt nur kurz. Mit einem Ruck befreit sich der Dicke aus seiner misslichen Lage und stößt den Schlanken gegen die Mülltonnen. Schnee fliegt durch die Luft. ›Jetzt hör mal zu, du Penner. Wenn du die Sache mit Stefan Brantner öffentlich machst, ramm ich dich gegen einen Baum! Verstanden?‹ Der Dicke deutet mit der Linken zum Tor am Ende des Hinterhofes. Beide Männer verschwinden in unterschiedliche Richtungen aus dem Bild. Eine Minute später endet das Video ohne weitere Worte.«

In Judiths Körper tobte ein Kampf der Gefühle. Gerade prügelte das Entsetzen auf die Erleichterung ein. Von hinten stürmte die Wut heran.

Judiths Zweifel waren berechtigt, am Tod ihres Mannes war

etwas faul gewesen. Und das Video war der Beweis dafür. Robert musste sterben, weil er einen Skandal aufgedeckt hatte. Den Skandal, von dem Judith im Radio gehört hatte. Alle lachten über Robin Wagner, der jahrelang einen Straßenkünstler als Doppelgänger für einen toten Star engagiert hatte. Dabei kannten sie nicht einmal die halbe Wahrheit. Robin hatte nicht nur einen verstorbenen Sänger durch ein Double ersetzt. Er hatte auch einen Journalisten umbringen lassen, weil der ihm auf die Schliche gekommen war. Judiths alter Freund hatte ihren Ehemann auf dem Gewissen. Und Oskar war ein Teil dieses Komplotts.

Judith wusste nicht, was schlimmer für sie war.

29 Abbild der Venus

Mit der Literatur halte ich es anders als mit der Mode: Meistens gebe ich ihren Kreationen eine zweite Chance.

Oskar Kuhn blickte in den Spiegel. Das navyblaue Jackett saß ihm wie maßgeschneidert, das weiße Hemd lugte säuberlich darunter hervor. Die lachsroten Lederschuhe hatte er eigentlich nur gekauft, weil sie ihn an Enyas Bikini erinnerten. Jetzt aber fand er, dass sie seiner Erscheinung den entscheidenden Farbtupfer verpassten. Der Mann im Spiegel machte einen verführerischen Eindruck. Vor allem wegen seines Fünf-Tage-Bartes, der ihm diesen draufgängerischen Beigeschmack verlieh.

Zurück in seiner alten Welt hatte sich Oskar in seiner kurzen Stoffhose und dem labberigen Hawaiihemd nicht mehr wohl gefühlt. Keiner lief hier herum wie auf einer Urlaubsinsel. Also war Oskar in das nächste Modegeschäft spaziert und hatte sich ein Hemd, ein Jackett, eine passende Anzughose und ein Paar Lederschuhe gekauft. Jetzt, da er sich im Spiegel sah, fühlte er sich besser.

In Modefragen war Oskar ein Mitläufer. Schon immer hatten die Menschen um ihn herum entschieden, wie er sich kleidete. Trug seine Umgebung Hawaiihemd, Sonnenbrille und Flipflops, trug Oskar das Gleiche; hüllte sich seine Umgebung in Anzug, Krawatte und Lederschuhe, tat Oskar das auch. Äußerlichkeiten waren ihm immer genauso wichtig wie seiner Umwelt. Darauf hatte er keinen Einfluss. Obwohl er diesen Fokus auf das Aussehen hasste, erst recht seit er auf Samos lebte. Äußerlichkeiten waren für ihn Nebensächlichkeiten, von der modernen Menschheit mit einer Relevanz ausgestattet, vor deren Tobsucht selbst ein Mikropickel flieht. Einmal der Bedeutsamkeit zugeführt, kniet die Menschheit vor dem Gebot der Schönheit nieder, das aberwitzige Gehabe der Nebensächlichkeit nicht zu enttarnen im Stande, und tut Buße für jede Falte, jedes graue Haar, jeden Makel, der sie ein Stück weiter von der Perfektion entfernt. Die aufgeplusterte Nebensächlichkeit vermag einen Mann, dessen Zähne braune Flecken schmücken, in die Depression zu treiben, und sieht sich dazu ermächtigt, eine Frau, deren Nase schief im Gesicht hängt, als Hexe auf den Scheiterhaufen zu werfen. Wenn sich die Nebensächlichkeit aufbläht, wird der natürliche Verfall zur Sünde eines widernatürlichen Lebens.

Seit seiner Begegnung mit Enya interessierten Äußerlichkeiten Oskar weniger denn je. Seine neue Freundin hatte ihm nicht nur seine Vorurteile gegenüber Tattoos genommen. Das erste Mal seit Miriams Tod hatte er wieder die Frau hinter dem Körper gesehen, mit dem er schlief. Doch in Kleidungsfragen orientierte er sich nun einmal an seiner Umwelt. Und jetzt war nicht der passende Moment, um gegen das System zu rebellieren. Oskar würde gleich Judith wiedersehen und ihr gestehen müssen, dass er an der Ermordung ihres Mannes beteiligt war.

Er griff nach dem Parfum auf der Ablage. Einen Spritzer auf den Kehlkopf, linke Halsseite, rechte Halsseite, einen in den Nacken, linke Achsel, rechte Achsel, zum Abschluss einen Spritzer über die Haare. Fertig war der menschliche Teststreifen des neusten Dufts von *Armani*. Durch das Bad schwebte der Geruch von Mandarinen und Minze. Oskar verstaute sein Portemonnaie in der Innentasche seines Jacketts.

Judith wohnte nur zwei Straßen vom *Stadthotel* entfernt. Oskar war in einer ihrer Mails auf die Adresse gestoßen. Sie war am Ende der Nachricht in einer Art Visitenkarte vermerkt gewesen. Vielleicht hatte Judith mit diesem dezenten Hinweis die Hoffnung verbunden, dass Oskar sie besuchen würde, sobald er ihre Adresse kannte.

Er trat aus der Drehtür des Hotels. An den Ampeln reihten sich Autos hintereinander, Fußgängerscharen überquerten die Kreuzungen. In den Restaurants am Straßenrand klimperte Geschirr, Tische wurden gedeckt, Bier und Wein ausgeschenkt. Es duftete nach Pommes und Schnitzel. Es war kurz nach achtzehn Uhr, die Stadt verspritzte Feierabendgefühle.

Oskar schlängelte sich durch die Menschenmassen auf dem Bürgersteig. Langsam kehrte die Größe und Hektik seiner alten Welt in sein Gedächtnis zurück. Er schob sich an einem fülligen Herrn mit grauer Strickjacke und kastanienbrauner Ledertasche vorbei, überholte eine hagere Dame im gesprenkelten Hosenkleid, drängte zwei Kinder in Fußballmontur gegen eine Hauswand und wich dem Fahrrad von Jesus aus. Der drahtige Mann mit dem langen, braunen Haar und dem weißen Tuch musste einfach Gottes Stellvertreter auf Erden sein. Oskar starrte ihm nach und stieg dabei einer hochgewachsenen Frau in samtgelber Bluse auf die schwarzen Stöckelschuhe. Sie stürzte und verschwand in der Menschenmenge.

Oskar kämpfte sich seitwärts in einen Hauseingang. Sein Schritt entschleunigte sich. Durch einen Torbogen aus Ziegelsteinen gelangte er in einen Hinterhof, der seine Besucher von der Stadthektik auf das Landleben umstimmte. Zwischen den verwaschenen Häuserfronten erstreckte sich eine kleine, grellgrüne Wiese. Darüber hing eine Wäscheleine zwischen zwei schmächtigen Linden. Dutzende Socken schaukelten im Wind, der durch den Torbogen in den Innenhof pfiff. Vor einem der Bäume knieten Kleinkinder im Gras und kicherten. Oskar blieb in ihrem Rücken stehen und begutachtete, wie sie drei Regenwürmer mit ihren klobigen Fingern zerquetschten. Der Duft ihrer Windeln erinnerte ihn an die Kuhweide am Stadtrand, auf die ihn sein Großvater in Kindertagen immer sonntags mitgenommen hatte.

Er durchquerte den Hof und verließ ihn durch den Torbogen auf der anderen Seite. Der Durchgang führte in eine

zenpullover wie im Video. Die Pfunde waren bei ihm etwas unregelmäßiger verteilt als bei Robin, der trotz seines Körpergewichts nicht mollig wirkte, weil er die überzähligen Kilos mit seinem modischen und gepflegten Auftritt kaschierte. Eine Eigenschaft, die ihn schon immer ausgezeichnet hatte. Mirko dagegen – Oskar war sich plötzlich ziemlich sicher, dass er so heißen musste – war das Leben im Untergrund deutlich anzusehen. Seine Haut war zerklüftet, die Haare fettig, die Finger ramponiert.

»Was willst du hier?«, raunte Mirko.

Schlagartig wurde Oskar bewusst, dass seine Schuld weitaus größer war, als er angenommen hatte. Robin saß neben Mirko wie das hörige Kind neben seinem herrischen Vater, in Erwartung einer Ansage, was als Nächstes passieren sollte. Sein alter Freund war der Gegenentwurf zur Selbstbestimmung, eine wehrlose Puppe. Oskars Wut hatte dem Falschen gegolten. Natürlich hatte Robin keinen Mord befehligt. Wie er da auf dem Fensterbrett lümmelte, den Anzug frisch aus der Reinigung, die Haare mit Gel zur Seite gelegt, die Holzuhr lässig ums Handgelenk geschnallt, hätte er auch eines dieser Fotomodelle von den Plakaten am Straßenrand sein können. Die pure Arroganz. Doch wenn Oskar in Robins Gesicht blickte, erkannte er die Furcht eines Getriebenen, die Qual eines Mitläufers, der in steter Angst um seine Besitztümer lebte.

»Hallo?« Mirko warf seinen Zigarettenstummel auf Oskar. »Ja, dich mein ich.«

»Du willst echt wissen, was ich hier zu suchen habe?«, blaffte Oskar. »Ich bin hier, um meinen Freund vor dir zu retten.«

»Er braucht deine Hilfe nicht«, pöbelte Mirko.

»Das sehe ich anders!«, donnerte Oskar.

»MAUL HALTEN!« Mirko zückte eine Pistole und richtete sie auf Oskar.

30 Tanz auf der Reling

Ein einziger Mensch kann das ganze Leben eines anderen verändern, dem Lauf der Dinge eine Wendung geben, die Medaille umdrehen, das Spiel noch einmal neu starten, allem wieder einen Sinn geben. Oder genau das Gegenteil bewirken.

Judith Kirchner stocherte mit der Gabel im Angebot des Tages. Eine gigantische Grillplatte mit Pommes, Zaziki und Salat. Die halbe Zitrone lag ausgequetscht neben dem Teller, auf dem sich das Fleisch zu Bergen auftürmte. Den Versuch, den Geschmack der toten Tiere mit dem Saft der Zitrusfrucht zu überdecken, hatte Judith für gescheitert erklärt und lediglich die zwei Rindfleischröllchen aus dem Fleischhaufen gepickt. Das Schweinesteak sah ihr zu fettig aus, das Ziegenfleisch stank ihr zu sehr nach Ziege.

An normalen Tagen hätte Judith die Grillplatte sicher geschmeckt, aber dies war kein normaler Tag, ganz im Gegenteil. Judith hatte die beiden letzten Menschen verloren, die ihr in diesen schweren Zeiten allein durch ihre bloße Existenz Halt gegeben hatten. Robin und Oskar waren ihre Freunde, was auch immer seit Miriams Tod passiert sein mochte. Darin war sich Judith stets sicher gewesen. Jetzt musste sie feststellen, dass die Pfeiler, die das Fundament ihres Daseins stützten, weggebrochen waren. Ihre Welt war ins Wanken geraten.

Eigentlich hatte Judith nur ein Glas Weißwein trinken wollen, ein großes, am besten eine ganze Flasche, hatte sie dem Kellner gesagt. Doch der hatte darauf bestanden, dass sie dazu noch eine Grillplatte bestellte, weil Judith seiner Meinung nach schwach und abgemagert aussah. Genau der richtige Zustand für eine Grillplatte. Judith hatte diskutieren und dem Kellner verständlich machen wollen, dass sie keinen Hunger hatte. Aber der hatte eingewandt, dass sie das Essen dringend bräuchte und der Koch ihr eine kleine Portion zubereiten würde. Typisch griechisches Understatement.

Judith spießte mit der Gabel zwei Pommes auf, schleifte sie durch den Zaziki und schob sie sich in den Mund. Für eine Grillplatte musste man nicht im richtigen Zustand, sondern der richtige Mensch sein. Fleischverliebt und nimmersatt, leider keine von Judiths Charakterzügen.

Wenigstens hatte ihr der Kellner den Wein gebracht, einen echten Samos. Judith war sich sicher, dass ihr Geschmackssinn nach fast einer Flasche an Feinheit verloren hatte. Trotzdem nahm sie den Rest der blassgelben Flüssigkeit in einem Schluck und verteilte ihn mit ihrer Zunge in ihrem Mund. Sie zog etwas Luft ein, wie sie es bei einer Weinprobe gelernt hatte. Die angenehme Süße harmonierte mit der erfrischenden Säure, die wunderbar zu den Aromen von Muskatnuss und Orange und der samtigen Textur passte. Judith schluckte den Wein herunter. Der Nachhall war kurz, aber intensiv. Ein versöhnlicher Abschied, ein akzeptables Ende.

Judith schob ihr leeres Glas über die gelbe Riesenserviette, mit denen die Griechen ihre Tische abdeckten und so, vermutlich ungewollt, den großmütterlichen Charme ihrer Tavernen abrundeten, bis zur Tischkante ihr gegenüber. Ein Zeichen für den Kellner, dass sie noch eine Flasche brauchte. Alkohol war keine Lösung, gerade aber ein willkommenes Abwehrschild für Judith. Der Alkohol errichtete eine Mauer zwischen ihr und den Gedanken, die ihr seit der Begegnung mit Enya im Hotel hinterherjagten. Noch war die Mauer zu niedrig, noch konnten die Gedanken sie überwinden.

Was hatte das Atmen jetzt, wo Judith niemandem mehr vertrauen konnte, noch für einen Sinn? Vertrauen war für sie ein wertvoller Besitz, den sie seit Jugendtagen sehr restriktiv verschenkt hatte. Nur vier Menschen hatten ihr Vertrauen in all den Jahren erobern und zu den Stützpfeilern ihres Daseins werden können. Sie alle hatten es verspielt, sie alle hatten Judith hintergangen. Robert, der einzige Mann, der ihr je das Gefühl von Liebe entgegengebracht und dem Judith blind vertraute hatte, war irgendwann vom Weg der Wahrheit abgekommen und hatte heimlich an der Enthüllung eines Skandals gearbeitet, obwohl er Judith sein Wort gegeben hatte, keine Geheimnisse vor ihr zu haben. Erst recht nicht solche, die er mit seinem Leben bezahlen musste. Ermordet durch Robin, den Judith einst Freund nannte, dem aber mittlerweile seine Karriere wichtiger geworden war als die alte Verbundenheit. In seinem Egoismus schreckte er sogar vor Gewalt nicht mehr zurück. Und auch der dritte Mann in Judiths Leben hatte ihr Vertrauen missbraucht. Statt Robins Wahn zu unterbinden, hatte Oskar Beihilfe zum Mord geleistet, weil das der effektivste Weg war, um sein altes Leben auf Distanz zu halten. Miriam, die vierte Stütze in Judiths Leben, hatte sich schon vor Jahren von dieser Welt verabschiedet und das Elend mit ihrem wehrlosen Abgang überhaupt erst eingeleitet.

Judith griff sich ein Hähnchenbrustfilet aus dem Fleischberg und stopfte es sich in den Mund. Im Augenwinkel erhaschte sie den Blick des Kellners. Er hatte die Hände hinter dem Rücken verschränkt und schaukelte mit dem Oberkörper von der einen Seite zur anderen. Die Taverne hatte keine anderen Gäste, die er bedienen konnte. Die Botschaft mit dem Weinglas hatte er trotzdem noch nicht verstanden. Judith schielte zu ihm herüber und zerkaute dabei das Fleisch. Die Fasern stapelten sich auf ihrer Zunge übereinander, ihre Backen wölbten sich nach außen. Die Marinade schmeckte nach Tomate und Chili. Judith ließ eine Fleischportion ihren Rachen hinab gleiten. Am liebsten hätte sie den Rest wieder ausgespuckt, doch der Kellner lauerte im Augenwinkel.

Judith war immer stolz darauf gewesen, dass sie ihre Gefüh-

Hosenanzug, den sie früher immer an besonders herrlichen Sommertagen getragen hatte. Sie schwang ihren Körper um eine der schmalen, schwarzen Straßenlaternen und kletterte an ihr hinauf. Ihr Lachen erhellte die Hafenpromenade.

Judith rieb sich die Augen. Wo kam ihre Freundin plötzlich her? Wo war sie all die Jahre gewesen? Miriam glitt an der Laterne hinab und löste ihre Umarmung. Sie hüpfte über die Uferpromenade auf die Hafenbucht zu, die in einem seichten Abendlicht lag. Die leichte Meeresbrise verwirbelte Miriams dunkles, langes Haar. Der Wind verbeulte den Stoff ihres Hosenanzugs.

Judith sprang auf. Glas zerschellte auf dem Pflaster der Taverne. Der Kellner eilte mit einem Besen zum Tisch und fegte die Scherben zusammen, die soeben noch Judiths Weinglas gewesen waren. Auf einmal kehrte Leben auf der Straße ein: Autos verschluckten die Stille an der Uferpromenade, Motorräder schlängelten sich durch die Blechkolonnen, Hupen tönten, Abgase lagen in der Luft. Miriam verschwand zwischen buntem Metall, ihre Umrisse flackerten.

Judith starrte zwischen den Autos hindurch auf ihre Freundin, die im schwachen Licht einer Laterne barfuß über die Kaimauer tänzelte, hinter der die Boote und Schiffe lagen. Der Kellner packte Judith am Arm. Die Autos fuhren schneller als erlaubt, Motorräder wendeten im rollenden Verkehr. Der Kellner fluchte und erhob seinen Zeigefinger.

Miriam deutete mit ihren Händen auf das Meer, das sich hinter ihr aus der Hafenbucht wälzte, bevor es sich zu einem endlosen Wasserteppich ausbreitete. Judith verstand es als Aufforderung. Vielleicht wollte Miriam mit ihr schwimmen gehen, vielleicht entführte sie ihre Freundin in eine bessere Welt, ihre Welt, in der *sie* die Regeln machte und die Menschen mit ihrem Charme, ihrer Begeisterungsfähigkeit und ihren schlauen Sprüchen zusammenhielt. Jene Welt, die Judith vor acht Jahren verloren gegangen war. Sie konnte sie jederzeit wiederhaben. Nie war ihr dieser Gedanke so klar erschienen wie jetzt.

Bei Menschen mit Kindern und Verpflichtungen hatte sie diese Option stets abgelehnt. Man sollte die Entscheidung über Leben und Tod nicht nach egoistischen Maßstäben treffen. Man selbst geht und befreit sich von allen Sorgen, aber die anderen müssen bleiben und mit den Folgen zurechtkommen. Ein Kind darf nicht seiner Mutter beraubt und mit dem Vater zurückgelassen, eine Frau nicht von ihrem Mann zur Witwe gemacht, ein Leben mit Wert und Kraft nicht weggeworfen werden. Aber was hatte Judiths Leben jetzt noch für einen Wert? Wo war ihre Kraft geblieben? Sie hatte keinen Mann, erst recht keine Kinder. Nicht einmal mehr Freunde. Da war niemand, der Einspruch gegen ihre Entscheidung erheben konnte.

Der Kellner zog Judith am Arm zurück in die Taverne. Neben ihrem Tisch ließ er sie frei, schnappte sich Besen und Schaufel und kniete sich auf die Pflastersteine. Er drehte den Blick von Judith auf den Scherbenhaufen.

Judith starrte auf Miriams flackernde Umrisse, die jetzt über die Kaimauer rasten. Ihre Freundin machte einen beherzten Satz nach vorn und landete auf einem feuerroten Boot. Sie sprang über Deck und drehte Pirouetten in der Luft. Das Boot wackelte auf den Wellen, die in die Meeresbucht herein rauschten. Miriam kletterte auf die Reling und riss die Arme in die Luft. Ihr Körper neigte sich über das Geländer.

»Miriam, nein!«, rief Judith. Ihre Freundin drohte ins Wasser zu stürzen und zu ertrinken. Sie war doch noch so klein. »Miriam, komm zurück!«

Judith rannte los. Autos hupten, Bremsen quietschen. Judith wollte zu ihrer Freundin, endlich wieder bei ihr sein. Fleisch knallte auf Metall. Judith wollte ihre alte Welt zurück. Reifen brannten auf dem Asphalt. Die Welt mit Miriam. Knochen brachen. Eine Welt ohne Probleme. Die Autos kamen zum Stehen. Ein Motorradfahrer sprang von seinem Gefährt und landete neben einem leblosen Körper auf der Straße.

Zwei Hafenwächter eilten über die Uferpromenade zu einem feuerroten Boot und holten ein kleines Mädchen von der Reling.

31 Tobende Katzen

Vor jeder Freundschaft kommt der Streit. Erst an dieser Weggabelung trennen Liebe und Hass ihre Verbrüderung.

Robin Wagner zog an seiner Zigarette und staunte. Oskar hatte sich verändert. Das Haar war buschiger als früher, fast gelockt, seine Haut braungebrannt. Das navyblaue Jackett und das weiße Hemd harmonierten mit seiner wilden Frisur. Die lachsroten Lederschuhe verliehen diesem Mann das Potenzial, nachhaltig Eindruck zu hinterlassen.

»Arschloch«, murmelte Robin.

»Selber«, fauchte Oskar.

Robin warf seine Zigarette aus dem Fenster. Oskar mochte zwar anders aussehen, aber er verhielt sich noch immer wie dieser arrogante Kerl, den Robin in den dunkelsten Ecken seiner Erinnerungen beherbergte. Er marschierte nach Jahren der Abwesenheit in Robins Büro und beleidigte ihn. Gleich würde er ihm sicher irgendwelche Vorschriften machen oder seine Fehler anprangern.

»Wir müssen über Judith reden«, sagte Oskar.

»Ach, ja?«, fragte Robin. »Müssen wir das?«

»Ich denke schon«, sagte Oskar. Er schielte zu Mirko und blickte in den Lauf der Pistole. »Immerhin hast du ihren Mann umgelegt.«

Plötzlich rutschte Robin von der Fensterbank und riss Mirko die Pistole aus der Hand. Er blieb stehen und richtete sie auf Oskar. Seine Hände zitterten.

»Was soll das?«, fragte Oskar.

»Ab jetzt stell ich hier die Fragen!«, brüllte Robin. Er fuchtelte mit der Waffe durch die Luft.

»Das Ding ist geladen«, knurrte Mirko.

»Halt deine Fresse!«, schrie Robin.

»Hör auf damit«, bettelte Oskar.

»Warum bist du gekommen?«, fragte Robin.

»Weil du die Kontrolle verloren hast«, flüsterte Oskar.

Robin stöhnte. Das Letzte, was er jetzt gebrauchen konnte, waren Oskars Ratschläge. Die hatte er schon früher, als sie noch richtige Freunde waren, nicht ausstehen können.

»Mensch, Robin. Du bist nicht mehr derselbe«, sagte Oskar.

»Verpiss dich«, fauchte Robin und schwenkte die Pistole in seiner Hand.

Oskar rührte sich keinen Zentimeter. Er klebte auf dem Teppich und sah Robin direkt in die Augen.

Robin wendete sich angeekelt ab.

Oskar wirkte erheitert. »Du erträgst nicht einmal den Anblick deines Freundes?« Die Finger seiner rechten Hand spielten in seiner Hosentasche. »Aber das sollte mich nicht verwundern. Schließlich bringst du auch Leute um, wenn sie deine Karriere gefährden.«

Robin stierte auf die Dartscheibe, die Pistole baumelte zwischen seinen Fingern.

»Er war Judiths Mann. Ist dir das eigentlich klar?« Oskars Hand glitt aus seiner Hosentasche. »Du hast einem unschuldigen Mann das Leben genommen und das seiner Frau gleich mit zerstört. Sie war deine Freundin.«

Mirko schlug mit den Händen auf die Fensterbank. Er schimpfte: »Die haben sich eingemischt.«

Oskar grinste.

»Was soll das?«, donnerte Mirko. »Soll ich dich abknallen?«

»Mit der Waffe, die Robin in der Hand hält?«, fragte Oskar.

Mirkos Gesicht rötete sich.

»Lass gut sein«, sagte Oskar. »Ich habe jetzt kapiert, wer von euch beiden Robert umgebracht hat.«

»Na, der Schisser dort ganz sicher nicht«, maulte Mirko.

»Du Mistkerl hast ihn manipuliert und ausgenutzt«, sagte Oskar.

Robin umfasste den Abzug der Pistole und zielte auf die Dartscheibe. Der Knall versteinerte die Szenerie. Oskar und Mirko blickten zu Boden, Robin atmete durch.

Stille.

»Oh, habe ich euch Angst eingejagt?«, fragte Robin. Er ging zur Scheibe und betrachtete das Einschussloch. Durch den schwarz gefärbten Sisal zog sich ein tiefer Krater. Die Kugel hatte das Feld der Zwei getroffen, keine gute Punktzahl.

Stille.

»Immer noch sprachlos?« Robin lief von der Dartscheibe zurück in die Mitte des Büros. »Der schwache und willenlose Robin hat gehandelt, obwohl ihm keiner einen Befehl gegeben hat?«

»Du hast dich verändert«, murmelte Oskar.

»Du dich auch«, konterte Robin und blickte interessiert in den Lauf der Pistole. »Du bist ein Verpisser geworden.«

»Kommt auf den Blickwinkel an.«

»Dann erklär mal deine Sicht auf die Dinge.«

»Ich habe euch mit meiner Flucht vor meinem wankenden Gemüt geschützt.«

Robin kratzte sich mit der Pistole hinter dem Ohr. »Eine süße Umschreibung für deine Flucht vor der Verantwortung.«

Oskar hob seinen Blick und sah seinem Freund in die Augen. »Ich musste damals eine harte Entscheidung treffen.«

»Du bist vor dem Leben weggerannt«, zischte Robin. »Während ich mich den Problemen stellen musste, die du zurückgelassen hast, saßt du an einer Strandbar und hast Cocktails geschlürft.«

»Ich habe Miriam genauso geliebt wie du.«

»Und wie oft bist du an ihrem Grab gewesen?«

Oskar zögerte.

»Nie! Ich weiß es, keine Angst«, sagte Robin. Er umfasste die Pistole mit beiden Händen und richtete sie auf Oskar. »Du hast sie nicht geliebt. Verbreite keine Lügen über Miriam.«

»Doch, das habe ich«, entgegnete Oskar. »Und du wirst es eines Tages verstehen.«

Robin konnte sich täuschen, aber er glaubte, Aufrichtigkeit in Oskars Stimme zu erkennen. Sein alter Freund meinte ernst, was er da sagte. Aber jetzt war nicht der geeignete Moment, um schwach zu werden. Robin ermahnte sich leise.

Oskar löste sich aus seiner Schockstarre und steuerte auf den Lauf der Waffe zu. »Doch hier ist nicht der passende Ort für ein Geständnis. Nicht vor ihm.«

Robin Wagner spürte, wie die Entschlossenheit seine Hand verließ. Die Pistole wackelte, seine Finger zitterten. Oskar manipulierte ihn, er legte ihn rein und missbrauchte ihn für seine Pläne. Er beraubte Robin seines Willens und zwang ihm einen anderen auf. So wie es alle taten. Nicht schon wieder, dachte Robin. Nicht schon wieder vom eigenen Plan abweichen. Dieses Mal wollte er stark bleiben, dieses Mal wollte er keine Marionette sein, dieses Mal wollte er seine eigene Entscheidung treffen. Ausnahmsweise.

Oskar umfasste den Lauf der Pistole und drückte sie nach unten. Robin gab nach, ihm entglitt die ungewohnte Rolle des Regisseurs.

Plötzlich stürzte sich Mirko von der Fensterbank auf Oskar und rang ihn zu Boden. Oskar fauchte, Mirko knurrte. Die beiden rollten wie zwei tobende Katzen durch Robins Büro.

»Lass Robin in Ruhe.«

»Du hast nicht über meinen Freund zu bestimmen.«

»Auf einmal ist er wieder'n Freund von dir.«

»Er war es immer.«

»Nein.«

»Doch.«

»Nein. Bist bloß hier, weil du ihn einbuchten willst.«

»So ein Quatsch.«

»Er will dich einbuchten. Robin, hörst du das?«

Robin hörte es nicht. Er sah durch die Fensterfront hinauf zum Berg am Stadtrand. Im Anblick der blau erleuchteten Windmühle vergaß er die fauchenden Katzen auf dem Teppichboden seines Bürozimmers.

Warum hatte Miriam sterben müssen und er nicht? Warum war sie Staub und Asche und er noch immer ein Wesen aus Fleisch und Blut und Knochen? Was hatte das Leben in Robin gesehen, was Miriam ihm nicht hatte bieten können? Welche Aufgabe sollte er hier und jetzt auf dieser Welt erledigen? Was war seine Bestimmung? Oskar umbringen? Mirko töten? Sich selbst erschießen? Jeder von ihnen hatte Schuld auf sich geladen. Doch alle hatten sie andere Strafen verdient.

»AUFHÖREN!«, schrie Robin.

Oskar und Mirko verharrten auf dem Boden. Oskars linke Hand umgriff Mirkos Nacken, die rechte bohrte sich in die Brust seines Gegners. Mirkos linke Hand krallte sich in Oskars Oberschenkel, die rechte zerrte an seinem Haar. Beide starrten in den Lauf der Pistole, von der sie scheinbar vergessen hatten, dass Robin sie noch immer in der Hand hielt.

»Macht euch hoch«, befahl Robin. In seiner Stimme erklang die Dominanz, die ihm die Pistole verlieh. Es gefiel ihm, die Ansagen zu machen. Noch schöner war es nur, dass die anderen ihnen auch Folge leisteten. Robin überlegte, ob alles anders gelaufen wäre, wenn er schon immer eine Waffe getragen hätte.

Oskar und Mirko fädelten ihre Gliedmaßen auseinander und richteten sich auf.

Robin deutete mit der Pistole auf Oskar. »Mitkommen.«

»Beruhig dich, bitte«, flehte Oskar. Es war das erste Mal an diesem Abend, dass er die Fassung verlor.

Robin fühlte sich angespornt. Er drückte Oskar die Pistole in den Rücken. »Keine Widerrede.«

»Richtig so«, freute sich Mirko. »Hab ich dir beigebracht,

32 Richterspruch

Es ist, als verpassten wir die beiden wichtigsten Punkte auf dem Zeitstrahl des Seins: das Geborenwerden und das Sterben. Wie sehr wir uns auch bemühen, die Fragen nach dem Anfang und dem Ende werden die Menschheit überdauern.

Oskar Kuhn war überrascht, dass ihm die Pistole Angst einjagte. Als er seine Heimat vor acht Jahren verlassen hatte, hätte ihn keine Waffe der Welt in Furcht versetzen können. Er hätte sich vielleicht sogar gefreut, wenn man ihm eine vorgehalten und seinem Leben ein Ende gesetzt hätte. Damals hatte er geglaubt, dass der Tod keine Strafe mehr für ihn wäre.

Doch jetzt war es anders, jetzt hatte er Angst. Sein Leben war ihm wieder etwas wert. Er hatte Enya, die Insel, die Poolbar und das Geld seiner Großeltern, mit dem er Enya und sich ein Haus auf Samos kaufen wollte. Die Pistole in seinem Rücken trieb ihm den Schweiß aus den Poren.

Robin schob Oskar durch die Bürotür. Plötzlich spürte Oskar einen stechenden Schmerz in der rechten Kniekehle. Er brach zusammen und schrie. Ein Schlüssel drehte sich in einem Schloss. Dann half Robin Oskar auf und drängte ihn den Flur entlang zu einem Sicherungskasten. Er legte einen Schalter um und steckte dic Pistole in seinen Gürtel.

Oskar sah ihn fragend an.

»Dachtest du echt, ich würde dich abknallen?« Robin schüttelte enttäuscht den Kopf.

Oskar hatte von dem Tritt noch Tränen in den Augen, seine Kniekehle brannte. Er rang um Worte.

Robin zückte sein Handy und tippte eine Nummer ins Display. Es rief nur kurz. »Ja, hallo. Robin Wagner am Apparat, ich habe einen Verdächtigen für Sie festgesetzt.«

Oskar blickte den Flur entlang und versuchte die Situation zu begreifen. Allmählich dämmerte ihm, dass Robin Mirko hereingelegt hatte.

»Was er gemacht hat? Er ist des Mordes an einem Journalisten schuldig. Sagt Ihnen der Name Robert Kirchner etwas? ... Den hat er umgebracht, einfach gegen den Baum gefahren.«

Oskar spürte das Kribbeln auf seiner Haut.

»Und den falschen Stefan Brantner, also den Doppelgänger, Sie wissen schon, hat er auch unter Androhung von Gewalt zu diesem Betrug gezwungen.«

In Oskars Ohren klang Robin wie ein Mann auf einem Rachefeldzug.

»Wie oft denn noch? Ich habe den Verdächtigen in meinem Büro eingeschlossen«, wetterte Robin. »Wie gesagt: Er ist für alles verantwortlich. Sie finden die Unterlagen und Sprachaufnahmen, die alles beweisen, im Schreibtisch meiner Sekretärin, unterste Schublade. Der Schlüssel ist in der Klimaanlage versteckt. Kommen Sie und holen Sie den Mistkerl endlich ab. Der Hausmeister erwartet sie.«

Oskar beschlich der Gedanke, dass Robin diesen Schachzug lange vorbereitet haben musste und jetzt endlich die Kraft gefunden hatte, ihn in die Tat umzusetzen.

»Außerdem wird Ihnen ein Freund von mir bald einen USB-Stick mit Beweisen übergeben«, sagte Robin und legte auf. Er steckte das Handy zurück in seine Hosentasche.

»Du hast ihn reingelegt?«, fragte Oskar.

Robin grinste.

»Und was ist dein wirklicher Plan?«

»Das musst du jetzt noch nicht wissen«, sagte Robin und gab Oskar einen Schubs. »Aber keine Angst. Sobald wir die Sache hier erledigt haben, darfst du zurück auf deine Insel und wieder Cocktails schlürfen.«

Durch die weiße Tür direkt gegenüber dem Fahrstuhl, die aussah wie jede andere Bürotür auf diesem Stockwerk, gelangten sie in ein breites Treppenhaus. Schweigend stiegen sie die Stufen hinab. Robin drückte seinen Zeigefinger in Oskars Rücken wie zuvor den Lauf der Pistole. Durch eine weitere Tür erreichten sie das Parkhaus. Hier und da standen Autos auf den Stellflächen, vorwiegend deutsche Modelle jüngeren Baujahrs. Die Luft hier unten war kühler als oben in Robins Büro. Das Brennen in Oskars Kniekehle ließ nach, das Atmen fiel ihm leichter. Zwischen zwei Betonpfeilern drückte ein Junge in Shirt und kurzer Hose einen Anzugträger gegen die kalte Wand. Es sah aus, als würde er ihn auffressen. Traurig, dass sich die beiden hier unten verstecken mussten, um frei zu sein, dachte Oskar. Er stolperte über eine halbvolle Assiette und verteilte eine Portion Glasnudeln mit Pak Choi und Rindfleisch auf dem Boden. Die Lichter eines alten *Porsche Cayenne* links von ihnen blinkten.

»Nicht meiner«, sagte Robin, als hätte er Oskars Gedanken gehört, dass dieses Auto von allen im Parkhaus am wenigsten zu ihm passte. »Meine Frau hat unser Auto mitgenommen. Mirko hat mir dann diesen Sportflitzer besorgt.«

»Oder geklaut«, sagte Oskar.

»Du fährst«, befahl Robin und drückte Oskar den Zündschlüssel in die Hand.

»Warum auch immer«, murmelte Oskar und kletterte auf den Fahrersitz. Er steckte den Zündschlüssel ein und drehte ihn um. Das Auto brüllte wie ein Löwe. Oskar legte den Rückwärtsgang ein und parkte aus.

»Fahr zur Autobahn«, sagte Robin.

Oskar schielte auf die Pistole im Gürtel seines Freundes. Er wusste immer noch nicht, was Robin mit ihr vorhatte. Also entschloss er, die Sache besonnen anzugehen. Er musste zuerst die Lage sondieren, bevor er eine Entscheidung über sein weiteres Vorgehen traf. Bis dahin steuerte er den *Cayenne* zielsicher durch den nachlassenden Feierabendverkehr. Als sie die Autobahn erreichten, peitschte Oskar den Wagen von der rechten bis in die linke Spur. Je länger er fuhr, desto mehr fühlte er sich wie auf einem Trip, bei dem ihm alles gelingen konnte. Vermutlich lag es am Adrenalin. Oskar heizte den *Cayenne* über die Autobahn, duellierte sich mit anderen Sportwagen, schlitterte von der linken in die rechte Spur und driftete wieder zurück. Als Robin »nächste Ausfahrt« schrie, sparte sich Oskar den Blick in den Rückspiegel, seine Versicherung war der Klang, der aus den Auspuffen tönte. Das Brüllen des Löwen gab ihm das Gefühl, die Ausfahrt unfallfrei zu erreichen, wenn es nur laut genug war. Der *Cayenne* röhrte von Spur zu Spur und kurvte mit glühenden Reifen in die Ausfahrt.

Eine halbe Stunde später erreichten Oskar Kuhn und Robin Wagner einen abgelegenen Wald. Die Straßen wurden erst enger, dann holpriger, bis sie bestenfalls noch den Namen Schotterweg verdienten. Dann verschwanden sie komplett. Der Mond schimmerte schwach durch die Baumkronen.

»Und nun?«, fragte Oskar.

»Mitten rein«, sagte Robin.

»Das ist kein Geländewagen.«

»Aber ein altes Auto.«

»Hast du das schon einmal gemacht?«

»Das ist ein Waldweg, keine Bergtour. Jetzt fahr!«

Oskar fühlte sich für einen Moment in ihre Studienzeit zurückversetzt. Damals hatten Robin und er sich über alles Mögliche gestritten, bei dem man auch nur ansatzweise unterschiedlicher Meinung sein konnte. Die Elfmeterentscheidung des Schiedsrichters im Halbfinale der Fußballweltmeisterschaft, die Entwicklung der FDP im Bundestag, die Menge des Salzes im Nudelwasser. Ständig hatten sie sich gegenseitig von ihrer Ansicht überzeugen wollen, jedes Mal hatten sie messerscharfe Argumente ausgetauscht. Und trotzdem hatten sie sich danach

hens sein, die anderen auf die Bühne holen, wenn ihm danach war, sie wie Marionetten tanzen lassen und die Kulissen bestimmen, vor denen sie auftraten. Einmal wollte er manipulieren statt manipuliert zu werden.

Oskar konnte das nicht zulassen, nicht in diesem Fall. Er wollte zu Robin hingehen, seinen Schlaf ausnutzen und ihm die Pistole wegnehmen, doch seine Arme bewegten sich nicht. Jetzt erst realisierte Oskar, dass er mit Seilen an einen Baum gefesselt war. Abgebrochene Äste stachen in seinen Rücken, Harz klebte in seinem Nacken. Seine Arme waren seitlich an seinen Körper gelegt, die Seile führten um seinen Bauch nach hinten. Offenbar hatte er im Stehen geschlafen. Sein Hinterkopf schmerzte. Soweit er sich erinnern konnte, war er bei der Kollision mit dem Baumstumpf mit der Stirn auf das Lenkrad geschlagen.

Oskar sah sich im Wald um und überlegte, wie er sich aus seiner Situation befreien konnte. Doch noch bevor er die erste Idee hatte, war die Zeit abgelaufen. Das Licht glitt wie ein Patronus über den Wald und jagte die Dunkelheit hinfort. Die Welt legte ihr dunkles Nachtgewand ab und streifte sich ihren hellen Tagesmantel über, die leuchtende Energie des Tages durchlöcherte die entleuchtete Ruhe der Nacht.

»Traumhaft«, schwärmte Robin, der seine Augen geöffnet haben musste. Oder hatte er sie schon die ganze Zeit offen gehabt? »Verzeih mir die Fesseln, aber du hast mir keine Wahl gelassen.«

»Man hat immer eine Wahl«, sagte Oskar.

»Jetzt komm mir nicht mit deinem philosophischen Scheiß«, bellte Robin. »Wir sind hier nicht auf deiner Urlaubsinsel, sondern in der Realität. Sag mir, was du Miriam angetan hast.«

»Es tut mir leid. Ehrlich.«

»Erzähl mir einfach die Geschichte«, sagte Robin. Er zielte mit der Pistole auf Oskar. »Oder ich puste dir das Hirn weg.«

Oskar hatte keine Wahl. Robin hatte schon mehrfach bewiesen, dass er ein unberechenbarer Schütze war. Dieses Risiko wollte Oskar nicht eingehen. Sein Leben war ihm wieder etwas wert, er musste zurück zu Enya. Und außerdem war da noch sein Gefühl, dass die Wahrheit die Situation bereinigen würde.

»LOS!«

»Wir alle haben doch gesehen, wie Miriam gelitten hat. Sie wollte uns beweisen, dass sie stärker war als der Tod. Aber niemand ist stärker als der Tod.«

»Und da hast du sie einfach umgebracht?«

»Sie war doch schon tot, Robin. Sie hatte Krebs im Endstadium, unheilbar. Schon vergessen?«

»Nein, niemals.«

»Der Abend mit uns auf der Sommerinsel war das allerletzte Glück, was sie auf dieser Welt erleben wollte. Also habe ich dafür gesorgt, dass sie am Höhepunkt dieses Glücks von uns ging.«

»Warum?«

»Lass den negativen Scheiß. Ihr Spruch, weißt du noch? Es war das Beste für sie.«

»Wie hast du es gemacht?«

»Mein Großvater war doch Apotheker, er hatte Zugang zu den nötigen Mitteln. Er war alt und stand kurz vor der Rente. Ich bin ein Einzelkind. Er hätte alles für mich getan. Er dachte, ich mache es auf Miriams Wunsch. Indirekt tat ich das auch, denke ich. Wir alle wussten, dass sie in einem Moment des Glücks sterben wollte. Sie wagte doch bloß nicht, es vor uns auszusprechen, weil wir dann den Eindruck bekommen hätten, dass der Tod doch stärker war als sie.«

»NIEMAND WAR STÄRKER ALS SIE«, brüllte Robin. Seine Stimme donnerte durch den Wald. Es dauerte eine Weile, bis das Echo verhallte.

»Gewiss«, sagte Oskar, weil ihm keine bessere Entgegnung einfiel.

»Umdrehen!«, befahl Robin.

Es war soweit. Das Urteil nahte, der Richter wartete auf seinen Auftritt. Ein Schauder jagte über Oskars Rücken. Er heftete seine Augen an Robin.

»Dreh den Kopf zur anderen Seite«, wiederholte Robin seine Forderung.

Oskar betrachtete seinen Freund, der jetzt im Schneidersitz auf dem Dach des Autos saß und die Pistole auf ihn richtete. Er dachte nicht daran, den Blick abzuwenden und Robin seinen ersehnten Tod zu schenken.

»Wird es bald?«

Oskar kniff die Augen zusammen, um seine Tränen zu unterdrücken. Hatte er sich getäuscht? Würde Robin ein gnadenloser Richter sein? War die Wahrheit die falsche Option gewesen?

»Dreh deinen Kopf zur anderen Seite«, wiederholte Robin. Diesmal war es keine Aufforderung, sondern eine Bitte.

»Es tut mir unglaublich leid«, flüsterte Oskar. Sein Kopf war schwer wie Blei, nur mit Mühe bekam er ihn gedreht. Seine Augen verloren sich in den Tiefen des Waldes. Oskar konnte seinen Freund nicht mehr sehen, aber seine Seele spürte, wie Robin das schwere Metallstück nach oben hob und mit bebender Hand an seine Schläfe hielt.

Warten.

Auf das Urteil des Richters, auf die Gerechtigkeit, auf den Abschied von der Bühne eines Theaterstücks, das sich Schauspiel des Lebens nennt.

Stille. Warten.

Der Saal erhob sich.

Der Richter kam und sprach.

Das Urteil war gefallen.

Peng!

Die Pistole plauzte auf die Karosserie, kaum hörbar, weil das andere Geräusch den Wald mit seinem Echo eroberte. Die

Schallwellen ließen Oskars Beine wie Wackelpudding erzittern, sein ganzer Körper fühlte sich seiner Muskeln beraubt, seine Ohren schmerzten, sein Kopf dröhnte. Nur die Seile um seinen Bauch verhinderten seinen Zusammenbruch.

Das Echo bahnte sich seinen Weg zwischen den Baumstämmen hindurch. Blätter zappelten, Äste verbogen sich, Nadeln fielen von den Bäumen. Es rauschte davon, als würde es vor der Zeit flüchten, die nun angebrochen war. Bis es irgendwann erkennen musste, dass es dieses Wettrennen nicht gewinnen konnte.

Als das Dröhnen verflogen war, hörte Oskar das leise Wimmern eines Tieres. Sein Körper verwandelte sich von der wabbeligen Masse zurück in Haut und Fleisch und Knochen.

Er drehte sich um. Die Zeit holte ihn ein.

Epilog

Es war ein Abend wie jeder andere, aber ein Tag wie nie einer zuvor. Der Papst stand im Adamskostüm auf einem roten Teppich, der schwerelos über dem funkelnden Wasser lag, das den Petersplatz bis zu den Balkonen füllte. Seine Heiligkeit konnte sie spüren, Miss Sonnensystem, Reinkarnation von Schönheit und Unsterblichkeit, Ziel aller Träume, Erfüllung jedweder Hoffnung. Der Grund, warum um ihn herum Menschen in der Luft standen, getragen von der Aussicht auf die Verwirklichung ihrer Selbst. Es brauchte drei Schritte über den schwebenden Teppich und seine entblößte Heiligkeit würde diesen übernatürlichen Schein durchdringen und Miss Sonnensystem in die Arme fallen.

Jeder wollte sie besitzen, alle wären sie für diese einzigartige Möglichkeit über Leichen gegangen. Doch der Papst erkannte die Verblendung der Wollust, eine Verführung der Gier, und kehrte dem Lichtschein seinen Rücken. Er hastete zurück über den Teppich und enteilte der Illusion.

Der Barbusigen entschwand ihr Glanz, das Licht jagte hinauf zum Himmel und verschmolz mit dem Mond. Zurück blieb eine dunkle Gestalt, die ihren Körper in den tosenden See stürzte, der sich nun unter ihr auftat. Die Luft zerrte an den Schaulustigen, bis das Wasser sie unter sich begrub und durch das dunkle Pflaster des Petersplatzes hinfort sickerte. Der rote Teppich setzte Seine Heiligkeit elegant auf den Boden und löste sich in tausende Teilchen auf, die der Wind am Abendhimmel verteilte.

Die Wiederkehr der Gesetzmäßigkeit hinterließ einen nackten Mann, der vor den Toren des Petersdoms neue Kleider fand.

Inhalt

Dritter Teil

Danksagung

Mein erster Dank gebührt selbstverständlich meinen Eltern und Großeltern, die mich beim Erwachsenwerden unterstützt haben, wann immer sie konnten, mich aber irgendwann auch in diese Welt laufen ließen, die immer weniger mit der ihren zu tun hatte.

Ich danke auch meiner Deutschlehrerin Christine Stump, die meine Leidenschaft erkannte, bevor ich selbst sie sehen konnte, und mich schon früh voller Überzeugung in diese atemberaubende Welt der Sprache hineinwarf. Ebenso danke ich Jens Ostrowski, der mir stets mehr Freiraum ließ, als ich erwarten konnte, und einige Risiken einging, damit ich meine Passion entdecken durfte.

Und was wäre dieses Buch ohne seine herrliche Titelseite aus dem Grafikpinsel meines talentierten Freundes Sebastian Hagen Ziemann und die Musik des niemals zufriedenen, aber klangtechnisch faszinierenden Vincent Ancot. Ihr, meine Freunde, habt das Werk komplett gemacht und mancher Szene ihr Leben geschenkt. Ein ganz besonderer Dank auch an meine persönliche Lektorin Maxi Kluttig sowie an Maike Rudolph und Carlo Klengel, ohne die ich sicher über so manchen Stein gestolpert wäre.

Mein letzter Dank gilt an dieser Stelle all jenen, die mich zu diesem Buch inspiriert haben. Ihr alle da draußen, die mich kennt, seid euch gewiss, dass ihr es gewesen seid, die mir in unzähligen Gesprächen und Begegnungen gezeigt haben, wie kompliziert das Leben, dieses kostbarste aller Güter zu handhaben, wie schwierig doch selbst die offenkundigste Entscheidung zu treffen ist. Ohne euch würde es dieses Buch nicht geben.

Kevin Schwarzbach

Zu diesem Buch

KEVIN SCHWARZBACH, 1994 in Freital geboren, heute in Dresden beheimatet, hat lange Zeit mit dem Gedanken gespielt, ein literarisches Leben unter Pseudonym zu führen. Am Ende haben ihn seine Freunde und sein Nachname vom Gegenteil überzeugt. Förderlich war auch der Umstand, dass der studierte Kommunikations- und Politikwissenschaftler bereits seit 2012 unter seinem Klarnamen bei der Sächsischen Zeitung publiziert. Außerdem hat er an dem 2016 erschienenen Sachbuch »Flüchtlinge in Sachsen. Fakten, Lebenswege, Kontroversen« mitgeschrieben. Der Roman »Zeitflucht« ist sein literarisches Debüt.
Im Internet ist er vor allem unter dem Nutzernamen *vonschwarzbach* zu finden, beispielsweise auf Instagram.

SEBASTIAN HAGEN ZIEMANN, geboren 1992 im Sauerland, wohnte zusammen mit dem Autor in einer Dresdener WG. Schon während seiner Schulzeit arbeitete und experimentierte er in den Räumen der Künstlergemeinschaft Der Bogen. Seither ist er mit Kamera und Skizzenbuch in der Welt unterwegs. Das Cover zu diesem Buch hat er in Stuttgart entworfen, wo er momentan lebt und arbeitet.
Er ist bei Instagram unter dem Namen *shagenz* und bei Behance unter *shagen* zu finden.

VINCENT ANCOT, 1995 in Dresden geboren, lernte den Autor zunächst während des Studiums, später dann bei mehr oder weniger tiefsinnigen Gesprächen in der WG-Küche kennen. Mittlerweile studiert er Populäre Musik und Musikpsychologie in Paderborn und arbeitet nebenher als Produzent für unterschiedliche Künstler. Die Musik zu diesem Roman ist seine erste eigene Veröffentlichung und ein Herzensprojekt. Die nächsten Releases sind schon in Planung.
Er ist bei Instagram unter dem Namen *vincent_ancot* zu finden.

38818075R00155

Printed in Poland
by Amazon Fulfillment
Poland Sp. z o.o., Wrocław